雨の迷い子

FIRE BRAND
by Diana Palmer
Translation by Izuru Nishima

mira

FIRE BRAND

by Diana Palmer

This edition is published by arrangement with Harlequin Books S.A.

Published by K.K. HarperCollins Japan, 2021

ともにアリゾナで過ごしたアンとミュリエルに――
そしてステファニーに――
感謝と愛を捧げます。

読者の皆さまへ

三十年以上も前に書いた自分の作品を読み、あれから世界がどれほど変わったかを目の当たりにすると、不思議な感慨を覚えます。

この本を書いたとき、わたしはある週刊新聞社で働きつつ、日刊紙の地元ニュースやコラムを担当していました。この作品からは三十年前の報道現場の様子が読み取れます。言葉遣い、服装、当時の車?? ボウイが乗っているスコーピオは一九八〇年代当時はぴかぴかの高級車でした。しかしすべては過去のものになりました。

また喫煙は、わたしだけでなく当時の大勢の人々にとって日々の習慣でした。レストラン、病院の待合室、緊急救命室、飛行機の機内、どこでも好きな場所で煙草を吸いました。わたしは新聞社のデスクでも吸っていましたし、両親を含め、知人はほぼ全員喫煙者でした。最近では喫煙はすっかりタブー視されてしまい、作品中に喫煙者を登場させることすら許されません。でもわたしはこの作品に関しては譲らず、八〇年代当時の暮らしぶりをそのまま残すよう主張し、出版社はその条件をのんでくれました。

読者の皆さんがこの初期作で過去への旅を楽しんでくださることを願います。生活がどう変わったか、わたしたちがどう変わったかを知る良い機会になるでしょう。わたしは、今いる場所にも時代にも疎外感を抱いています。わたしが育ち、よく知っていた世界はもうありません。今ある世界で生きていくしかないのですが、満足しているとはいえません。わたしの祖父は、七十歳のときにラインダンスで有名なザ・ロケッツをテレビで観て、あわててテレビを消しました。女性があんなに体を露出するのはけしからんと思ったのでしょう。そのときわたしは十六歳で、祖父を笑いましたが、自分自身七十歳近くになった今、祖父の気持ちがわかる気がします。

とにかく、本はできあがりました。わざわざ読んでくださることを感謝します。どうか楽しんでいただけますように。皆さんに神の祝福を！

ダイアナ・パーマー

雨の迷い子

おもな登場人物

ギャビー・ケイン――――〈フェニックス新聞〉記者
ジョニー・ブレイク――――〈フェニックス新聞〉編集長
ジェームズ・ボウイ・マケイド――建設会社の経営者
アギー・マケイド――――ボウイの母親
ネッド・コートランド――アギーの恋人
モントヤ――――――マケイド家の使用人
エレナ―――――――マケイド家の使用人
サミュエルズ――――〈バイオアグ〉副社長
ローガン――――――〈バイオアグ〉社員

1

最悪は過ぎたと思ったそのとき、雨が降り出した。ギャビーはうめき声をあげ、着ていたレインコートをなんとか三十五ミリカメラにかぶせて撮影を続けた。写真が台無しにならないよう、赤と青に点滅するライトやヘッドライトから狙いをはずす。

「何考えてるんだ？」隣の痩せた男が怒鳴り、ギャビーを引っ張り戻した――と、その瞬間、耳元を銃弾がかすめた。「死んじまうぞ！」

「黙って取材メモをとって」ギャビーは上の空で言い返した。再開した銃撃戦のせいでシャッター音はかき消された。

銃を持った強盗が古いデパートの建物に閉じこもっている。強盗はすでに支配人を殺し、交渉は始まる前から決裂していた。

「犯人が妊婦を人質にとってるの。名前を調べて」

「命令するのはやめてくれ」男がぶつぶつ言った。「記事の書き方ぐらい知ってるさ」

そうでしょうね、とギャビーは思った。役員会議の決定や高級レストランについてなら、彼の言う通りだ。ギャビーがカメラマンを探したとき、編集室にハリントンしかいなかったのは災難だった。いざ路上で銃撃戦が始まるとハリントンはパトカーにへばりついたまま動こうとせず、しかたなく取材メモを渡したのだ。

ギャビーは長い黒髪をかき上げ、雨で濡《ぬ》れないようレンズにキャップをかぶせた。ベージュのレインコートを着ていても、ジーンズも厚手のピンクのニットもびしょ濡れで体に貼りついている。カメラは扱えるけれど、写真はハリントンのほうがうまい――その才能に劣らない勇気もあればよかったのに。彼は報道写真家で、ほかの記者の代わりにインタビューもこなすが、犯罪現場の撮影は嫌っていた。

「編集長の説得に負けてあんたといっしょに来たのが間違いだったよ」フレッド・ハリントンはつぶやいた。雨粒のついた分厚い眼鏡のレンズ越しにギャビーをにらみつける。

「編集長がここにいたら、あのブリティン紙の記者と同じことをしでかしてるわ」ギャビーはそう言って、ぶかぶかのジーンズ姿で長髪をポニーテールにまとめ、眼鏡をかけたひょろ長い男が犯人の前に出ていこうとしているのを顎で示した。「ウィルソン、そっちは危ないわよ!」ハリントンと二人で隠れているパトカーの裏から呼びかけた。

ウィルソンはギャビーのほうを向き、親しげに片手を上げてにやりと笑った。「ケイン、あんたも来てたのか?」

その直後、警官がウィルソンをカメラごと荒っぽく地面に押し倒した。

「いいぞ、おまわりさん！」ハリントンが声を張り上げた。

ギャビーはハリントンを肘で突いた。「ちょっと」

「ばかな奴《やつ》らは取り押さえられて当然だ」ハリントンは、手荒に連れていかれるライバル紙の記者に呼びかけた。

「ハリントン、おれも愛してるぜ！」ウィルソンが答えた。「ケイン、おれの代わりにデスクに記事を渡してくれないか？」

「冗談は顔だけにして」ギャビーは明るく答えた。

ウィルソンは舌を出し、怒った警官の巨体のうしろに消えた。

「頼むから静かにしててくれ」そばにいた警官がぶつぶつ言った。「まったく、記者って奴はうるさくて困る」

「そんなことを言うなら、記事に載せる名前のスペルをわざと間違えるわよ」

警官はにやりとして行ってしまった。

「きみはどうかしてる」ハリントンが言った。彼は報道より写真撮影そのものが好きで、新聞の仕事はあまり経験がない。とはいえ、キャプション作成やインタビューはうまかった。ただこういう仕事をする気がないだけだ。

ギャビーはいつもは政治欄を担当している。ハリントンと二人でここに来たのは、刑事事件担当の記者が病欠していたからだ。新聞記者なら皆、緊急時には刑事事件の取材にまわされる。

ギャビーは視界の隅で動きをとらえた。ライフルを持った制服姿の男が、デパートの向かいにある建物に駆けこんだのだ。「何か始まる。ジョーンズ署長に近づいて、SWATが何をするつもりなのか訊《き》いてみて」

ハリントンはギャビーをにらんだ。「自分で訊いたらどうだ？　写真はぼくが撮る」

「かまわないけれど」ギャビーは彼にカメラを渡し、ジョーンズ署長のほうに向かった。

「テディ、おつかれさま」ギャビーは堂々たる長身の警察署長にそっと近づいた。「状況はどう？」

「公益株が上がってるらしい」

「冗談はよして。長い一日だったし、これが終わったら婚約パーティに行かなきゃいけないんだから」

「あんた、婚約したのか？　奇跡だな」署長は雨空を見上げた。

「わたしじゃなくて、写植室のメアリーよ。ジャーナリスト養成学校でいっしょだったの」

「やっぱり」そう言うと署長は顔をしかめ、道向かいのビルの屋上に目をやった。金属がかすかにきらめき、狙撃手がいるのがわかった。

「いい考えだわ」ギャビーは、茶色に近いオリーブグリーンの目で見上げた。「思い切った手を打たないと、犯人は人質を殺すでしょうね」

「こういうことは好かんのだが」署長はため息をついた。「犯人はもう一人殺してるし、中には妊婦がいる。殺気だっていて交渉も通じない。照明も電話も暖房もないから、電源を切ると脅して交換条件を持ちかけるのも無理だ。奴は話そうとしない」署長は首を振った。「こういう仕事はつらいよ」

「本当ね」

フェニックス新聞で働き始めてからの三年で、ギャビーは警察の戦略について学んだ。署長の隣でかがんだまま、弾丸が犯人を倒すのを——死を待つ。狙撃手が狙うのは頭だ。暗闇に銃声が響き、すべてを断ち切った。ギャビーはぶるりと身を震わせた。

「あたったぞ」狙撃手の声が無線から聞こえた。「奴を倒した」

「よし、入れ」署長が命じる。

「いっしょに入ってもいい?」ギャビーは小声で訊いた。

署長はいらだちと感心のいりまじった顔でギャビーを見下ろした。「かまわないが、あとで悪い夢を見るぞ」

「悪夢ならいつも見てる」ギャビーはこともなげに言い、ハリントンのところに戻った。

「写真を撮って朝刊に間に合うように記事にしなきゃ」

「写真?」

「犯人の写真」ギャビーは忍耐強く言った。

「死体の写真を撮れっていうのか?」

ギャビーはうんざりしながらカメラを奪い、ジョーンズ署長のあとについて建物の中に入った。

そこには小柄な妊婦がいた。気の毒にほとんどショック状態で、真っ青な顔で泣きながら連れ出されていった。犯人は床に転がっていた。本人が着ていた古ぼけたジャケットを誰かが脱がせ、顔にかぶせたようだ。そんなふうに横たわっていると、かよわい子どもにしか見えない。ギャビーはほとんど見もせずに手早く撮影した。人質の写真は撮らなかった。編集長がかんかんに怒るだろうけれど、おびえる妊婦を撮影して点を稼ぐ気にはなれない。あとで病院に電話して容態を確認しよう。ジョーンズ署長からくわしい話を聞いてもいい。あたりを見まわしたギャビーは、強奪した金が入った袋に目を留めた。

警官がそっと袋を拾い上げたので、ギャビーは中をのぞきこんだ。

「二十ドルだ」警官は肩をすくめた。「二人の命の対価としてはしょぼいもんだよ」

「プロの犯行?」ギャビーはたずねた。

警官は首を振った。「ずさんすぎる。目撃者の話じゃ、支配人を殺したとき奴はぶるぶる震えていたらしい。支配人が逃げようとしたので、うっかり撃っちまったみたいだ」

ギャビーはすべて取材メモに記録した。「家族はいるの?」

「ああ。六人きょうだいの末っ子だ。兄はドラッグの売人。母親は生活保護の足しにときどき売春してる」警官はギャビーにほほえんだ。「子どもにとっちゃきつい暮らしだよな」

「そうね」ギャビーはカメラを肩にかけ、人質と話し終えたジョーンズ署長のところに戻った。そして必要な質問をしてからハリントンを迎えに行き、白いフォルクスワーゲンのオープンカーで社に向かった。

「よくこんな上等の車に乗ってるな」道中、ハリントンが言った。

ギャビーはにっこりした。「リッチな親戚がいるの」

そう、アリゾナ州ラシターのマケイド家はお金持ちだ。正確には親戚ではないけれど。

視線を道路に戻す。フェニックスは美しい街だ。広々としてエレガントで、ロッキー山脈の南端にあたる切り立った山々が壁のように街を守っている。初めてこの街を見たとき、荘厳な山並みにすっかり魅了された。

アリゾナは今もギャビーを魅了してやまない。ぱっと見ただけでは荒涼として人を寄せつけない土地だが、近づくとその美しさに圧倒される。こんな州はほかにはない。喧噪《けんそう》と繁栄のフェニックスも、荒涼とした静けさに満ちたカサ・リオも、ギャビーはすべてを愛した。カサ・リオはマケイド家が所有する、八千ヘクタール以上に及ぶ牧場だ。

「あんたの親戚といえば、ツーソンで建設会社を経営してなかったか？」ハリントンの声がギャビーを現実に引き戻した。「マケイド――ボウイ・マケイドって奴だよ」

その名を聞いてギャビーはびくっとした。「彼は親戚じゃないわ。わたしは十代の頃に彼の両親に引き取られたの。ボウイは亡くなったお父さんからマケイド建設を引き継いでるわ」

「牧場も持ってるんだろう？」

「ええ、もちろん」ギャビーは思い出してほほえんだ。「カサ・リオ――〝川の家〟という名前よ。南北戦争の頃までさかのぼる古い牧場なの」ハリントンに視線をやる。「アリゾナ南東部の住民のほとんどは南部から来たって知ってる？　南北戦争中、短い間だけれど、ツーソンには南軍の旗が翻っていたの」

「冗談だろう？」

ギャビーは笑った。「いいえ、本当よ。ボウイの先祖はジョージア南西部出身なの。最初に移住した男性がメキシコ人の少女と結婚したのが始まりよ。わたしはここの人も言葉も歴史も大好き。わたしもこのあたりの生まれだったらよかったのに」

「出身は？」

なんでもない質問だったし、そもそもギャビーが出した話だったが、あわてて話題を変えた。「ウィルソンはどう処分されるのかしら？」

予想通りハリントンは彼女をじろりと見た。「そこらの木で縛り首にしてくれればいいのに。あのばか野郎！」

ギャビーはこっそりほほえんだ。「たぶんそうなるでしょうね」

運転していると、いろいろな思い出が頭をよぎった。雨が過去を思い出させる——カサ・リオを初めて見たときのことを。あれはボウイと出会った夜だった。

彼のことを考えただけでギャビーの胸は騒いだ。いろいろな意味でボウイは手ごわい相手だ。正式にマケイド家の養女となったわけではないから、兄とは呼べない。マケイド家にとってギャビーは責任を持って引き取った孤児であり、保護すべき少女だ。ギャビーは養女になることを望まなかった。過去を詮索されるからだ。二週間ごとに父と居場所を変えていたそれらしい理由をでっち上げ、決まった住所がないことをごまかしてきた。少なくとも、定住の場所がなかったのは本当だ。

ギャビーがカサ・リオに現れたあの雨の夜、ボウイは二十七歳だった。五月の肌寒さに厩舎《きゅうしゃ》で丸くなって震えていたとき、ギャビーは初めてボウイの姿を目にした。

体格の大きさは圧倒的だった。大柄でたくましい金髪の彼は、映画に出てくるカウボーイたちもうらやむような姿だ。彼は成長著しい建設会社の経営者で、納期が迫ればみずから働くこともあり、何年にもわたって現場で多くの時間を過ごしてきた。たくましい体はそれで説明がついたが、いつも険しい顔をしている理由はわからなかった。あとになってからギャビーは、彼がほとんど笑顔を見せないということを知った。ハンサムな顔に彼自身が無頓着であることも。女たらしではないし、関係を持ったとしてもほとんど周囲には気づかれなかった。バッハと古い戦争映画、そして何よりカサ・リオが立つ大地を愛する、物静かで内向的な男だ。そして、いつも自然保護を唱えていた。建設業にたずさわっていることを考えると皮肉だが、それを言うなら彼は矛盾だらけだ。あの最初の夜から、彼のことを深く知る機会はほぼ皆無だった。ボウイの母アギーを訪ねていっても、彼が家にいることはまずない――まるでわざとギャビーを避けているかのように。

あの雨の夜、ボウイは燕尾服《えんびふく》を着ていた。彼が馬房をのぞきこみ、大きなベルジャン種のベルベットのような鼻面を撫《な》でているのを、ギャビーは驚きの目で見守った。彼が明かりをつけたとき、ギャビーはその金髪がまっすぐで豊かなこと、地味な横分けにされ、こんな時間なのにきれいに梳《と》かしつけられていることに気づいた。完璧な横顔のライン、力強くハンサムな顔立ちは、きっと蝶《ちょう》が群がる蜜のように女性を惹《ひ》きつけるのだろう。まっすぐな鼻、角張った顎、彫りの深い目、濃い眉。彫刻のような唇はどこか官能的だったが、ギャビーはそれに気づくまいとした――男性は避けるべき存在だ。

けれどボウイのような完璧な男らしさを無視するのはむずかしい。黒い燕尾服はたくましい体にぴったりと合い、厚い胸板や筋肉質の長い脚、引き締まった腰、広い肩を強調している。彼が頭を傾けて煙草《たばこ》に火をつけたので、オレンジ色のマッチの炎が一瞬、日焼けした顔をブロンズ色に変えた。

うっかり動いて音をたててしまったのか、ふいに彼が無駄のない動きで振り向いた。その目は疑わしげに細くなっている。

「誰だ?」口調はそっけなかったが、冷たさはなかった。

ギャビーはためらったが、刈りたての干し草の中でうずくまっている空の馬房にボウイが近づいてきたので、立ち上がって通路に出た。つかまえられるのが怖かった。

「泥棒じゃありません」ギャビーはどうにかほほえもうとした。「本当にごめんなさい。でも寒くて、雨に濡れないところにいたかったから」大きな音でくしゃみが出た。

ボウイは黙って彼女をにらんだ。「どこから来た?」

ギャビーの鼓動が速くなった。そんな質問は予想していなかったし、嘘をつくのは慣れていない。敬虔《けいけん》な父に、幼い頃から道徳や正直さをたたきこまれてきたからだ。真実を隠すのはむずかしかった。

ギャビーは目を伏せた。「孤児なの。親戚のサンダース家を捜しに行ったら、隣の家の人から何年も前に引っ越したって言われて……」それは真実だった。「行くところがなくて……」ギャビーの下唇が震えた。怖くてたまらなかった――目の前の男性だけでなく、最近起きた出来事が頭によみがえるのが。ギャビーは大きなオリーブグリーンの目ですがるようにボウイを見つめた。

彼は関わりたくないと思っている。それはあきらかだ。頭の中で礼儀と疑いが闘っているのが目に見えるようだ。

「そうか。家に連れていって、あとは母にまかせることにしよう。母は娘を授からなかったせいで、女の子に甘いんだ」

ギャビーは安堵《あんど》のため息をついた――あのときの自分の姿は今でも思い出す。乱れた長い黒髪、引きつった白い顔。服はすり切れ、あちこち穴が空いている。色あせたジーンズとデニムのジャケットはとくに。コインケースの中身は一ドル札と小銭だ。ポケットに入っているのはハンカチだけで、免許証もクレジットカードも、ケンタッキーから来たことがわかる証拠は何一つなかった。

「名前は？」大柄な男性が言った。そびえ立つようなたくましい長身だ。ギャビーは百七十センチ近かったが、彼は少なくとも百九十センチはありそうだ。

「ガブリエル……ガブリエル・ケイン」本名だったが、偽名と思われたくて、わざと口ごもりながら答えた。「周りからはギャビーって呼ばれてる。ここは？」

「ここはカサ・リオ――〝川の家〟だ。昔は見えるところに川が流れていたが、長年のうちに流れが変わって見えなくなった。両親が所有してる家だ。おれの名はボウイ・マケイド」

「あなたのご両親が住んでるの？」ギャビーは緊張気味に言った。

「ああ、そうだ」そっけない口調だった。「おれはツーソンにアパートメントを持ってるから。父親は建設会社を経営してる」

彼の日焼けとジャケットの下で筋肉が波打っている理由が、それでわかった。鍛えられた大きな手は強そうだ。ギャビーはためらい、またくしゃみをした。

「家に入ろう」彼は手を伸ばしてギャビーの腕をつかもうとしたが、ギャビーははっとしてあとずさった。人に触られたくない理由がたくさんあったからだ。しかし彼は怒らず、うなずいただけだった。「触られたくないんだな。わかった。覚えておこう」そして、それからの彼はその通りにした。

ギャビーの人生にとって、アギー・マケイドとの出会いは驚くべきものだった。これまで知っていた唯一の女性といえば、父が働いていたケンタッキー州レキシントンの牧場の女主人だけだ。母はギャビーが学校に行き始める前に亡くなってしまったので、父しかいなかった少女にとって、アギー・マケイドは新鮮な存在だった。

くしゃみをする十五歳の少女を一目見ると、アギーはすぐさま世話を焼き始めた。夫のコープランドもアギーに劣らずギャビーを親切に迎え入れたが、ボウイはよそよそしく、いらだちや怒りを隠さなかった。あとでわかったことだが、彼は予定より一日早くツーソンに戻っていった。ギャビーが自分の両親になつくのを見るのが耐えられなかったのだ。彼は両親とうまくいかないようだったが、ギャビーのほうは違った。ギャビーはこの夫婦に心を開き、夫婦も彼女に対して心と家の扉を開いた。

ギャビーは生まれて初めて甘やかされることになった。アギーは彼女を買い物に連れ出し、夜中に悪夢を見て泣きながら飛び起きたときは見守ってくれた。その秋ギャビーが地元の高校に入ったときは悩みを聞き、シャイで不安定なせいで学校に溶けこめない彼女を支えた。ギャビーが誰ともデートしなくても放っておいてくれた。十代のギャビーは美人とは言えなかった。痩せっぽっちで恥ずかしがりやでぎこちなく、近寄ってくる男の子は皆無だった。

いっぽうボウイは、母親が溺愛するギャビーを疎んじるようになった。信じがたいことにアギーとコープランドは、ギャビーに我が子同然に接して、ボウイをよそ者扱いしていることを自覚していないようだった。ギャビーが状況に気づいた頃にはもう取り返しのつかないことになっていた。彼女はボウイに嫌われていることを知っており、フェニックスの大学に進学したのはそれも理由の一つだった。しかし大学生活も楽ではなかった――昔気質《むかしかたぎ》の考え方と、恋愛に背を向ける性格のせいで、ほかの学生と親しくなれなかったのだ。友人はできたし、二度ほどデートもした。けれど、過去の傷が癒え始めてしばらくしても、力で圧倒される恐怖がつきまとった。

一度、恐ろしいほど官能の炎が燃え上がったことがあった――奇妙にも、相手はボウイだ。アギーに頼みこまれ、ボウイがギャビーを大学のダンスパーティでエスコートしたときのことだ。ボウイは不機嫌で、ギャビーのクラスメイトたちにうっとり見つめられていらいらしていた。本人は気づいていないが、ハンサムな彼は人目を引くのだ。ダンスフロアにいるときだけボウイはとても正しく彼女を腕に抱いた。二人の間にはふだんから火花が散っていたが、その夜は肉体的にも火花が感じられた。彼をいつもと違う目で見てしまったギャビーは、それから何カ月もカサ・リオに行くのを控えた。そして勉強と放課後のフェニックス新聞のアルバイトに集中した。勉強と仕事に時間をとられ、プライベートにかける時間はなかった。

今は一日の大部分が仕事で埋まっている。フェニックスのような大きな街ではいつも何かしら事件が起きる。正式に就職してから、ギャビーは刺激的な取材の数々に充実感を抱くようになった。こんなにも生きる実感を持つのは初めてだ。けれどもアドレナリンの奔流は別のものも呼び覚ました——空っぽのアパートメントと孤独以上のものを求める気持ちを。

二十四歳のギャビーは仕事に満足していたが、それだけでは足りなくなった。自分だけの家庭と子ども、落ち着いた生活がほしくなった。そんな彼女の変化をアギーなら喜ぶだろう。アギー自身は夫のコープランドを八年前に亡くしてからさびしい思いをしていた。あのときはギャビーがアギーを支えたが、ボウイはそれさえもいやがり、母が実の息子以外を頼ったことにいらだちを隠さなかった。今、アギーは旅行で世界中を飛びまわっている。ギャビーはたまにカサ・リオで週末を過ごすくらいだったから、黒っぽい目をした小柄なアギーがいつも恋しかった。

外で仕事をするようになったギャビーは明るさを身に着けた。しかし心の中はシャイで不安定なままで、後腐れのないセックスを求める男性からは距離を置いた。彼女のような育てられ方をした者にとって、セックスと結婚は切り離せないものだった。望むのは結婚であって情事ではない。それに、心から男性をほしいと思うほど気持ちが動いたこともなかった――ボウイを別にして。

ギャビーは長い物思いから覚め、彼女とハリントンが働く新聞社のビルの前に車をつけた。

これ以上締め切りぎりぎりの取材が入らなければいいのに。もうへとへとだから早く家に帰って一時間ほど眠り、何か作って食べよう。そのとき婚約パーティのことを思い出し、ギャビーはうめいた。欠席する理由を何かでっち上げようか。婚約するメアリーのことは好きだったが、ギャビーは人の集まりが苦手だった。

ギャビーとハリントンは受付のトリーサに手を振り、編集室に入った。ギャビーはあたりを見もせず、自分のパソコンの前にどさりと座りこみ、長いため息をついた。編集部員はほぼ全員揃《そろ》っていた。ジョニー・ブレイク編集長がオフィスから出てきて、はげ頭を照明で光らせながら顔をしかめてハリントンの話を聞いた。

「だいたいそんなとこだな、ケイン?」

ハリントンの問いかけにギャビーが眉を上げてみせると、彼は暗室にフィルムを持っていかなくてはとぼそぼそ言いながら、そそくさと出ていった。

編集長はにこりともせず彼女をにらんだ。「記事はできたか？」

「だいたいは」

「だいたい？」

「編集長のせいですよ。ハリントンもわたしも事件記者ってがらじゃないのに、無理やり取材に行かせるなんて」

「だからっておれが行くわけにもいかないじゃないか。おれは管理職だ。管理職は銃撃戦を追っかけたりしない。危険だからな。で、何があった？」

ギャビーが説明すると、編集長はうめいた。ギャビーは皮肉っぽく続けた。「少なくとも原稿はできました。それに犯人の写真は撮ったし、雨の中で建物を包囲する警官の写真もあります」

「びしょ濡れの警官の写真五十枚より、人質の写真一枚のほうがいいに決まってるだろう？」

「ブリティン紙のウィルソンは膠着《こうちゃく》状態の写真を何枚も撮ってましたよ」ギャビーは上司の傷に塩を塗りこんだ。「それに人質の写真も」

「おまえなんか大嫌いだ」

ギャビーはにっこりした。「でも警官にタックルされてカメラを壊されたから、フィルムはだめになったでしょうね」

「愛してるぞ、ギャビー」編集長の口調が変わった。

「もう二度とハリントンをつけないでください。一人で行くほうがましです」

「それは無理だな。おまえは無鉄砲すぎる。この三年でどれぐらい危ない目にあったかわかってるか？　おまえが取材した銀行強盗事件を思い出すたびに寒気がするよ。本当はおまえに刑事事件の代理を頼むのはいやなんだ」

「ただのかすり傷ですよ」

「致命傷になってもおかしくなかった。それに、おまえはボウイ・マケイドなんか怖くもなんともないだろうが、社長は怖がってる。あの事件のあと、奴と話したらしいからな」

ギャビーは驚いた。アギーは何も言っていなかったが、きっとアギーがボウイを送りこんで社長を震え上がらせたのだろう。

「知りませんでした」ギャビーはふたたびにっこりした。「でも、ボウイに今日のことは伝わらないでしょうから、心配はいりません……何を見てるんですか？」

「死に神のお出ましだ」編集長は言った。

ギャビーが視線をたどると、ロビーのドアから噂《うわさ》の張本人が入ってくるのが見えた。男性記者の誰よりも背が高く、女性記者からはひそひそ声と深いため息があがった。グレーのスーツを着ていて帽子はかぶっておらず、片手に火のついていない煙草を持っている。

表情は不機嫌そのもので、威圧感にあふれていた。

ギャビーは心臓が口から飛び出しそうになった。いったいフェニックスで何をしているのだろう？　彼とは二カ月も会っていない――カサ・リオでアギーの誕生日を祝ったのが最後だ。あのときはいつになく不安になった。最近、神経が逆立つような視線でボウイがこちらを見るようになったからだ。

彼が近づいてくると呼吸が速まり、いつもの不安で喉が苦しくなった。黒い目がこちらを見すえ、編集室を歩いてくるのを見ながら、昔と同じだとギャビーは思った。この男性の二メートル以内に近づくと、自分の有能さも冷静さも吹き飛んでしまう。理由はいまだにわからない。恐怖はなかった。あるのは、もっと心乱す何か……。

「こんばんは」ギャビーはぎこちなく言った。

ボウイは編集長に会釈するとギャビーをにらんだ。「夕食に誘いに来た」挨拶も前置きもなく、ギャビーの濡れた服も乱れた髪も無視して彼は言った。「話がある」

聞き間違いだろう。ボウイがわたしを食事に誘うなんて。「どうしたの？　アギーに何かあったの？」

ボウイが編集長をにらむと、編集長は〝失礼〟とつぶやき、ギャビーににやりとすると自分のオフィスに引っこんだ。

ボウイの前ではたいていの人がああなる。ギャビーはひそかに笑みを浮かべた。きつい言葉を投げつけるわけではなく、ただ冷たい目でにらむだけなのに。ボウイの建設会社のある役員は、まるでコブラににらまれているようだと表現した。

「ああ、アギーのことだ」

その一言にギャビーの気は遠くなった。

2

ボウイはようやくギャビーの顔が真っ青になっている理由に気づいた。

「いや、そうじゃない。アギーが怪我《けが》をしたわけじゃないんだ」

ギャビーは見るからにほっとして喉を押さえた。「そう言ってくれればいいのに」

「仕事は終わりか?」ボウイは、どこに仕事があるんだと言わんばかりにあたりを見まわした。

「帰る前に記事を仕上げなきゃ」

「じゃあ片付けてくれ。おれは待ってる」ボウイはロビーに戻ってソファに腰を下ろした。

トリーサは両手に顎をのせ、雑誌を読むボウイを恥ずかしげもなく見つめたが、その視線に気づいたとしても、ボウイはなんのそぶりも見せなかった。

ギャビーは彼から視線を引き離した。ボウイは信じられないぐらいハンサムなのに、自分では気にも留めていない。

ギャビーはパソコンに向き直り、取材メモを取り出すと、二時間の取材を十五分で二十センチの長さの記事にした。

編集長に挨拶して編集室を出たとき、ボウイはまだ雑誌を読んでいた。

「お待たせ……嘘でしょう」ギャビーはうめいた。

鼻に絆創膏《ばんそうこう》を貼ったブリティン紙の記者、カール・ウィルソンが、ものすごい形相でドアから入ってきた。

「この裏切り者め」彼はギャビーをにらんだ。ボウイは穏やかでない目つきでウィルソンを見やったが、ウィルソンはその視線に背中を向けた。「さすがのおれももう我慢できない。あんたは昔警察のパトロールに付き合ってたときに、すっかり奴《やつ》らを手懐《てなず》けたみたいだな。おれはカメラは壊されるわ、フィルムはだめになるわで……」

「それは気の毒だったわね」ギャビーは慰めるように言った。

ウィルソンは顔を赤らめた。「黙れ。あんたの差し金だろう」

「違うわ」ギャビーは片手を上げた。

ボウイは立ち上がって目を細くし、ウィルソンをまじまじと眺めている。

「あんたがおれのことをチクったんじゃなきゃ、誰がやったんだ?」ウィルソンはちらちらとボウイを気にしながらも、しつこく続けた。

「あなたは弾が飛んでくるようなところにいたのよ。みんな見てたわ」

ウィルソンはため息をついた。「車に記者のシールを貼っておいたのに、消火栓の前に停《と》めたからって持ってかれちまった。そのうえタックルされてフィルムは台無しになるし……誰かの仕業に決まってるだろ！」彼はあてつけるようににらんだ。

ギャビーは笑った。「神さまの機嫌を損ねたようね。先週、わたしをだまして追い払ったのが悪かったんじゃない？　市役所の仲間に頼んでわたしを駐車場に行かせたすきに、新しい埋め立て地の場所がどう決まったのか、まんまと聞き出したでしょう？」

ウィルソンは口ごもった。「あれは仕事だからしょうがない。おれたちはライバルだからな」

「そうね。汚い手を使う人もいるわよね」ギャビーは意味ありげに彼を見つめた。「でも警官がタックルしたのはわたしが頼んだからじゃないわ。銃弾が飛びかう中に出ていくのが危険なのは当然でしょう？　ああいう事件では警官もぴりぴりしてるのよ」

「あんただっておんなじだ。あの銀行強盗のあとのにらみ合いで撃たれただろう？」

ボウイの険しい顔つきに気づいて、ギャビーは咳払《せきばら》いした。「今回はパトカーのうしろに隠れていたから安全だったわ――スナイパーの前をうろついたりしなかったもの」

「そうか」ウィルソンはゆっくり言った。「許してやらないこともないぜ――被害者の写真を譲ってくれたらな」

「それはだめよ」

「よし、条件を変えよう。建物を包囲する警官の写真は？　頼むよ。首がかかってるんだ」

「編集長に見つかったらわたしの首だって危ないのよ。みんなが使ってる手を教えるわ。ニュースレコード紙に頼むの。あそこは火曜刊行だから、次号が出るときにはこの事件は古くなってるわ。写真を使わせてくれるはずよ」

ニュースレコード紙は週刊紙を発行する小さな新聞社で、カメラマンの名前を記載するなら、大手の日刊紙に写真を提供してくれる。

ウィルソンはため息をついた。「うるさいことを言える立場じゃないからな。わかった、とにかく助かったよ」そう言うとギャビーの肩をたたこうとしたが、彼女はさっとよけた。ウィルソンは気にせず、口笛を吹きながら正面ドアから出ていった。

ボウイは何も言わなかった。猛禽《もうきん》のような目でギャビーを見ている。「銃撃戦だって？」ぽつりとつぶやくと近づいてきた。

「強盗事件よ。犯人は二十ドル奪ったの。デパートの支配人を殺して妊婦を人質にとって、殺すと脅したのよ。警察は撃つしかなかったわ」ギャビーは目を伏せた。「まだほんの子どもだったわ。刑事事件担当の記者が病欠で、わたしが代わりに取材したの。もう刑事事件の取材はやらないつもりよ」厄介なことになるのは避けたくてそう言った。

「銃撃戦か」その声は深くてかすれていた。

ギャビーは目を上げた。「わたしは二十四で、これがわたしの仕事よ。あなたに許可をもらう必要なんかない。あれはたった一度のことで……」

「自分の幸運に感謝するんだな」そう言ってボウイが受付のほうを見るとトリーサがほほえんだので、彼は居心地悪そうに顔をそむけた。「行こう」

ギャビーは通りすがりにトリーサにウインクしたが、ボウイはまっすぐ前を向いていた。そして立ち止まってギャビーのためにドアを開け、黒いフォード・スコーピオに案内した。

ギャビーはため息をついて柔らかなレザーシートに体をあずけ、ダッシュボードを見まわした。なんてすてきな車だろう。わたしも一台買えればいいのに。

ボウイは隣に乗りこみ、ギャビーがシートベルトをしたのをたしかめると、自分もシートベルトをしてエンジンをかけた。

「きみのところの受付は人をじろじろ見るのが趣味なのか？」車道に出るとボウイがいらいらと言った。「博物館の展示品になった気分だった」

「ときどきは鏡を見たほうがいいわ」ギャビーは半分本気で言った。「大学のとき、あなたがカサ・リオに住んでいないとわかるまでは、友だちが何十人もいたのよ。きっとみんな、そこで過ごす完璧な週末を夢見てたんでしょうね」

ボウイは冷たい目でギャビーを見た。「追いかけられるのは嫌いだ」

「わたしは追い払う必要がないから大丈夫よ」

「それは知ってる」彼は車線を変えた。「今も触られるのは好きじゃないみたいだな」

「ウィルソンは女たらしなの。そういう人は苦手」

「きみは男嫌いだからな。きみがどんなに浮き世離れしてるか、アギーが知らなくてよかったよ。パーティに独身男が一人でも来るときは、アギーはかならずきみを招待客リストに入れるからな」

「知ってるわ」ギャビーはため息をついて、彼の完璧な横顔を見やった。「あなたは私生活のことを教えてくれないけれど」

「これまで教えたことがあるか？」

ギャビーはうなじを撫《な》でた。「それほど会うわけでもないのに、どうしてわたしの人間関係について知ってるの？」

「びしょ濡《ぬ》れだな。レストランに行く前に家に帰って着替えるか？」

「ええ、よければそうする」しかし自分のアパートメントにいるボウイの姿を想像すると、ギャビーの中で何かが尻込みした。

ボウイは目の隅でギャビーの思いつめたようなまなざしをとらえた。「おれのことは心配ない。言わなくてもわかってると思っていたよ」

ギャビーは息をのんだ。ボウイは人の心を見抜いてしまう。指輪をしていない自分のほっそりした指を見つめた。「わかってるわ。ただ今日はちょっと動揺してるの。もう刑事事件の取材をやるつもりはないけれど、人が撃たれるのを見るのは久しぶりだったから」

「とんだ仕事を選んだものだな」

「気に入ってるのよ、ふだんは」ギャビーは両手を結び合わせた。今になって反動が出てきたようだ。取材中は平気なのに、事件が終わって麻痺《まひ》状態が解けると、すっかりまいってしまう。悪夢を見ることもあったが、ふだん誰かに話したりはしなかった。もちろんアギーには言えない。アギーはこの仕事をすることに反対で、辞めさせようとするからだ。ほかに親しい友人もいなかった。

「刑事事件の取材はもうやめていたはずだろう?」

「ええ。アギーがあなたを社長のもとに差し向けて、わたしをはずすように言わせたもの。わたしは編集長に戻してくれって頼んだのに」ギャビーは彼をにらんだ。「どちらにしても残念だとは思わないわ。政治家の取材のほうが好きだから」

「それはよかった」ボウイは皮肉っぽく言った。

「アギーといえば、何があったの?」

「食事のときに話す」ボウイは彼女が住んでいるアパートメントの前に車を停めた――プールとテニスコートを備えた、警備員のいる広々とした白い集合住宅だ。

「あなたが最後にフェニックスに来てから引っ越したのに、どうして今の家を知ってるの?」

「いいから、そのびしょ濡れをなんとかしろ」

「あなたって本当に質問に答えないのね」

「濡れた服を脱がないと風邪をひくぞ」彼はまた質問をはぐらかし、平然と言った。

ボウイが車を降りてドアを開けてくれたので、ギャビーは小雨の中を歩き出した。疲れていたのでそれ以上追及する気にはなれなかった。

アパートメントは白と黄色で統一されていて、オーク材の家具と現代絵画がいくつかあった。明るく開放的な雰囲気で、あちこちに鉢植えが置かれていた。

「アマゾンのジャングルみたいだ」ボウイはあたりを見まわした。

「それはどうもありがとう」ギャビーはレインコートを脱いだ。「すぐに用意するわ。テーブルにブランデーがあるから、よかったら飲んで」

「運転中だ」

「あの……すぐ着替えるわね」ギャビーは口ごもった。ボウイといるとなぜか弱気になる。寝室に逃げこんでドアを閉めた。

この家に男性を呼んだのは初めてだ。手早くシャワーを浴び、髪を洗って乾かし、襟と袖口が白の、シンプルなグレーのワンピースを着た。それに合った靴も履く。

髪はすっきりしたアップにし、ピンクの口紅とファンデーションでメイクを仕上げ、香水をさっとまとうと、ボウイのところに戻った。

彼は窓際に立ち、考えこむように目を細くして外を眺めていた。ギャビーが入っていくと振り向き、その目が値踏みするように大胆に彼女の体を眺めて、また顔へと戻った。

「ドレッシーすぎる？」

「二十歳上の人間が着る服だ。きみは魅力的な女の子なのに、どうしてそんな地味な服を着るんだ？」

ギャビーはむっとした。「これが流行だから……」

「いや、違う。無難なだけだ。首から足首まで全部隠している。いつものように」

ギャビーはどんどん顔が熱くなるのを感じた。「自分が満足できる服を選んだの」

「だろうな。その服では男を満足させられない」

「そう。わたしを追い払う手間が省けて、感謝してほしいわ」

ボウイは官能的な唇を引き結ぶと、しばらく考えこんだ。「きみを口説こうとしたことは一度もないのに気づいたか？　出会って何年になる？　八年か？」

「九年よ」ギャビーは窓のほうを見ながら答えた。

「最初の頃と同じで、いまだにきみのことはほとんど知らない」

「それよりお腹がぺこぺこよ」ギャビーは無理に笑顔を作って話題を変えた。「何を食べるの？」

「きみしだいだ。何が食べたい？」

「辛くてスパイシーなのがいいわ。メキシコ料理はどう？」

「じゃあそれでいい」ボウイは彼女のためにアパートメントのドアを開けてくれた。

そのいつもの仕草にギャビーの胸はときめいた。女性が自分でドアを開け、重い荷物を持つ時代に、アギーは彼を紳士に育て上げた。ボウイの時代錯誤ぶりは逆に新鮮だ。彼は礼儀正しいが男尊女卑な男ではない。会社の重役二人は女性だし、女性建築家や女性の建設作業員を雇っていることもギャビーは知っている。差別はしないものの、ボウイにはいくつか癖がある――女性のためにドアを開けたり、重い荷物を持ったりする癖だ。

二人はギャビーのアパートメントからわずか二ブロックのにぎやかなメキシカンレストランに入り、小さなパティオの席に案内された。

「すてきな席ね」ギャビーはため息をつき、鉢植えのベゴニアに触った。

「きみもアギーと同じで花に目がないな」ボウイはテーブルにシガレットケースを置き、それをにらんだ。「おれは煙草《たばこ》が嫌いだ」

ギャビーは目を上げた。「嫌いならどうして吸うの?」

「さあね」

「いらいらしてるから?」

ボウイは椅子の背にもたれ、テーブルの下で脚を組んだ。黒い目がギャビーを射ぬく。

「かもしれない」

「アギーのこと?」

「そうだ」ボウイはシガレットケースに彫られたイニシャルを触った。ＪＢＭ――ジェームズ・ボウイ・マケイド。彼はファーストネームが嫌いで、いつもボウイと呼ばれている。

「アギーがどうしたの?」

「どうしたかじゃなくて、これからどうするかだ」ふいに彼は身を乗り出した。「カサ・リオに男を連れてくるつもりらしい」

「アギーが男性を……強いお酒が飲みたくなってきたわ」

「同感だ。アギーらしくない」

ウエイターが来たが、ボウイは酒ではなくコーヒーを頼み、ギャビーがメニューを隅から隅まで二度眺めたあげくタコサラダを注文するのを我慢強く見守った。

「まったく、それならメニューを見なくても頼めるだろう」ウエイターが行ってしまうと、彼はそっけなく言った。

「メキシコ風ステーキだってそうよ」ギャビーは言い返した。「それでもメニューを見たでしょう?」

「まだ売り切れていないかどうかたしかめたんだ」

ギャビーは肩をすくめた。「その男性って誰なの?」

「おれは知らない。ジャマイカのクルージングで会ったらしい。名前はネッド・コートランド。アギーの話では、北のほうの牧畜業者だそうだ。どうせ家の裏で子牛を二頭ほど飼ってる、金持ちの未亡人狙いの男だろう」

「アギーがお金目当ての男性にだまされるとは思えないけれど」そう口にしたものの、ギャビーも確信があるわけではなかった。

「アギーも人間だし、夫を亡くしてさびしい思いをしている。休日のロマンスを楽しむ条件は揃《そろ》ってる」

ギャビーは首を振った。「アギーはわたしと同じで、情事を楽しむようなタイプじゃないでしょう?」

ボウイが顔を上げ、ギャビーを探るように見た。まばたきもしないまなざしで、脳の中を見通しているかのようだ。ギャビーは落ち着かなくなり、水のグラスを倒しそうになった。

「気をつけろ」ボウイがグラスを支えた拍子に、大きくて力強い手がつかの間ギャビーの手を包んだ。そのたくましさに、腕に電流が走る。問いかけるように目を見ると、彼もまたその接触で心を乱されたのか、軽く顔をしかめた。

ギャビーは手を引こうとしなかった。ボウイといると緊張するけれど、ほかの男性に感じるような生理的な嫌悪感を抱いたことは一度もない。彼の肌の感触がとても好きだったし、ときどき純粋な好奇心から彼の唇をじっと見ている自分に気づくことがあった。ボウイとキスしたらどんな感じだろう……ふとそんなことを考え、ギャビーはショックを受けた。キスされた経験はあったけれど、どこか機械的で、心はときめかなかった。これまでボウイ以外の人とキスしたいと思ったことは一度もない――もちろん彼はそのことを知らないけれど。ギャビーはそういった気持ちを慎重に隠してきた。ボウイは人を支配してしまう男性だ。言いなりにはなりたくなかった。

いっぽうボウイは、ほっそりした指の心地よい感触に呼び覚まされた快感にいらだちを感じながら、手をゆっくりと離した。ギャビーに手出しできないことは忘れてはいけない。大事な娘に何かしようものなら、アギーに手を切り取られるだろう。

アギーも父親も、ギャビーへの愛を隠そうとしなかった。ギャビーがカサ・リオで暮らし始めたその日に、二人は息子を大事にするのをやめたように思え、ボウイは自分が邪魔者のような気持ちになった。ギャビーは自分のいるべき場所を奪った。顔に出すまいとしたが、ボウイはたびたびそんな思いに襲われた。父が亡くなったときに枕元にいたのもギャビーだった。父が息子を呼ぶより先にギャビーを呼んだからだ。彼が駆けつけたときにはもう手遅れだった。アギーは息子の思いに気づいていないようだ。アギーは愛情にあふれていたが、それを表す相手はギャビーだけだった。ここ数年は息子を抱きしめようとすることすらなかった。

ギャビーはさいわいボウイの怒りに気づかなかったが、彼女にも秘密があるのをボウイは確信していた。彼はずっと前からギャビーの態度に不信なものを感じていた。それらしい事情もないのに十五歳の子どもが一人で厩舎《きゅうしゃ》にいたのはおかしい。両親はギャビーをかわいがるあまり、よけいなことを訊《き》かなかった。しかしボウイは違う。彼はギャビーのすべてを知りたかった。それなのに、つてをたどり、金を使っても、ギャビーの謎は解けなかった。彼女に何か過去があるのは間違いないのに、それがなんなのかわからない。ギャビーは入念に痕跡を消しており、それがいっそうボウイの疑念を深めた。

「どうしてわたしに会いに来たの？」ギャビーはぎこちない沈黙を破った。

「アギーのことで手を貸してほしい」

ギャビーは眉を上げた。「手を貸す？」

ボウイは、モントレージャックチーズ、オニオン、ピーマンののったステーキの皿が彼の前に、タコサラダがギャビーの前に置かれるまで口をつぐんだ。

ギャビーは、ぱりぱりのタコスがたっぷり盛られたタコサラダに新鮮なアボカドのスライスとサワークリームがトッピングされているのをうれしそうに眺めた。

「休暇をとってくれ」

ギャビーは不意をつかれたように彼を見た。「え？」

「休暇だ。もう五月だが、きみはクリスマス以来休んでない。今は休めるだろう？」

「それで、わたしにカサ・リオに来いというのね」ギャビーはため息をついた。「アギーに男性が現れたなんて——信じられない」目が心配そうに曇る。「こんなに短期間でアギーに取り入るなんて、ずいぶん手が早いのね」

「そうだ。だから心配してる。カナダのプロジェクトがなければ、自分で行っているところだ。おれたちがどれぐらい長くいてもアギーが気にしないのは知ってるだろう?」彼はテーブルクロスをにらんだ。「どうしてアギーは家で新しいビジネスを始めるとか、そういう建設的なことに取り組まないんだ？　なんでカリブ海まで出かけていって、どこの誰ともわからない男を家に連れこむ?」

ギャビーは笑いそうになったが、ボウイは真剣だった。

これまでアギーは誰ともデートしなかった。ボウイの建設会社で働く夫婦がときどき友人としてディナーに招き、気をまわして独身男性を紹介してくれることはあったが、うまくはいかなかった。五十六歳のアギーは今も美しく、短い黒髪には白髪がほとんどない。スタイルもばつぐんだ。

ギャビーは目を細くした。アギーは長い間孤独だった。そのせいで、お世辞を言われ、エスコートされたのがよけいにうれしかったのかもしれない。義理の母をだまそうとする見知らぬ男のことを考えると、どんどん腹がたってきた。

「明日の朝いちばんで編集長に会いに行くわ。それからアギーに、二週間ほど滞在してもいいか訊いてみる」ギャビーは目を上げた。「もし断られたらどうしよう?」

「アギーがきみの頼みを断ったことなんかあるか?」ボウイは怒ったように言った。「止められるかどうかわからないが、アギーが本気ならある程度熱を冷ますことはできる。その間に、そいつに対して何ができるか考えるんだ」

「まともな人かもしれないわ」ギャビーはアギーのためにその男性を公平な目で見ようとした。アギーが完全に入れこんでいるとしたらまずいことになる。心を決めた女性の目を覚ますのは不可能に近いし、挑発されればアギーはボウイに劣らず気性が荒いところを見せるだろう。

「どんな男であってもおかしくない。詐欺師はアギーぐらいの年齢の女を狙う。アギーにしてはめずらしい行動だがな。ずっと夫との思い出に自分を捧《ささ》げてきたから」

ギャビーは、あらゆる意味でアギーとは正反対の、威圧感のある大柄なコープランド・マケイドの姿を思い浮かべた。愛情深いわけではなく、どちらかというと横柄な男性だったが、アギーは夫を心から愛しているように見えた。

「恋する者は無責任だ」

ギャビーは彼を見つめた。「経験からそう思うの？」

ボウイが目を上げると、ギャビーは驚いた顔をしていた。「どう思う？」ギャビーがただ首を振ったので、彼は続けた。「完全にのぼせ上がってる女はそうだ――とくにほとんど人付き合いのない、孤独な女は」

ボウイの目つきを見てギャビーは落ち着かなくなった。「これはアギーの話よね？」彼女はおずおずと訊いた。

「もちろんだ」そう言うとボウイは、ギャビーがこれまで見たことのない顔でほほえんだ。

「きみがそばにいるだけで歯止めになると思う」フォークを手にとる。「冷める前に食べよう」

ギャビーは顔をしかめてみせた。細切りのレタスとチーズに冷たいトマトのサルサがかかったタコサラダはおいしかったが、底に敷かれた豆のペーストまで食べ進んだところで、半分ほど残してしまった。

「食欲がないのか？」ボウイはステーキとパンをおおかた平らげるところだった。

「あなたぐらい食べたら、フォークリフトでここから運び出してもらわないといけなくなるわ」

「おれはそんなに太ってない」

「太ってるんじゃなくて大きいのよ」ギャビーの目が恥ずかしげに広い肩と胸をとらえた。

「あなたに口答えする部下なんていないでしょう」

「ときどきいる」

「そして歩道のシミと消えるのね」

ボウイは深い声で笑い、目から冷たい輝きがいくらか消えた。「建設業界にいる奴らはタフだ。尊敬する相手の下でしか働かない。上品なことを言ってたってビルは建たないかわ」

「納期に遅れが出そうになると、あなたも作業員にまじって現場に出ていたのを覚えてるらな」

「一日中デスク仕事だと死にそうになる。おれは外が好きなんだ」

それは見ればわかった。体は石のように硬くてたくましく、日焼けは首以外にもおよんでいた。シャツを脱いだときの彼を何度か見たことがあったが、上半身全体が日焼けしていて、たぶんベルトの下もそうだろう。きめの粗い肌と、広い胸と、平らな腹筋をおおう毛を思い出し、ギャビーは顔を赤らめた。どうして今こんなことを考えてしまったの？

上の空のギャビーの顔を見て、ボウイは何を考えているのだろうと思った。ギャビーはこの人生に興味を与えてくれる存在だ。彼女をどう思っているか自分でもよくわからないが、不安を覚えるほど影響されるのはたしかだった。

「それで？」彼はそっけなく言った。

とたんにギャビーは息をのんで跳び上がった。

「おい、どうしたんだ？」

その声を聞いたギャビーはさらにひるんだ。大声には耐えられない。だがボウイは建設作業員相手に指示を出す立場だ。「銃撃戦のせいよ。まだ動揺がおさまらないの」

それを聞いて、ボウイは不思議なほど落ち着いた。原因は自分ではなかったのだ。「休暇が必要だっていう証拠だな」

「わかった。恋人たちの熱を冷ませるかどうか、やってみるわ」

「そうだな。デザートはどうする？」

本当にいやな人、とギャビーは思った。いつも通り自分の意思を通したから、得意になっている。あの傲慢な表情を誰かが消すところは見たことがない。

「甘いものは嫌いなの」

「残念だ。おれは好きだよ」それを証明するように、ギャビーが見たこともないほど大きないちごのショートケーキを頼み、平らげた。

食事を終えるとボウイはギャビーを家まで送っていった。ドアの前までいっしょに歩いてきたとき、ギャビーは婚約パーティのことを思い出した。

「メアリーのパーティを忘れてたわ！」

「メアリー？」

「職場で仲良くしてる人よ。婚約したばかりなの。パーティがあって、行くって返事したのに」

「行きたいのか？」

ギャビーはため息をついた。「そういうわけじゃないけど、行かなきゃ。そうしないと……」

「じゃあ行けばいい。まだ早い時間だ」

「あなたといっしょに?」ギャビーはためらったが、その声は柔らかく響いた。

二人の不穏な関係がわずかに変化したのを感じ、ボウイは足を止めて彼女を見下ろした。

「ああ、そうだ」

ギャビーの喉の奥で息が止まった。足元がふらつく。何が起きているのかわからず、少し怖くなった。

それを知っているのか、ボウイは緊張を解くようにほほえんだ。「エスコート役を連れていったらいやがられるのか?」

「いいえ、そんなことはないわ。メアリーはあなたにも会いたがるはずよ」ギャビーはそこでためらった。「ほかに用事はないの?」

ボウイはうなずいた。「きみに会いに来たんだ」

ギャビーはなぜかうれしくなった。そして恥ずかしげにほほえんだ——その笑顔が相手にどんな思いを抱かせるか気づかずに。

「それじゃあ行きましょう。彼女の家はここから六ブロックよ」

ボウイは彼女の反応を見つつ、ゆっくり腕をとった。ギャビーが尻込みしなかったので、その手を下へすべらせて手に触れ、指をとらえてからませた。

ギャビーの息はまた止まった。彼と手をつなぐのは新鮮で刺激的だったが、そこに深い意味を読み取るのはやめた。ボウイはただ親切でやっているだけだ、と自分に言い聞かせる。

ボウイは歩き出した。ほっそりした柔らかい手の感触が心地よく、自分の背が二倍も高くなったような気がする。だが彼にはその理由がわからなかった。ギャビーと友人だったことは一度もない。アギーという共通点があるだけの遠い存在だ。だがギャビーを見るたびに心は強く惹《ひ》かれていく。

「本当にいいの？」車に乗せてもらいながらギャビーが訊いた。

ボウイは静かに彼女を見て、すぐにエンジンをかけた。「ああ、かまわない」

しかしメアリーの家に行くまでの間、ボウイは一言もしゃべらなかった。

ギャビーもいつになく押し黙っていた。ボウイのそばにいるだけで怖いほど刺激を受けてしまう。その理由はわからない。肌をまさぐる官能的な手さながらに自分をとらえる見知らぬ感情が、ギャビーの心を乱した。

3

メアリーはフェニックスの感じのいい郊外に、フィアンセのテッドといっしょに住んでいた。窓辺には明かりが輝き、音楽が外まで響いている。車の数からすると、テッドとメアリーは知り合い全員を招待したようだ。

「もう同棲《どうせい》してるのか?」助手席からギャビーを助け降ろしながら、ボウイは顔をしかめた。

「わたしたちが八十歳並みの古い価値観で育てられたからって、世の中の全員がそうだというわけじゃないのよ」ギャビーは残念そうにほほえんだ。「二人は婚約してるし、いろいろあったとはいえ、付き合って一年になるの。時代は進んでるのよ、ボウイ」

彼はギャビーを見下ろした。「いっしょに暮らしたいほど大事な相手なら、先に自分の名前を与えたいと思うが」

ギャビーは恋に落ちたボウイを想像しようとしてじっと彼の目を見つめた。傍目《はため》には満ち足りた――女性を手玉にとる、何もかも思い通りにする男性。でもアギーの話では、静かな自分の部屋でときどき愛の詩を読み、ロマンティックなラフマニノフのピアノ協奏曲第二番を聴くらしい。ボウイの複雑な人間性は魅力的だ——古風な人生観を持つ現代人。アギーが彼をそんな男性に育てたように、ギャビーの父は彼女を教会で育てた。

「何を考えてる?」ボウイが訊《き》いた。

「あなたはわたしが知ってるどんな男性とも違うと思ったの」

「ほめてるのか?」

「ええ、そうだと思うわ」

ボウイは低くやさしいその言葉を聞いて、ほほえんでいる自分に気づいた。ギャビーのことは昔から知っているが、個人的なことには絶対に踏みこんでこない。この会話は大きな前進だ。ギャビーはさびしくて、そのせいで身にまとった殻を破ろうとしているのかもしれない。ボウイは孤独を知っていた。彼も長い間一人だったが、暗闇の中に誰かを探す欲求に駆り立てられてきた。ギャビーは自分のそんな欲求を刺激するが、彼女を近づけるのはためらわれた。ギャビーにはどこか謎めいたところがある。胸さわぎを感じつつも、どうしようもなく惹《ひ》きつけられてしまう。

ボウイは答えず、ごくさりげない様子でギャビーを連れて私道を歩いていった。「フロリダみたいだな」彼はヤシの木を指して言った。

ギャビーはこの平凡な会話に飛びついた。二人の間の空気が緊張を帯びてきたからだ。

「そうね。百年前、このあたりにはヤシの木はなかったって誰かが言っていたわ。アリゾナに自生する木じゃないから――たぶんよそから持ちこまれたのね」

駐《と》まっている二台の車の間を抜けようとしたとき、胸と胸がほんの一瞬触れ合い、ボウイは彼女の存在を痛いほど意識した。

顔からほほえみが消え、もの問いたげなギャビーを見下ろす。室内の音楽のビートが体で脈打ち、ボウイは今までとはまったく違った視点で彼女を見た。自分でもなぜそうするかわからないまま、ボウイは彼女をうしろの車に押しつけた。その瞬間、これまでにない近さで体が触れ合い、ギャビーがはっと息をのむのがわかった。

ギャビーの香水の香りがあたりに漂う。彼女の体にかすかに緊張が走り、身を守るように両手がウエストに上がるのがわかった。こんなにびくびくしているのは恐怖からなのかおれに惹かれているからなのか、どちらだろう？　柔らかな唇に目を落とすと、驚いたことに彼女は震えていた。

ギャビーはこれまでボウイに近寄らないようにしてきたが、今その理由がわかった。体格に威圧感があるだけではない――彼にはもっと深遠で恐ろしい何かがある。彼のせいで体が震えてしまう。男性のぬくもりと力強さをすぐそばに感じ、刺すような快感を覚えるのは人生で二度目だ。逃げたいような、もっと近づきたいような……そんな複雑な気持ちが彼女を困惑させた。

ひりつくほどの長い一瞬、二人は動かなかった。ふいに裏口のドアが開き、魔法は解けた。

ギャビーは恥ずかしさのあまり、ボウイより先に行ってメアリーのハグとキスを受けた。テッドは歓迎とはほど遠い顔つきでゲストを見ている。メアリーは新聞社の写植室で働いているが、テッドは営業部の次長だ。二人とは新聞社で働くようになって以来の付き合いだった。

「こちらはボウイよ」ギャビーは内心の狼狽《ろうばい》が表に出ないよう祈りながら、隣に立つハンサムな長身の男性を紹介した。

テッドもそこそこハンサムだったが、ボウイのような男性はほかにいない。メアリーは、ボウイが握手して礼儀正しく挨拶するのもそこそこに、あからさまにうっとりした顔で見つめた。

「いきなりでびっくりしちゃった」メアリーは我に返って笑った。「お会いできてうれしいわ、ミスター・マケイド。ギャビーはいつもあなたのことを話してるんですよ」

「そうなのか？」ボウイは緊張感の名残をほほえみで隠し、真っ赤な顔をしているギャビーを見やった。

「あなたを持ち出してほかの記者を脅してるんです」テッドはギャビーにいたずらっぽい笑顔を向けながら少し皮肉を込めて言った。

「そんなことしないわ！」

「嘘だ」テッドは笑った。「誰かが近づきすぎると、あなたの名前を旗みたいに振りかざすんですよ。職場のギャビーは〝氷の女王〟だから」

ボウイはその言葉だけではなく、テッドのばかにするような言い方にも驚いた。テッドを見る彼の目がぎらりと光った。

「ちょっとやめてよ」メアリーは不安そうに笑ってテッドをつついた。「中に入って、シャンパンとカナッペをどうぞ」そしてギャビーを連れて離れようとした。「テッドのことは気にしないで。パンチを味見しすぎたの」

「婚約が長すぎると男はそうなるんだ」無理に笑みを浮かべているものの、テッドの言葉には棘《とげ》があった。「なんで女がどうでもいいものばかりほしがるのか、さっぱりわからないよ。家も夫もちゃんとした仕事もあるのに、結婚指輪がほしいなんて」

メアリーは顔を赤くし、ギャビーをバルコニーに連れ出した。「テッドは結婚する気がないの。結婚なんて社会的な宣誓でしかないって言うのよ。でもうちの両親も彼の両親もそんなふうには思っていないわ」メアリーは服のフリルを手でいじり、小声で続けた。

「それに、わたし妊娠してるの」

「メアリー！　おめでとう！」

「テッドは妻と子の責任なんか負いたくないって言ってるわ。でも結婚してないのに子どもが生まれたら、両親がどんなに悲しむか」

「テッドはそのうち状況に慣れるわよ」ギャビーはショックを受けていたものの、やさしく言った。「そしたら何もかもうまくいく」

メアリーは冷たく笑った。「そうかしら？　彼ったら、スポーツ欄の編集部で最近働き出した髪の長い女のことを話すようになったの」決然とした表情で続ける。「別れたいなら別れて、その女のところへ行けばいいわ。うちの両親は、結婚がうまくいかないなら家に帰ってこいって言ってるの。だからそうしようと思ってる。テッドと別れてあげるつもりよ。テッドが本当に求めてるのはそれだから」

「あなたも本当にそうしたいなら」

メアリーは疲れた笑顔を見せた。「さあそれより、シャンパンを飲んで。わたしのことは心配しなくて大丈夫。ばかなことはしないから」

ギャビーはシャンパン入りのパンチのグラスをとったが、飲まなかった。半分上の空でほかのゲストと話し、目でボウイを捜した。ようやく見つけた彼は、はめ殺しの窓の前で退屈そうにしていた。職場でも一、二を争う美人――社会欄の編集担当マグダ・ローンといっしょにいるのに、なぜだろう。

マグダは黒髪の小柄な美人だ。ギャビーはひそかにその美しさと男性への人気ぶりをうらやましく思っていた。これまで彼女と何か不愉快なことがあったわけではないけれど、その長く赤い爪がボウイの袖に触れているところを見たとき、ギャビーの中で何かがうごめいた。

　ギャビーは二人に近づいていったが、振り向いたボウイの表情に驚いた。いらだちが顔に出ていたのだろうか。彼のほほえみに小さく浮かんでいた喜びに、ギャビーはどう反応すればいいかわからなかった。

「どこに行ったかと思ったぞ」

「メアリーと話してたの。こんばんは、マグダ」ギャビーは礼儀正しく言った。

「こんばんは。あなたの義理のお兄さんと知り合いになろうとしていたところよ」ボウイを媚《こ》びるように見ながらマグダはため息をついた。

「彼は義理の兄じゃないわ」マグダの言葉に怒りを感じ、ギャビーははっとした。「戸籍上のつながりはないの」

「本当？　知らなかった。たしかお兄さんがいるって話していたような……」

「アートが来たわ」ギャビーは、マグダが最近夢中にさせている記者のほうにうなずいてみせた。「こっちを見てる」

「ああ、お兄さんじゃないのね」マグダはそうつぶやくと、笑顔を作ってボウイを見上げた。「また会いたいわ。家まで送ってもらえるとうれしいんだけど……」

「おれはギャビーと来た」ボウイの目は言葉以上のものを物語っていた。「だからギャビーといっしょに帰るよ」

にべもない返事にマグダが真っ赤になるのを見ながら、ギャビーは思った。ボウイは決して言葉を飾り立てない。マグダは何かもごもごとつぶやくと、自分を見て顔を輝かせるアートのほうに歩き出した。

「あれが癖なのか？」

「癖？」

「同行者から男を奪うのが」

「彼女、とても人気があるの」

「人気なんかどうでもいい」ボウイは半分おもしろがるように目を細くした。「獲物を狙う、生まれつきの男たらしだ。だがこっちがちょっとでもその気を見せれば、すぐに逃げ出す」

ギャビーはしげしげとボウイを眺めた。「マグダが？」彼女はまさしく魔性の女性だと思っていたギャビーは驚いた。

「そうだ。あれは芝居だよ。わからないか？　自信のなさを隠すための仮面だ」

「あなたに隠し事はできないわね」ギャビーは不安を隠すように笑った。ボウイの目はすべてを見抜いてしまう。

「それから、この婚約は結婚までこぎつけないだろう。あの男は彼女に冷たい。どうしてだ？　妊娠したのか？」

　ギャビーは目を丸くして息をのんだ。

「だと思った。男は罠《わな》にかかったように感じて逃げたがってる。おれが結婚をどう考えてるか話しただろう？　互いへの気持ちに確信があるなら、試運転なんか必要ないんだ」

「どうしてそんなに人の心を見抜けるの？」

　ボウイは肩をすくめた。「さあね。自然にそう感じただけだ」ギャビーを見下ろして言う。「ただきみは違う。きみの心は一度も読めたことがない。いっしょにポーカーをやるのは遠慮するよ」

「わたしはわかりやすいタイプだと思うけれど」

「いいや」ボウイはいらいらとあたりを見た。「もう行かないか？　ここへ来てから三十分も経《た》ってる」

　ボウイは着飾ったりパーティに来たりするのが苦手なのだ。会場の女性の大部分が目で誘惑してくるときはとくに。彼がどんなにハンサムなのかを知らないのは、この部屋の中で本人だけだろう。

「ええ、もう充分よ。わたしも疲れたし」今になってすべてがのしかかってきた——銃撃戦、アギーの新しい友人のこと、メアリーとテッドの本当の仲。こんなに気持ちが落ちこむのは初めてだ。

二人は挨拶してぎこちない笑顔でテッドとメアリーのしあわせを祈り、家を出た。

ボウイはギャビーのアパートメントの前に車を停《と》め、エンジンを切った。そしてシートの背にもたれ、ネクタイをゆるめてジャケットのボタンをはずした。上を向き、ため息をつく。

「明日の朝は早く起きてカナダに飛ばなきゃならない。出張は疲れるよ。もう国外を楽しめるような年じゃないんだ」

「まだ若いでしょう」

「次の誕生日で三十六だぞ。きみの十二歳年上だ」街灯のまぶしい明かりの下、彼の目がギャビーを見つめた。「今夜はずっとふさぎこんでたな」

「撃たれた犯人はまだ子どもだったの」ギャビーもシートにもたれ、ウインドウ越しに街の明かりと人気《ひとけ》のない街路を見やった。「大家族の出身で、貧しい暮らしの中で育ったらしいわ。その子はたった二十ドルのために殺人を犯して命を落としたの」

ボウイが体を伸ばしたので、白いシャツがたくましい胸と平らな腹筋の上で張りつめた。

「小銭のために死ぬ奴《やつ》もいる。それがそいつの順番だったんだ」

「冷たいのね」

「そうか？」太い腕をギャビーのシートの背中に置き、ボウイは考えこむように彼女を見た。「そいつは銃で脅して金を奪おうとした。ばかなやり方だ。正直に生きて、持っているもので生活しようとする貧しい人々は世界中にいる。銃を手にとる人間は自滅するだけで、まともなことは何も成し遂げられない。それが事実だ」

「でもひどい話だわ」

「どうしてほかの仕事を探さない？　きみは記者になるには情にもろすぎる」

「ほかにどんな仕事があるの？」

「カサ・リオに戻ってきて、そこに移ってこようとする会社とおれが闘うのを手伝うとか」

「会社？」

「〈バイオアグ〉と名乗る農業関係の開発会社だ。谷の土地を買い上げて、スーパー農場とかいう未来型農場をサポートするとうたってる。だがおれの見るところ、手っ取り早く利益を上げるために環境をだめにするだけの会社だ。もちろん、奴らが土地を手に入れればの話だが」ボウイは冷たくほほえんだ。「おれの土地は何があっても売らない」

「それなら何も問題なさそうね」

「いいや。その開発会社がラシターの大物たちを口説いてるんだ。雇用が増えて地元の経済がうるおう、とね」ボウイはギャビーににやりとしてみせた。「昨日は電話で脅迫されたよ。おれが開発会社に土地を売るのを拒んでるせいで、町の発展を邪魔していると。カサ・リオの土壌は奴らの目的にぴったりらしい」

「ラシターに雇用が必要なのはたしかだわ」ギャビーはゆっくり言った。「土地へのあなたの思い入れはわかるけれど……」

「はたしてそうかな？」その声は鋼のように冷たかった。「あのへんは昔アパッチ族が狩りをした場所だ。うちの曾々《ひいひい》じいさんはアリゾナのチリカウア・アパッチと最初に契約を交わしたとき、合意した場所を記念して岩にそれを記した。マケイド一族はメキシコ人侵略者と戦うアパッチを助けたが、そのときの小さな砦《とりで》や日干しれんがの家の一部が、あそこにはまだ残ってる。そんな豊かな歴史と少しばかりの働き口を比べられるか？　開発会社が倒産したら働き口なんかあっけなくなってしまう。それに環境問題もある。行政は水利権のためにアリゾナ中の牧場を買い上げてるが、水源を大事にしないと水が干上がってしまいかねない。もっと心配なのは、〈バイオアグ〉の本当の狙いはその水利権なんじゃないかってことだ。水利権は早い者勝ちだからな。農場をやるなら水を手に入れる必要がある」

　ギャビーは静かに彼を見つめた。ボウイが歴史的な遺跡の保存に熱心なのは知っている。

「あなたって物事をよく知っているのね」

「自分の利害に関係するからだ。おれは建設業者だからな。責任ある行動をするために、環境に対する知識を深めないといけない。手っ取り早く儲《もう》けられるからといって、後世に荒れ果てた土地を残すのは間違ってる。環境にどんなダメージを与えるか考えもせずに、利益だけに目がいった大勢の人間が建物を建てているんだ」

「以前、取材でそのことを勉強したわ」

「無責任な建築現場で出た土砂が川を埋めてる。水源にも悪影響だし、生物や川沿いの住民の生活もおびやかされている。この問題にはきちんとした話し合いが必要なんだ。アリゾナはラッキーだったよ。水利権が全国的な話題になる前に目を光らせる議員がいたからな。将来的な水の供給を確保するために手を打っている。よその州ではそこまで対策していないから、いつか困ったことになるぞ」

「でもカサ・リオに開発の手が入るのはいやなのね」

「一言で言うとそうだ。脅されようがどうしようが、カサ・リオを強欲なよそ者の金儲けには使わせない」

「その人たちが強欲だってどうしてわかるの？」

「強欲じゃないと言えるか？」

ギャビーは降参した。ボウイと討論したら、引き分けで終わるのがせいいっぱいだ。ほほえんでつぶやいた。「あなたとは喧嘩《けんか》しないわ。疲れてるから」

「カサ・リオに戻って、いっしょにアギーを見守ってくれるな？」

「ええ。あなたが必要だって言うなら」なぜか家に入りたくなくて、ギャビーは車のドアの取っ手に手をかけたまま止まった。「ボウイ、本当はアギーの友人が財産狙いだと思ってるわけじゃないんでしょう？」

「どうかな。はっきりするまではそう思っておくしかないだろう。アギーが傷つくのは困る」

ギャビーはやさしくたずねた。「どうして〝お母さん〟じゃなくて〝アギー〟って呼ぶの？」

「おれにとっては母親らしいところがまったくなかったからだ」ボウイはかすかな笑みを浮かべた。「きみには違ったが」

その深い声にはかすかに苦々しさが感じられた。

もう家に入ったほうがいい。ギャビーは思い、バッグをつかんだ。「楽しかったわ。メアリーとテッドのパーティに来てくれてありがとう」

「かまわないさ」ボウイはまだしげしげと彼女を見つめている。「いつカサ・リオに来られる？」

「たぶん火曜ね。月曜の午後に政治家の大事なインタビューがあるの。アギーはいつ帰ってくるの？」

「火曜の夜だ」

「ぴったりのタイミングだわ」

「一瞬たりとも二人きりにしたくないんだ」

いらだちの浮かぶボウイの顔つきを見て、ギャビーは怖いどころかうれしくなった。ボウイも人間なのだ。彼はときどき感情が見えなくなる。ずっと彼は、威圧感に満ちた冷たい他人だった――というか、今夜まではそうだった。ボウイのいろいろな側面がわかり、ギャビーはそれが気に入った。

「どちらといっしょに寝てほしい？」

まだ考え事をしていたボウイはギャビーを見やった。「なんだって？」

ギャビーは体を乗り出した。「誰の部屋で寝ればいいか訊いてるの。アギーか、アギーの新しい恋人か」

「ばかなことを言うな。アギーたちができるだけ二人きりにならないようにしてくれればいい」

「でも二人ともいい大人よ」

「わかってる。でもその男にカサ・リオを乗っ取られるかもしれない。再婚だとそういうことがある。アギーの持っているものを全部奪い取って追い出すんだ。奴が合法的にそれをやれば――」ボウイの目が険しくなった。「こっちは手も足も出ない」

「たしかにそうね」ギャビーはつぶやいた。「ええ、できるだけやってみるわ。でも意外にいい人かもしれない」

ボウイの目が考えこむように細くなった。「きみは人を信じない性格なのに、現実に直面するまで最悪の事態を想定しないのは不思議だよ」

ギャビーは肩をすくめた。「勘が働くの。人の心を読むあなたのぞっとする力と同じよ。あなたと波長が合わなくてよかった」そしてにやりとした。「わたしの脳の中を勝手に歩きまわられるのは困るもの」

「ほう?」ボウイは手を伸ばし、アップにした髪にそっと触れた。「こういうスタイルは好きじゃない。長い髪を下ろしているほうがいい。そんな地味な格好をする年じゃないだろう、ギャビー?　こんなに美人なのに」

ギャビーは顔を赤らめた。髪に触れる手が電気を帯びているみたいだ。「別に……美人じゃないわ」彼女は口ごもりながら言って笑おうとした。

「たで食う虫も好き好き、か」ボウイは手を下ろして笑った。「こんなことを言い出すなんて、もう寝る時間だな。思ったより疲れてるらしい」

「今夜ツーソンまで運転して帰るの?」ギャビーは心配そうに訊いた。

「いや。友だちのところに泊まる」

ふいにギャビーは所有欲のようなものがうずくのを感じた。顔がこわばったのをボウイに気づかれませんように。友だち――女の友だちだろうか?　ボウイが何も知らない子どもじゃないのはわかっているけれど、今まで彼の私生活を深く考えたことはなかった。もしかしてフェニックスに恋人がいるのだろうか……。

「昔の同級生だよ」

「そう」ギャビーはそれ以上どう言っていいかわからなかった。ボウイがもの問いたげな目でこちらを見ている。「とにかく、送ってくれてありがとう。おやすみなさい」そう言うと息をつき、車から降りてドアを閉めた。

ギャビーは急ぎ足でアパートメントに向かった。家のドアを開けて中に入るまで、ボウイがずっと動かなかったのに気づいた。カーテン越しに外をのぞくと、ようやく彼の車が去っていくのが見えた。

ギャビーはしばらくそこに立ち尽くしていた。今夜のことはとんでもない間違いだった。これからは、どんな理由があってもボウイと出かけるのはやめよう。彼といると心の鎧《よろい》がはがされてしまうけれど、それには耐えられなかった。

4

アギーへの心配と、突然ボウイに惹《ひ》かれ始めた自分の気持ちを持てあまし、ギャビーはその週末買い物や映画に行って過ごした。月曜の朝を迎える頃には目にくまができ、仕事で気分を切り替えたくてたまらなかった。

ラッシュアワーの混雑をくぐり抜けながら、ギャビーは編集長に二週間の休暇をどう切り出すか考えた。休暇をとるには悪くないタイミングだ――この時期にニュースはそれほど出てこない。ラシターで事件があったら取材すると説得すれば、編集長はワーキングホリデーとしてあっさり認めてくれるかもしれない。ラシターはツーソンの南東にあり、フェニックス新聞の取材範囲からははずれるが、大事件があれば州規模のニュースになる。まずは編集長に話してみよう。編集長は記事が通信社に取り上げられるのを好む。自社に箔《はく》がつくからだ。

カサ・リオにしばらく滞在するのも楽しいかもしれない。でもアギーが歓迎してくれるかどうかは誰にもわからなかった。こんな時期に突然休暇をとったことをどう説明すればいいだろう?

もう一つ困るのは、ボウイと距離が縮まることだ。この前の夜、ギャビーはこれまでとまったく違う角度からボウイを見た。たくましい手が自分の手に触れたこと、メアリーの婚約パーティに行く途中、駐《と》まっている車の間で突然近づかれたことが忘れられない。全身がすばらしい感覚に沸き立ったが、それが怖かった。ボウイを近づけるのは危ないし、そんな危険は冒せない。

職場に着くと、編集長は電話中だった。

「そうだ。いいか、あと三十分ねばって、陪審員を一人つかまえられないかやってみてくれ。風向きを知りたいんだよ。無理はするな――審議内容の感触がつかめればそれでいい。頼むぞ」彼は通話を切って顔をしかめた。「今日はこれがせいいっぱいだな。陪審員の口を開かせないことには、ハイマン裁判を記事にするには無理がある」

「陪審員の奥さんをあたるのはどう?」ギャビーはにやりとして言った。

編集長は笑った。「きみを首にしないのはそれが理由だ。悪賢い」

「鋭いって言ってください。ところで編集長、二週間家に帰ってもいいですか?」編集長が爆発しそうな顔をしたので、ギャビーは片手で制した。「考えがあるんです。休暇がほしいのはたしかなんですが、じつは〈バイオアグ〉っていう農業関係の大企業が、一大プロジェクトのためにラシター周辺の土地を買い上げようとしてるんです。地元経済にとってはありがたい話なんですが、大量の水を使用することと史跡を破壊することが問題になってます。殺すという脅迫も二件ほどあったみたいで。わたしが向こうにいれば、休暇をとると同時に〈バイオアグ〉がらみの動きも把握できます。どうですか？　これは州規模のニュースになると思うんですが」ギャビーはすかさず付け足した。「ツーソンの新聞社を出し抜けるし、通信社に取り上げられるかもしれませんよ」

編集長は考えこんだ。「州規模だって？」

「そうです」

彼は疑わしげに目を細くした。「おれたちの共通の知り合いがからんでるんじゃないか？」

ギャビーは笑った。「ボウイですね。死ぬまで闘うと言ってます」

「そういうことなら、荷造りしろ。二人も死んだインチキ建設会社のプロジェクトに、あの男が対決を挑んだときのことはまだ覚えてるよ。最近はあの男の行動がニュースになる。まったく困った野……」編集長は咳払《せきばら》いした。「失礼」

「あの人は家族じゃありませんから」そう言ったギャビーは、突然その事実がうれしくなった。いかめしいハンサムな顔が求めてもいないのに頭に浮かび、気がつくとカサ・リオに帰るのが待ち切れなくなっていた。

「そうだな。いつも忘れるんだ」編集長は顔を赤くしているギャビーを眺めた。「とにかく、いい休暇を過ごしてくれ。今日の仕事はちゃんと片付けろよ」

「わかりました。ありがとう、ボス」

「礼には及ばん」編集長は片手を上げてほほえんだ。「おれはしがない編集長で、未来の若者のために民主主義を救おうと努力してるだけだ」

政治家のインタビューは、ギャビーが何週間も前から準備してきたものだ。ある年配の州議会議員が、みずからが支持する高速道路のプロジェクトから賄賂を受け取ったかどで告発された。しかし議員を知るギャビーはその告発を疑っていた。彼は狂信的なまでの誠実さで有名なのだ。

ギャビーにとってこのインタビューが特別なのは、当のギアノ議員が記者の中から彼女だけを指名したからだった。


「ウィルソンはどこだ?」白髪の議員は州議会議事堂にある自分のオフィスを見まわしながら言った。「ランプにでも化けてるのか?」

ギャビーは笑った。そして、あの型破りのジャーナリスト仲間がライバル紙で働いているのを本当に残念に思った。

「さて、何を知りたいかね?」

「誰が、なぜあなたを狙っているのか、です」ギャビーは目をきらめかせて答えた。「あなたが賄賂を受け取ったなんて、わたしはまったく信じていません」

議員はやさしくほほえんだ。「そんなに信頼してくれるとはありがたい。実際その通りだ。しかし、確たる証拠は何もない。わたしは誰かを非難する立場にないんだ」

「議員」ギャビーは身を乗り出した。「問題になっている相手の名前と、疑惑の日付と、考えうる理由を教えてくれたら編集長に伝えます。スタッフにはどんなことでもやってのける調査員もいますから」

議員の疲れた目が輝いた。「ほう？」

「このインタビューでなんでも答えてくれるなら、ジャーナリズムの基本にのっとって、双方に配慮した公平な記事を書きます」

「かえってきみが非難されないかね？」

ギャビーは首を振った。「それが正しいジャーナリズムです。でもスキャンダルの真相を暴くまであきらめませんよ。関係者全員を公平に扱うのが唯一の道なんです」

議員はうなずいた。「それは理解できる。だがわたしの評判には深い傷がついた。スキャンダルのさなかにいるのがどんなことか、きみにはわかるまい。家族はわたしより苦しんでいるが、疑いが晴れたとしても噂《うわさ》がつきまとう。どちらにしてもわたしのキャリアはおしまいだよ」

ギャビーは背筋に寒気を感じた。公の立場にある人間だけでなく、一般人にもスキャンダルは恐ろしいダメージを与える。自分の過去があきらかになったら、マケイド家の名にもひどく傷がつくだろう。

「だが調査してくれるというなら、できるかぎりの情報を渡そう。さっそく始めるから、なんでも訊《き》いてくれ」

そのインタビューは、ギャビーのキャリアの中でも最高のものになった。これが紙面に掲載されたら、騒ぎがおさまるまでしばらく街を離れたほうがいい。トラブルに背を向ける主義ではないが、ときには避けるのも賢いやり方だ。

編集長は喜び、それを調査員のラングに渡した。骨をもらったブルドッグのように、このベテランジャーナリストは仕事にとりかかった。ラングはほかの記者が誰も知らない情報源を持っている。ほしいものはなんでも手に入れるし、記事を裏付けるちゃんとした証拠も用意する。他紙が社用車や高額の給料で彼を引き抜こうとしたことがあるが、ラングはデスクで仕事を続け、自分の評判をおもしろがり、そんなオファーには目をくれようともしなかった。ギャビーは彼が好きだった。薄暗い過去としぶとさを持つ一匹狼《いっぴきおおかみ》。彼ならギアノ議員の汚名をそそぎ、編集長は最高の記事を手にするだろう。

その夜、ギャビーは荷造りしながら不安に襲われた。わたしはアギーのプライバシーに土足で踏みこむことになる。アギーの怒りも覚悟しなければ。

翌朝ギャビーは二つのスーツケースを小さな白いオープンカーに積み、植物の水やりを隣人にまかせて、カサ・リオに向かって出発した。

　アリゾナ南東部の牧場はどこもそうだが、カサ・リオは八千ヘクタール以上に及ぶ広さを誇っている。その広大な土地に東部からの観光客は度肝を抜かれた。ここに何年も住んでいたギャビーでさえ、その広大さは信じられないほどだ。山を一つ越え、延々と続く谷で終わっている。家畜や馬がハイウェイの向こうで草を食《は》んでいる。アリゾナでは放牧する権利が法で定められているからだ。牧場の広さを考えればそれも当然だった。この広さの土地をフェンスで囲めば莫大《ばくだい》な費用がかかるだろう。家畜の市場価格が下がっている今、牧場主たちはできるだけ出費を抑えたいはずだ。

　そういえば、ボウイとはカサ・リオの牧場経営について話し合ったことが一度もない。果てしなく続くハイウェイを走りながら、ギャビーは考えこむように目を細くした。ここで大規模な農業が始まれば、ボウイの家畜はどんな影響を受けるだろう。大きなプロジェクトは水の使用量も莫大だが、アリゾナのこのあたりでは水は不足している。農薬は土に染みこみ、貴重な水資源を汚すだろう。アリゾナの川は雨の季節だけしか流れず、いっきに氾濫する。アリゾナ南東で水の大部分をまかなっているのは井戸だ。以前、ツーソン近辺の飲料水に有害物質が混じっているのを警告した特別番組が作られたことがあった。ラシターにある土壌水質保全局に話を聞いてみるのもいいかもしれない。ちゃんとした仕事をしようと思うなら、入念に調査をおこなわないと。

ツーソンで一度停《と》まって食事をすると、ギャビーはラシターに向かって南下した。このあたりは歴史が詰まった地域だ。ギャビーはここにルーツはないものの、土地に対するボウイの愛着は理解できたし、すばらしいと思っていた。しかし、ときおり道の遠くに牧場が点在するだけの荒野を走っていると、大規模農業を展開する巨大企業がこの地にもたらす雇用についてボウイはよく考えたのだろうかと不思議に思った。作業員だけでなく、重機のオペレーター、技術者、エンジニアも必要になる。その会社で働く人々の賃金はラシターに落とされ、ラシターは税収が増えて、福祉を充実させることができる。最近小さな牧場がいくつもつぶれたせいで、ラシターの失業率は高かった。この地域では大勢の人が年間を通じて働ける場所を求めていた。ラシターまでの道中、ギャビーは頭の中で、検討すべき問題の両面について考えをめぐらせた。

ラシターはいかにもアリゾナの小さな町という雰囲気で、過去と現在、れんが造りと現代的な設計がまじり合っている。歩道はどこもひび割れていて、町を歩く人の服装を見れば不景気なのがわかった。若者たちは町で一つしかない高校を出ると、仕事を探すためにラシターを出ていってしまう。ギャビーはあたりを眺め、ここに〈バイオアグ〉の巨大な農場ができることを想像してみた。灌漑《かんがい》された農地が地平線まで広がり、砂漠に緑が芽吹く。ギャビーはそんな想像にため息をついてほほえんだ。

町には警官が二人いたが、地元のバーに人が詰めかけ、酒で気が短くなる週末をのぞいては時間を持てあましていた。あとは、全員ボランティアの消防署が一つと、レストランが一つ。この規模の町にしては質の高い新聞社もあった。ラジオ局もあったが、予算がないせいで午後と夕方のほとんどは高校生が調整室を担当していた。もし〈バイオアグ〉が来れば、マスコミは広告収入が増えるだろうし、紙面を埋める記事のネタもできる。ボウイはきっと環境優先で闘う。彼を助ける利益団体もある。〈バイオアグ〉には仲間が必要になるだろう。

下水処理場のところで道を曲がったが、それを過ぎるとカサ・リオまでは直線だ。カサ・リオの前は広い未舗装の道で、周囲には野の花と牧草が広がっている。ハイウェイからはずいぶん離れているが、遠くからでもよく見えた。

空気はおいしく、土地は広々として、世界でも有数の美しい眺めだ。モダンアートさながらの巨石、砂漠に花開く野草。ギャビーはオープンカーの屋根を下ろし、この土地の美しさを心ゆくまで堪能した。ケンタッキーの記憶はあった——青々とした牧草地、白いフエンス、大きな木立。けれども、この荒々しい美しさに比べればその思い出も色あせた。

車は、サンペドロ川の支流にかかる橋を渡った。雨の季節にはまだ早いので、たっぷり雨が降ったあとは危険な奔流と化す川も、今は砂混じりの水がちょろちょろと流れているだけだ。橋を渡ると牧場への長い道が続く。パロベルデとメスキートの小さな木立の中に、カサ・リオはあった。

カサ・リオは年季が入っていた。羊皮紙のような色の日干しれんがの壁が、背後の山々に溶けこんでいる。家は二階建てで、ポーチに続く庭の門にも窓にもロートアイアンが使われた、歴史を感じさせるどっしりした外観だが、最新の設備が揃《そろ》っていた。キッチンはまるでインテリア雑誌から抜け出してきたかのようだ。家の裏にはガレージがあり、隣にはオリンピックサイズの室内プールがあって、冬には温水になった。テニスコートと射撃場、繁殖用の馬を入れるきれいな厩舎《きゆうしや》と囲いがある。離れたところにまた別の厩舎、納屋、現代的なコンクリート造りの宿舎があり、宿舎には独身のカウボーイが六人暮らしていた。既婚で家族持ちの牧童頭、副牧童頭、家畜監督は、敷地内に小さな家を持っていた。

私道は家を迂回《うかい》してガレージに続いていたが、ギャビーはトランクに荷物を残したまま正門ゲートの前に車を停めた。この人生で知っているたった一つの家。あちこちに花が咲いている――鉢やプランターに植えられたゼラニウム、ベゴニア、ペチュニアだ。小さな庭園には曲がりくねった石畳の道があって、バルコニーの下の長いフロントポーチに続いていた。タイル張りの階段がポーチの脇から二階のバルコニーにつながっている。そのすぐ隣にパロベルデの木が黄色い花を咲かせ、反対側にはヤシの木がある。シダの垂れ下がるフロントポーチには、バルコニーの影になるように籐《とう》の家具が置かれていた。

ギャビーは大きな黒いロートアイアンの門を開け、庭に入った。喜びで顔を輝かせながら小道をたどり、ときどき立ち止まってばらの香りを楽しんだ。

「歩き方を見ればすぐわかる」ポーチからスペイン語なまりのある声がした。無駄な肉のついていない、見慣れた長身がポーチから日向《ひなた》に出てきて、白髪が日差しに輝いた。「おかえりなさい」

「モントヤ！」ギャビーは笑った。手を差し出すと、がっしりしたやさしい手が握り返してきた。「あなたは変わらないわね」

「あなたも。またここで会えてうれしいですよ。自分とエレナだけのために食事を作るのはうんざりでね。シニョーラ・アガサとシニョール・ボウイがいないとここはさびしくて」

「アギーから連絡はあった？」

「はい。今日か明日着くそうです」モントヤは背後をたしかめ、身を乗り出して言った。「どこの誰とも知れない紳士とね。シニョール・ボウイはそれが気に入らないんです。厄介なことになりますよ」

「やっぱり」ギャビーはうめいた。「ボウイがわたしに、帰ってきて付き添い代わりになれと言ったの。アギーがわたしを見たらどんな反応をするかしら」

「帰ってきたのはあなただけじゃない。シニョール・ボウイもです。シニョールは一時間前に着きましたよ。ほとんど寝ていないみたいで、エレナはさっそくバスルームに隠れる始末です」

それを聞いて、ギャビーは感じるべきではない心のさざ波を感じた。「ボウイが来てるの？　カナダに行くって言ってたのに……」

「とりやめになったそうで」モントヤはため息をついた。「プロジェクトは部下にまかせて、ツーソン行きの飛行機に乗ったんです。母親が大きな間違いをするのを黙って見ていられない、と言ってね。助けるつもりなんですよ」

モントヤがからかうように最後の言葉を言ったので、ギャビーは笑いをこらえた。「そう」

「笑うなら、シニョールが見てないところで」彼は皮肉っぽく言った。「じゃないと、エレナといっしょにバスルーム行きですよ。あの方は、先週うちの猫を食べようとしたコヨーテと同じ目をしてましたからね」

「そんなにひどいの？」ギャビーは首を振った。「わたしの力でどうにかできないか、やってみるわ。アギーもかわいそうに」

「その男のことは誰も何も知らないんです。シニョールの言う通りかもしれない」

「間違ってるかもしれないわ」

「シニョールが？」モントヤは胸に手をあてた。「あなたがそんなことを言うとはね」

「でしょうね」ギャビーはほほえんで歩き出した。「シニョール・ボウイはどこ？」

「家の中ですが、わたしなら捜すようなばかな真似《まね》はしませんよ」

ギャビーはふざけて彼をにらみ、家に入った。黒いワンピースを着て髪を一つにまとめた五十歳のエレナが、黒い目を心配そうに曇らせて角から顔をのぞかせた。

「わたしだけよ」ギャビーはエレナの細い体を抱きしめて笑った。「まだ隠れてるのね」

「当然でしょう?」エレナは首を振った。「することなすこと全部間違いだって責められたんですよ。ベッドに色つきのシーツを敷いたら白がいいって言われるし、床を磨いたらすべりすぎると言われて、バスルームがサンダルウッドの香りなのは嫌いだと言われる始末です。暗くなるまでに、きっと雲が低すぎるって文句を言われるでしょうよ」

ギャビーはくすくす笑った。ボウイが機嫌を損ねると、ずっといっしょに暮らしてきた人たちにもこういう態度になる。ギャビーは彼女の肩をやさしくたたいた。「今だけよ。いつもそうなんだから」

「もうあんな嵐に耐えられる年じゃないのに」エレナはため息をついた。「サラダを作って、サンドウィッチにはさむ肉を切ります。もうじき奥さまとお友だちが着きますから。シニョールはきっとわたしが肉に毒を盛ったと言い出すでしょうよ……」エレナはぶつぶつ言いながらキッチンに戻っていった。

ギャビーは一階の長い廊下を歩いていった。二階の寝室に続く階段、西部風の内装が施されたボウイの書斎、伝統的で優雅な広々としたリビングルーム、壁一面に書架が並び、革製の家具が置かれ松材の羽目板が張られた図書室、大きなキッチン。そこを過ぎると屋根つきの通路を通ってプールハウスに入った。中にはボウイがいた。

彼は力強いストロークで水をかき、オリンピックサイズのプールをやすやすと泳ぎ切ると、力強く方向を変え、立ったまま見ているギャビーのところに来た。

プールから頭を出したボウイの金髪は濡《ぬ》れて色濃くなり、目はうかがうように彼女を見ている。ギャビーはブランドもののジーンズをはいていたが、タイトなものではなかった。丈の長い赤とグレーのブラウスがボディラインを隠し、ほっそりした体つきとエレガントで長い脚しか見えない。髪はポニーテールにまとめていた。

「体力測定でもしていたの?」

「そういうわけじゃない。遅かったじゃないか」

「早いぐらいよ。ところで、ここで何をしてるの? カナダにいるはずじゃなかった?」

「アギーがどうしても心配でね」ボウイはあっさり言った。そして両手をプールサイドにつき、驚くほどなめらかに水から出た。

彼が立ち上がったとき、ギャビーは白い水着しか身に着けていない姿に息をのんだ。

それは普通のトランクスタイプだったが、たくましく見事な裸体をあますところなく見せつけていた。ギャビーは一度か二度彼の水着姿を見たことがあったけれど、こんなに動揺したことはなかった。ボウイの体つきは目が覚めるほどすばらしかった。体つきは大きかったが、よけいな肉は一グラムもない。毛におおわれた広い胸からつながる引き締まった腰、平らな腹筋、長く力強い脚という完璧なスタイル。日焼けの色は自然で、金髪を際立たせ、肌に男らしいつやを与えている。

ボウイは両手を腰に置き、目を細くして、好奇心もあらわにギャビーの表情を見つめた。これまでこんな目で彼女に見られたことはなかったから、気になった。そしてギャビー本人の存在も気になってたまらなかった。今日ボウイをここに引き寄せたのは、どこの誰とも知れないアギーの崇拝者だけではない。彼はこの週末ずっと、フェニックスでギャビーを食事に連れ出したときの自分の反応を思い返していた。そして、それが頭から離れないあまり、カナダの建設プロジェクトを右腕にまかせ、大急ぎでラシターにやってきたのだ。

だがボウイは賢明にもそのことを黙っていた。興味を引かれていることを少しでもにおわせれば、ギャビーはさっさと逃げ出すだろう。あの服装が、彼女がどれほど自分を抑圧しているかをよく表している。

「水着を着たらどうだ？　競争しよう」ボウイはかすかにほほえみを浮かべた。

目を上げたギャビーは、胸がどきどきするのを感じた。「持ってこなかったの」それは嘘だった。そもそも水着は持っていない。

「ここに何枚か置いてある」

「荷ほどきをしなきゃ。車から荷物を下ろして……」

「もうモントヤが下ろしてるさ。そしてきみが二階に行く前にエレナが引き出しにしまってる。エレナがもうバスルームから出ていたらの話だが」

「ここへ来てまっさきに彼女をバスルームに追いやったそうね」ギャビーは緊張気味に笑った。

「嘘だ。おれはそんなに悪い男じゃない」彼は赤らんだギャビーの顔を眺めた。「水は冷たくて気持ちがいいぞ」

その口調には、ギャビーがこれまで聞いたことのない何かがあった。

ギャビーの体がうずいた。とてもそそられる。でも自分では手に負えないような感情を解き放ってしまうかもしれない。ボウイはアギーの息子であり、カサ・リオの後継者。それ以上に近しい存在だと思ってしまうのは危険だ。こんなに大きな男性が自制心を失ったらいったいどうなるか……。

「あとでね」ギャビーはどうにかほほえんだ。「それでいい？」

ボウイはそれ以上無理強いしなかった。ギャビーをおびえさせてはいけない。ボウイもやさしい目で笑みを返した。「わかったよ、ハニー」

その親しげな呼びかけと笑顔に、ギャビーの膝から力が抜けた。ボウイはこれまでの人生で出会った男性の中でいちばんハンサムだ。彼は今までいったい何人の女性を泣かせてきたのだろう？

「ここでわたしは何をすればいいの？」ギャビーは下唇を噛《か》んだ。「アギーはかんかんになって、わたしがいる理由をすぐに見抜くわ」

「アギーの不意をつくんだ。おれの味方をしてくれないのか？」

「もちろん手伝うわ。これ以上アギーに傷ついてほしくない気持ちはあなたと同じよ。でもわたしが邪魔しに来たと知ったら、追い出されてしまう。ここは今アギーの家なんだから。家族だろうと侵入者と同じよ」

「それはわかってる。アギーのプライバシーに踏みこむつもりはない。父が生きているときでさえ、そんなことはしなかった」

「あなたって、自分で言っているよりもっとわたしのことを恨んできたんじゃない？」

ギャビーは彼を見つめ、思い切ってそう言った。

ボウイはかすかにほほえんだ。「まあ、ときどきは。父が言うことを聞かせたがるとき、おれは決して従わなかった。ライバル関係にある建設会社で働いたりもした。アギーに父と話すよう強く言われて、結局はおれが折れた。きみが現れる一年前のことだよ。それからはきみが二人の心を独り占めにした。二人とも娘がほしかったのに、おれしか授からなかったからな」

「ごめんなさい……そんな事情があったのね」

「それが理由のすべてではないがな。だがもう昔のことだ。今さらあれこれ言ってもしょうがない。休暇をとるのは大変だったか？」

「編集長に言ったの。ここで大規模農業を始めようとしている企業を調べてスクープをとるって」

ボウイの顔が険しくなった。「仕事のことしか頭にないんだな」

「理由が必要だったの。勝手に会社を休んだあとで、休暇をとりました、なんてボスに言うわけにはいかないわ」

「いいや、ギャビー。きみはカサ・リオの一部を受け継ぐんだ。おれたち二人が死ぬまで楽に暮らせる以上の価値がここにはあるんだぞ」

「そんなものはいらない」ギャビーは即座に言い返した。きっと顔が青ざめているだろう。頬から血の気が失《う》せるのがわかった。「あなたの財産であって、わたしの財産じゃない。ここによそ者がいるとしたら、それはアギーの友だちじゃなくてわたしよ！」

ボウイが近づいてきた。その体はあまりに大きく自信に満ちていて、ギャビーは少し怖くなった。見上げないと彼の目が見えない。その間も硬い筋肉と広い胸板を強く意識していた。そして、タオルを握って胸を拭いている、日焼けした男らしい手の美しさも。

「いっしょにいた時間は短かったが、きみのことをよそ者だと思ったことはない」ボウイは静かに言った。「アギーがきみを大事にしたことを恨んでもいない――今は」

「ええ、それはわかってる。でもカサ・リオはあなたのものよ。わたしよりずっとこの家を愛してるんだから。いつかあなたは結婚して、息子たちがここを受け継いで……」ボウイが誰かと結婚して子どもを持つことを考えると、ギャビーは動揺のあまり言葉が止まってしまった。

「不思議なことに、おれはたいていの女とうまくいかない」ボウイは正直に言った。「おれはお世辞じゃなくて本当のことしか言わないし、会話に知性を求めるんだ」けだるげにほほえむ。「おれにまとわりついてくる相手が何を期待してるか教えようか。それとも、頭のいいきみならわかるかな？」

ギャビーはかばうように言った。「その人たちを責められないわ。だって……」そこで彼の胸と肩から目をそらした。

ボウイはその視線で烙印《らくいん》を押されたような気がした。一歩近づき、あと一歩でギャビーに触れそうになった。いつものようにボディラインを隠しているが、彼女のほっそりした体に近づくと呼吸が荒くなった。柔らかな唇は情熱の中で重なったとき、どんな味がするのだろう？　ギャビーは情熱を知っているのだろうか。

「そういう意味じゃない。女たちは、おれが自分に関心を持っているという証拠を求めるんだ。ダイヤのネックレス、朝食の席に飾られた花なんかを」

ギャビーはつい彼の唇を見てしまい、視線を無理やり目に移した。「気の毒に、その人たちはあなたのことがわかってないのね。あなたは単なる体の取り引きに興味があるタイプじゃないのに」

ボウイは体がこわばるのを感じ、どうかギャビーがその変化に気づかないようにと祈った。予想外に自分自身のことを把握しているギャビーに、すっかり心乱されてしまった。

「どうしてそんなことを知ってる?」

ギャビーはやさしくほほえんだ。「アギーもほかの人も、あなたのことをいろいろ話すわ。おかげでよくわかるようになったの」

ボウイはそれ以上言葉を続けられなかった。ギャビーのことは自分も同じようにしていろいろ学んだ。スタイルがよく、セクシーで柔らかな唇の持ち主を。心が広く、エネルギーにあふれ、いたずらっぽいユーモアのセンスを持っている。こんな女性はほかにいない。

「服を着てくる」彼はギャビーに触れたくなる衝動を抑えようとした。「モントヤの話ではアギーがもうすぐ着くそうだ」

「準備を整えておきたいのね——二人を待ち伏せできるように」ギャビーは言い、思った。ボウイとふざけ合うのはどうしてこんなに自然にできるのだろう。

彼もほほえみを返した。「そんなところだ」

「人のことに口出しするのはよくないわ」ギャビーはため息をついた。

「それはわかってるさ。先に行っててくれ。おれもすぐに追いつく」

ボウイは内心歯噛みしながら自分に言い聞かせた——そう、自制心を取り戻したら。ギャビーに対して予想以上に反応してしまった。衝動を抑えつけないと、彼女をおびえさせてしまう。

たとえ数分でもボウイから離れて落ち着きを取り戻せると思うと、ギャビーはほっとした。彼のそばにいると、信じられないほど甘やかな気分になる。いっしょにプールに入ったら――ほとんど服を着ていない状態で彼に抱かれたら、どんな気分だろう。ボウイの手は、見た目通り有能で巧みなのだろうか。もしその手で触れるのを許したら、わたしはどうなってしまうのだろう。

エロティックなイメージがギャビーの頭をよぎった。プールの浅いほうで目の前に立つボウイ。その手がわたしの水着のトップスを脱がせ、素肌をあらわにする。そして顔を寄せ、熱い唇を柔らかな肌に押しつけて……。

ギャビーは顔を真っ赤にし、力が入らない脚をせいいっぱい動かしながらプールから離れた。

廊下まで来たとき、外からにぎやかな声が聞こえた。急ぎ足で玄関ポーチに向かうと、ちょうどモントヤが笑顔のアギーを抱きしめるところだった。そのすぐうしろに、カサ・リオに大勢が集まる原因となった人物が見えた。

人目を惹く長身の男性はくつろいだ様子で、崇拝のまなざしをアギーに向けていた。

5

ネッド・コートランドはボウイほど背が高くはなかった。肌も目も黒っぽく、黒髪には白い筋がまじっている。感じのいい顔つきだったが、皺《しわ》が刻まれていて顎は頑固そうだ。何年もインタビュー相手と対峙《たいじ》してきたギャビーに言わせるなら、表面は穏やかだが、怒らせたら怖い頑固者、といったところだった。お金持ちらしい風格もある。もしアギーをだまそうとしているならそれも演技のうちかもしれない、とギャビーは思った。

「久しぶりね」アギーは笑いながらギャビーを抱きしめた。「いったいどうして帰ってきたの?」

「去年編集長に却下された二週間の休暇がとれたの」ギャビーは見事な演技力を発揮した。

「でもタイミングが悪かったみたいね……」アギーのうしろのネッド・コートランドを見やる。

「そんなことないわよ!」アギーは言ったが、背後の男性は家に客がいるのをそれほど喜んでいない様子だった。「ネッド、こちらはギャビーよ。わたしにとって娘同然なの。あなたにはもう話したわね。ギャビー、ワイオミングのネッド・コートランドよ」

「お会いできてうれしいです、ミスター・コートランド」ギャビーは礼儀正しく言って握手した。彼の手は力強く、目をそらすこともなかった。いい兆候だ。

「こちらこそ、ミス・ケイン。会えるのを楽しみにしてましたよ」

「休暇をもっと先に延ばすこともできたんですが」ギャビーは罪悪感と、自分をこんなことに引っ張りこんだボウイへの軽い怒りを感じた。

白いものがまじるアギーのヘアスタイルは前髪を作って短くしている。赤いパンツスーツがオリーブ色の肌と生き生きとした目を際立たせていた。今も美人だし、亡くなった夫に劣らずビジネスの才能がある。簡単にだませる女性ではない。でも、彼女はこれまでずっと孤独だった。

「休暇を先に延ばす必要なんてないわ」アギーがきっぱり言った。「ネッドにアリゾナの牧畜業を見学してもらう間、ぜひいっしょにいてちょうだい。ネッドも家畜を飼っているのよ。牧畜王なの」アギーは心からの崇拝のまなざしで長身のネッドを見上げた。

ネッドはかすかにほほえんだ。「数頭だけだよ、アギー。牧畜王ってわけじゃない」

実際、牧畜王には見えないとギャビーは思った。ネッドはシンプルなグレーのスーツを着ていて、よく似合っているが、高級品ではない。足元はカウボーイブーツで、安物のフエルト製カウボーイハットをかぶっている。あの穏やかで落ち着いた顔の裏にどんな秘密を隠し持っているのだろう。正体がなんであれ、ミスター・コートランドはジゴロには見えなかった。

「ついさっきエレナにランチを用意するように言ったところです」モントヤがにやりとした。「配膳を手伝ってきますよ。それから、その……シニョール・ボウイも呼びますか？」

アギーはまばたきした。「あの子はツーソンでしょう？」

「じつは今プールにいるの」くるくる変わるアギーの表情にギャビーはほほえんだ。「わたしの少し前に着いたのよ」

「くたびれ切った白髪頭の母に会いに来てくれるなんて、なんてやさしいんでしょう。マイアミのクルーズ旅行を終えて、ツーソン空港で飛行機を降りたばかりだっていう母に」アギーは毒づくようにそう言うと、無理に笑顔を作った。「ギャビー、ボウイを呼んできて」

「了解」ギャビーはミスター・コートランドに向かってほほえんだ。「ボウイはいい人ですよ。きっと好きになるわ」アギーが眉を上げて目を見開いたのは無視した。

「いい人？　うちの息子の話？」

「そう、背の高い金髪の息子」ギャビーはうなずき、咳払《せきばら》いして家のほうに歩き出した。

「失礼して迎えに行ってくるわ」

ギャビーはプールへと走っていった。ついにボウイがいることがばれてしまった。アギーは十秒で筋書きを読み取り、二人が何をたくらんでいるか見抜いて怒るだろう。アギーを守ろうとしてやったことだと言っても無駄だ。よけいなお節介としか思わないだろう。実際その通りなのだから。

　ギャビーはドアを開けてプールを見まわしたが、ボウイはいなかった。もしかしたらもう着替えて家に戻ったのかもしれない。しかしギャビーはふと思い立ってシャワールームに行き、ぱっとドアを開けた。

　ノックしなかったのが間違いだった――ボウイはシャワーから出たばかりらしく、髪を拭いていた。真っ赤な顔をしてショックで動けないギャビーを見て、ボウイはおもしろそうに眉を上げた。彼は何も着ていなかった。

「どうしたんだ?」口調は冷静そのものだった。

　ギャビーは、普通の二十四歳ならこういう状態の男性を見たことがあるのは知っていた。彼女自身、写真で一度か二度見たことがある。でも実物は事情が違うし、それがボウイならなおさらだ。服をすべて取り去った彼はすばらしかった。全身が日焼けしている――引き締まった筋肉質の体は完璧に左右対称で、波打つ筋肉のカーブに男らしさがにじみ出ている。ギャビーはまじまじと見つめずにはいられなかった。

「あの……ごめんなさい」我に返ったギャビーは目をそらそうとした。「ここにいると思わなかったから……ちゃんとノックすればよかった」

「かまわないさ」ボウイはタオルを脇に放ると、ギャビーが身を震わせてあとずさったのを見ながら近づいてきて、そびえ立つように目の前で止まった。「逃げなくていい。おれは危なくない」

「それはわかってるけれど、でも……」

「こんな姿の男は見たことがない、そういうことだな」ボウイが言葉を続けた。「さあ、これで見ただろう。たいしたことじゃない。おれが女の前で平気で裸になるタイプじゃなかったとしても、きみに見られるのはかまわない。ここに飛びこんでくるところを見ると、よほど大事な用なんだろう」

ギャビーは理性が消えていくのを感じた。ボウイの口調は淡々としているが、ほかの女にはこんな姿は見せないと言ったような気もする。頭が混乱して、状況が理解できなかった。

「アギーが着いたわ」彼を見るまいとして頬が熱くなる。

ボウイの大きな手が視線を合わせようとしてギャビーの顔を引き上げた。「アギーとその友だちか」

ギャビーはうなずいた。「ネッド・コートランドよ」

ボウイの顔がこわばり、目が光った。「来たんだな。どんな奴《やつ》だ？」

「背が高くて、ちょっと怖い感じ。あなたと同じよ」ギャビーは無理に笑ってみせた。

ボウイは手で彼女の頬に触れ、ほほえんだ。「怖い？　それなら服を着たほうがよさそうだ。ジーンズをとってくれないか、ハニー？」

ボウイはその呼び方をよく使うようになってきた。そう考えるとギャビーの体にまたうずきが走った。ジーンズをとって振り返ると、彼はもう下着を身に着け、青いチェックのシャツを羽織っていた。

ギャビーは震える手でジーンズと重いベルトを渡した。ベルトはアギーが去年のクリスマスにボウイにプレゼントした、天然石ピクチャージャスパーをあしらったバックルつきのものだ。

ボウイがジーンズを受け取ったとき、空いているほうの手がギャビーの手に触れて握った。その目は静かな好奇心を浮かべて彼女を見ている。「これでおしまいだ。何も起きなかった。きみはいろいろ見たが、もう大人だ。何も害はない」

「でも心臓が飛び出るかと思った」ギャビーは恥ずかしげにほほえんだ。「あんなふうに飛びこんできてごめんなさい」

「さっきも言ったが、気にしてないよ。ほかの女なら気にしたと言ったら、気分はましになるか？」

ギャビーは顔をしかめ、目を上げた。「どうして？」

ボウイは肩をすくめた。「おれにも苦手なことはある」そしてジーンズをはき、慣れた手つきですばやくジッパーを上げた。ギャビーのあからさまな好奇の視線を眺めながら、シャツのボタンを留めて胸毛と筋肉を隠す。

「そう言ってもらえるならうれしいわ」ギャビーは恥ずかしさを気づかれまいとした。

ボウイはじっとギャビーを見つめた。「おれは暗いところでしか女を抱いたことがない」

「そう」ギャビーはそわそわと身動きした。彼を見てしまったせいで、頭にさまざまなイメージが浮かんでしまう。ギャビーが背を向けると、ボウイは靴下とブーツを履いた。

「アギーはきみを見て、なんて言ってた？」

「喜んでくれたわ——モントヤが、あなたもいると言うまでは」ギャビーは緊張しながらもいたずらっぽい笑顔を向けた。

「怒ってるんだろう。二人ともランチの前菜にされそうだな」

「そう思う？」

ボウイは立ち上がり、まっすぐで豊かな髪を鏡の前で梳《と》かした。つややかな黄金のような髪は、地味なスタイルに整えられている。ギャビーは彼の優美な動きが大好きだった。

「フェニックスに戻ってもいいって話したんだけど、アギーはだめだって」ギャビーは何か言わなければと思ってそう口にした。

「きみがフェニックスに戻ったらおれは一人になる」彼はそっけなく言い、コームをポケットにしまって振り向いた。「アギーはきっとのぼせ上がってるし、相手はどこの馬の骨ともわからない」

「疑わしきは罰せず、でしょう？」ギャビーはほつれ毛をかき上げた。

「この目でたしかめるよ」

ボウイがじっと自分を見つめているので、その緊張の一瞬、ギャビーはまた膝から力が抜けるのを感じた。

「おれを避けないでくれ」ふいにボウイが言った。「おれは恥ずかしいと思ってないし、きみが恥ずかしがる理由もない。いいな？」

ギャビーは下唇を噛《か》んだ。「ええ」その目が磨き上げられた彼のブーツに落ちた。「あなたって、とてもすばらしいものをどうでもいいもののように思わせるのね」

「すばらしいなんて言われたのは初めてだ」

ユーモアと皮肉のきいた口調を聞いて、ギャビーは目を上げて笑った。ボウイの目がおもしろそうに輝いている。体から緊張が消え失《う》せた。「そう、同情するわ」つぶやいて背を向けた。

ボウイは笑ってギャビーのためにドアを開けた。「今度おれが誘ったらいっしょに泳ぐんだぞ」ギャビーが脇を通り過ぎたとき、こめかみ近くで彼の声がした。「そうしたらおれがいつシャワールームにいるかもわかる」

ギャビーはつかの間彼の目を見た。「もう何年も泳いでないの」言うつもりのなかった言葉がつい出てしまった。「水着も持っていないわ」

ボウイの目からユーモアの光が消え、濃密な沈黙の中で疑わしげに細くなった。「もうその体を隠すのはやめて、プライドを持つべきじゃないか？」彼は静かに言った。「セクシーな服を着たからって、おれが危険な存在になるわけじゃない。男が寄ってくるのが怖いって言うなら、おれがそいつらを追い払ってやる」

ギャビーは、いつも自分を守っている壁をめずらしく破った。「あなたが？」目を大きく見開いたまま、彼女はおずおずとたずねた。

その目つきを見たボウイは殴られたような衝撃を受けた。これは誘惑する目だ。本人はおそらく気づいてないが、その目で思いがけず動揺してしまった。

「そうだ」ボウイはなんとかそう答えた。「いつかディナーとダンスに行くのもいい」

ギャビーの息が一瞬止まり、呼吸が浅くなった。「ダンスに？」

話していても、言葉はよけいだった。本当に通じ合っているのは黒い目とオリーブ色の目だけ。二人の間の空気はどんどん熱くなっていった。

「そうだ」ボウイの深くゆったりした声は、まるでベルベットのようだった。「踊れるか？」

「あまり。覚えてない？　大学のときのダンスパーティでは、あなたにつまずいてばかりだったでしょう？」

ボウイははっきりと覚えていた。

「またわたしに教えて」

その言葉がボウイの体にもたらした変化は傍目《はため》にもわかるほどで、ギャビーが世慣れていないため気づかないのを彼は天に感謝した。

「ああ、教えてやる」

ボウイが考えていたのはダンスのことではなかった。視線が彼女の唇に落ち、そこに留《とど》まった。ギャビーに情熱を教えよう。彼女の中に情熱がひそんでいることはわかっている。あとは少しのやさしささえあればいい。

「ボウイ？」ギャビーがささやいた。

ボウイはゆっくりと目を上げた。華奢《きやしゃ》な体は、ぬくもりを感じられるほどすぐそばにある。手がゆっくりと上がって彼女の腕をとらえた。

その瞬間ギャビーには、ボウイの中に力が隠れているのがわかった。彼の指が広がり、なめらかなぬくもりを試すように腕を包みこんだ。

「その唇がほしい」ボウイはささやいた。手が彼女をやさしく引っ張り、ゆっくりと引き寄せ、二人はぎりぎりまで近づいた。

ギャビーは抵抗しなかった。初めての感覚に圧倒されてしまい、くらくらしている。胸がうずき、足がなぜか動かない。体はこれまでに経験したことがないほど震えていた。

が痛い。彼の目に唇を見つめられているだけで、体が根本から変わっていくような不思議な感覚を覚える。ボウイのたくましさにおびえると同時に、全身でその体を感じたかった。彼に腕をまわし、胸がつぶれるほど引き寄せて、唇が赤く腫れ上がるまでキスしたい……。わたしは過去を正面から受け止め、大人の女性としての一歩を踏み出せるだろうか？

ギャビーの唇が震えながら開き、目は燃えるようなボウイの目を見つめた。

「唇を唇に感じたいか、ギャビー？」彼はかすれ声でそう言うと、顔を寄せた。その目はギャビーの唇を見つめている。「きみにキスするおれを感じたいか？」

「ええ……」熱い欲望が体の中ではじけ、ギャビーの脚から力が抜けた。「ボウイ」期待に震えながら手を伸ばす――。

直後、荒っぽい声が聞こえてきて、プールハウスの熱気を破った。

「シニョール・ボウイ！」

ギャビーの腕をつかむ手に一瞬痛いほど力が入った。目が合ったとき、彼の目は欲求不満と怒りに満ちていた。ボウイはすぐに手を離すと、廊下に出ていった。

「どうしたんだ、モントヤ？」彼は鋼のような、しかし完璧にいつも通りの声で答えた。

「ランチができました」廊下の奥でモントヤが笑顔で言った。「ギャビーもいっしょですか？」

「どこかそのへんにいるはずだ。捜して連れていくよ」ボウイはモントヤがダイニングルームに戻るのを待ってギャビーのほうを向き、出てくるよう手で示した。

ギャビーは視線を避け、震える脚で廊下に出ようとした。ところが彼が動かなかったので、ギャビーはぶつかってしまった。

「また今度だ」ボウイは、目を見開くギャビーに静かに言った。その顔は険しく、表情はこわばっている。「かならずキスする。きみの体から息がなくなって、腕から力が抜けるまで。きみはおれがほしくてたまらなくなる。これは約束だ」そして彼女の手を握り、そのままダイニングルームまで連れていった。横顔は険しいままだ。

ボウイは指に力を入れ、ギャビーを見下ろした。「できない言い訳を探すな。おれたちに血のつながりはない。手をつないだっていいし、デートしたっていい。愛し合ったってかまわない。止めるものはないんだ」

ギャビーは苦しげに息を吸いこんだ。「それはあなたの考えよ」

「邪魔があっても乗り越えるつもりだ。おれは女たらしじゃないが、女性の扱いは知っている。きみを傷つけたりしない――絶対に」

ギャビーは、自分はそれを乗り越えられないと言い返したかった。過去の秘密、隠された苦痛、恐怖、罪悪感……。でもすべて打ち明けることはできない。何があったかボウイに伝えるのは不可能だ――彼をこれ以上近づけてはいけない。そんな思いが胸を棘《とげ》のように刺した。

本当は彼がほしい。こんな刺激的な感覚は初めてだ。でも、この世でただ一人愛してはいけない男性に対してそう思うなんて、残念でたまらない。わたしの愛は、マケイド家が築いてきたものを何もかも破壊するだろう。理由をボウイに告げることもできない。そもそも彼に近づいたのが間違いだった。

ギャビーはボウイのたくましい手を振りほどこうとしたが、彼は離そうとせず、二人はそのままダイニングルームに入った。

二人を見たとき、アギーはすべてを理解した。ボウイとギャビーが帰宅したのは、新しい友人から自分を守るためなのはわかっていた。けれども二人が手をつなぎ、目に見えない緊張感がこわばった顔からにじみ出ているのを感じたとき、考えを変えた。アギーの目は驚きではなく喜びで輝き始めた。

ギャビーがボウイを見ると、ボウイは眉を上げ、おもしろがるような視線をよこした。これはボウイの作戦だ――アギーを惑わせようというのだ。プールハウスで言ったことはどこまでが彼の計画だったのだろう？　本気だったのか、わたしをその気にさせて表情をアギーに深読みさせようとしたのか……。

ギャビーは男性をほとんど信用しないが、ボウイなら信頼できると思っていた。でももう自信がなくなった。自分が無防備になったように感じられ、不安だった。

「やあ、母さん」ボウイはギャビーの手を離すと、身を乗り出してアギーの頬にキスし、座った。「ジャマイカはどうだった？」

「よかったわ」アギーは友人のほうに目をやり、ほっそりした手を彼の大きな手に重ねた。

「ボウイ、こちらはネッド・コートランド」愛撫《あいぶ》するような甘い口調だ。

「はじめまして」ボウイは礼儀正しく言ったが、顔つきはこわばり、視線はすでに相手を攻撃していた。

「はじめまして」ネッドはゆっくりと答えた。

ボウイは冷たくほほえんだ。「家畜を飼っていると聞きました」ギャビーの隣に座ってたずねる。「日本のことはどう思います？」

ネッドは眉を上げた。「そうだな。食事は正直言ってあまり関心がないが、日本のことは知りたいとは思ってるよ」

ボウイは身を乗り出した。「訊《き》いたのは、日本への牛肉の輸出についてですよ」

「ああ、そっちか」ネッドはにっこりした。「あまりよく知らないな」

ボウイの目の輝きが多くを物語っていた。ギャビーはアギーがそわそわし始めたのがわかった。そこにモントヤがコーヒーを持ってきて、エレナが料理の大皿をテーブルに並べた。

「日本へのアメリカンビーフの輸出をうながす動きがあるんです」ギャビーが助け船を出そうとして言った。

ネッドは感情の読めない顔でギャビーを見やった。「ほう?」

「現状はもっと複雑だ」ボウイがいらだたしく言ってギャビーを見た。

「食事の席で仕事の話はやめて」アギーはボウイを挑発するように見た。「ボウイ、あとでネッドにここの牧場を見せてあげましょう」

「いいわね」ギャビーがあいづちを打つ。「カサ・リオには見事な純血種のブラマ牛がいるんですすよ」

「ブラマ牛は嫌いだ」ネッドは明るくそう言い、テーブルに置かれた皿からボウルにチリコンカンを取り分けながら、冗談でも言ったかのようにほほえんだ。「世界一みにくい牛だよ」

「ええ、そうね」アギーが笑った。「でも砂漠で飼うにはぴったりだわ」

ギャビーはたずねた。「どんな牛が好きなんです、ミスター・コートランド?」

「ネッドと呼んでくれ」彼はハムを味見した。「わたしが好きなのは赤と白の奴だな」

赤と白の奴? ギャビーはナプキンをとって、思わずこみ上げた笑みを抑えた。アギーも同じことをしている。ボウイは料理の次にミスター・コートランドを噛み砕きたそうな顔をしていた。

「ハムをどうぞ、ボウイ」ギャビーはあわてて彼に皿を差し出した。

ボウイはギャビーをにらみつけたが、その意図は読み取った。アギーとギャビーが近況を報告し合うのをよそに、彼は黙って食べ続けた。ミスター・コートランドも食事に集中しているように見えたが、一度ギャビーがしげしげと見つめたとき、その目がおもしろそうに光るのがわかった。

ギャビーは、ボウイにどんどん惹《ひ》かれていく気持ちと、ボウイがミスター・コートランドに癇癪《かんしゃく》を爆発させるのをアギーのために防ぎたいという気持ちの間で引き裂かれていたものの、ランチが終わってもボウイから離れられなかった。

牧草地はハイウェイまで広がっていた。部分的にフェンスで囲われているのは、一部の家畜を外に出さないためだ。それ以外はたいていの牧場と同じように行き来が自由で、家畜は食べ物と水を求めてあちこちをさまよった。ボウイは地下水をくみ上げて家畜用の桶《おけ》に水をためるため、風車をたくさん設置していた。

このあたりの地下水は着実に減っている。山からの細い流れはいくつもあったが、膨大な数の家畜の飲み水をまかなうには足りないのだ。例の大規模農業開発でおびやかされるのがこの点だった。土地を灌漑《かんがい》するには大量の水が必要だし、すでに減りつつある水源から水を引けば、地下水はさらに減ってしまう。また、農薬が地下水を汚染する危険もある。

でもボウイは、自分の土地に宅地や工業団地を造ると言われても反対するだろう、とギャビーはひそかに思っていた。彼が守りたいのは土地の歴史、そして美しい自然なのだ。受け継いだ土地を子孫のために残したいと考えている。しかし失業者には働き口が必要だ。

保存することも大事だが、それで生活費はまかなえないし、お腹をすかせた子どもに食べ物を買ってやることもできない。

「うちは広大な牧草地を抱えているの」アギーは、地平線にそびえる山々まで広がるパノラマを指して、ネッドに説明した。「砂漠地帯だけど、家畜のえさはたっぷりあるのよ」

ボウイが続けた。「サボテンを食べさせることもあるが、そのときは先に棘を焼き落とすんだ」

「どうやって水を確保するんだね？」ネッドがたずねた。

「風車で地下からくみ上げてるわ」アギーが答えた。

ネッドは顔をしかめた。「どうして川からとらないんだ？」

アギーは笑った。「ネッド、このあたりの川はあなたの暮らすワイオミングの川とは違うの。川が流れるのは雨の季節だけよ。年中流れる川があったら、どうしていいかわからないわ」

「そりゃ驚きだ」ネッドの声には畏敬の念があった。

「ワイオミングにもサボテンがあるのかしら？」ギャビーが礼儀正しく訊いた。

ネッドは首を振った。「松やポプラやプレーリーグラスっていう草だけだ。カウボーイにとっては過ごしやすいよ――冬以外はね。気候が厳しくなると毎年辞める者が出る。二メートルの積雪が好きだっていう奴はめずらしいから」

「これから居留地に行って、〝砂漠の白い鳩《はと》〟と呼ばれる聖ザビエル伝道教会に案内するわ。それからパパゴ族の揚げパンを買って、サワロ国立公園と西部劇のテーマパーク〈オールドツーソン〉にも行かなきゃ」

「それだけじゃ氷山の一角よ」フェンスに向かって歩きながらギャビーが言った。「何週間見てまわっても、まだ半分も見終わらないでしょうね。トゥームストーンの町は車でほんの数分だし、絶対に見に行かなきゃ」

「もう行ったことがあると言ったら気を悪くするかな?」ネッドが笑った。「子どもの頃、かの有名なワイアット・アープ保安官がいたところを見るのが夢だったんだ。二十代のときトゥームストーンで一週間過ごしたが、何一つ忘れたことはない」

「アリゾナは初めてじゃないんだな」ボウイがたずねた。帽子をかぶっていないせいで、日差しが金髪にあたって後光のように見えた。

「ああ」ネッドの目はひそかにおもしろがっているように見えた。

「暑くなってきたわ。帽子をかぶってくればよかった」

ボウイの目がギャビーの顔をとらえた。「日射病にかかりたいと言わんばかりだな」

「わたしだけじゃないと思うけれど」ギャビーは彼の豊かな髪を皮肉っぽく眺めた。

ボウイはかすかにほほえんだ。そして、アギーが探るように見ているのに気づかず、ギャビーに手を差し出し、彼女が握り返すのを待った。

ボウイは、ゆっくり歩くアギーとネッドを残してギャビーを引っ張っていった。ロートアイアンの門をくぐってポーチに戻るまで、ボウイは考えこむような目をしていた。

「アギーのしあわせを邪魔しないで」

ボウイはギャビーを見下ろした。「ハニー、おれは何も邪魔するつもりはない。自分の立場を確認したいだけだ。あいつは何か隠してる。そう思わないか？」

ギャビーはそわそわと身じろぎした。「それは、まあ」

「あいつのファンクラブに入る前にそれが何か突き止めたいんだ」

ギャビーはため息をつき、彼の手を握る手に力を入れた。「わかったわ」

ボウイは一瞬ギャビーを引き寄せ、輝く目で見下ろした。「感じてるだろう、ギャビー？」その声は深く荒々しかった。「おれたちの間に炎が燃えてるのを」

ギャビーは唇を開いた。「やめて……わたしを追いつめるのは」

「そんなことはしない」ボウイは探るようにゆっくりと彼女の目を見つめ、手を握りしめた。「きみはヴァージンだ。その場かぎりの恋人みたいに、自分からおれのベッドに入ってきたりはしない」

ギャビーは彼の胸に目を落とした。「そうね。そんなことはしないわ」

「だから追いつめる必要はない。こっそり作戦を練る必要もない。誘惑だって必要ないんだ」ボウイがやさしく指をつねったので、ギャビーは驚いて目を上げた。「これはおれたちどちらにも通じる話だ。最近、きみにそんな目で見られると落ち着かなくなる」

さっきシャワールームで彼をどんな目で見たかを思い出し、ギャビーの顔がじょじょに熱くなっていった。

「そうじゃない。おれの唇を見つめるときの目だ。気づいてないと思ったのか?」

ギャビーはため息をついた。「ごめんなさい」

「謝らなくていい」ボウイは親指で彼女の手の甲を撫《な》でた。「おれの前でそういう顔を見せるきみが不思議だっただけだ」彼は探るようにギャビーの目を見ながらゆっくり言った。

「今すぐきみを壁に押しつけて、膝から力が抜けるまでキスしたい」

ギャビーがぱっと目を上げると、ボウイの目には混じりけのない欲望が浮かんでいた。彼の言葉で、頭の中に刺激的な光景が広がった――ボウイのたくましい体が胸とヒップと腿を押さえつけている。背中は冷たい壁で、自分は温かく強い体にとらえられ動けない。やがてボウイの唇が開いた唇にゆっくりと近づき、映画で観《み》た恋人同士のようにキスする。エロティックにボウイに抱かれている様子を思い浮かべ、温かくむさぼるような唇のことを考えると、ギャビーはたまらない気持ちになった。

ギャビーが息を吸いこみ、握られた手を震わせると、ボウイの目が輝いた。彼はギャビーに一歩近づいた。その顔が険しくなり、バルコニーの下のひんやりした影の中で、体のぬくもりがギャビーを包んだ。

「だめよ」どこか近くで話し声がして、ギャビーは言った。

「大丈夫だ」

ボウイの体はどんどん熱くなっていった。と、そのとき、近づいてくる足音とロートアイアンの門がきしむ低い音が聞こえた。

ボウイは突発的な欲望に目を燃やしたまま思いとどまった。「さあ、おれとどうしたい？」その声はかすれていた。

「同じことを訊きたいわ」ギャビーは震える声で答えた。そしてそっと手をほどき、混乱する心を抱えたまま背を向けた。

やがてアギーとネッドがそばにやってきた。

アギーはネッドの腕にそっともたれながら言った。「ネッドがわたしの友だちに会いたいと言っているの。だからギャビー、パーティを開くのを手伝ってくれる？」

6

パーティの計画にボウイが腹をたてたのはすぐにわかった。彼は〝失礼する〟と言い残し、明るいグレーのカウボーイハットをいらだたしげに深く引き下ろすと、裏口から出ていった。戻ったのは夜遅くなってからで、彼は飢えたようにギャビーのほうをじっと見つめると、まっすぐ書斎に行ってその夜はずっと出てこなかった。

「ボウイのことは頭が痛いわね」ネッドが寝てしまうとアギーはため息をついた。ボウイはまだ書斎にこもって仕事の電話をしていた。

「あなたのことが心配なのよ」ギャビーの答えはシンプルだった。「それをどう表現していいかわからないんだわ」

アギーは疑わしげに目を細くした。「あなたも心配してるの？」

ギャビーは床に目を落とした。「アギー、あなたの人生はあなたのものよ。邪魔するつもりはないわ」

「〝でも〟？」アギーは訳知り顔でうながした。

「ミスター・コートランドのことはどれぐらい知ってる?」

アギーは靴を脱ぎ、ソファに足を引き上げて座った。「彼はすごくやさしいの。気取ったところがないし、子どもや動物が好き。お酒を飲まないし煙草《たばこ》も吸わない。結婚していたけど、奥さんは九年前に癌《がん》で亡くなったわ。子どもはいない」そこでギャビーを見つめた。「彼のこと、愛してるの」

ギャビーは口笛を吹く真似《まね》をした。「すてき」

「でも彼の本当の気持ちは誰にもわからない。いっしょにいるのを楽しんでくれるし、ここに誘ったときは断る口実を探そうとしなかった。でもあの人は感情を表に出さないタイプなの」アギーは口ごもった。「キスさえしないのよ。とても昔気質《むかしかたぎ》なの。クルーズ中には若い女性が何人も声をかけてきたわ。彼ってあの年齢でもとてもすてきでしょう? でも見向きもせずにわたしといっしょにいてくれた」アギーは思い出してほほえんだ。「わたし、モンテゴベイではぐれて、ツアーバスに戻れなくなったの。でも彼が助けてくれてホテルまで送ってくれたわ。それから観光に出るときはずっとそばにいてくれた。二日目からはもう離れられなくなったわ」

「たしかにいい人に思えるけれど、でも……」

「でも、何?」

「何か隠してるみたい」ギャビーは考えこむように目を細くした。「悪意があるんじゃなくて、打ち解けない人なんだと思うの。ボウイの態度をおもしろがっていても、それをうまく隠してるわ。もちろん隠したほうがいいけれど」ギャビーは笑った。「ボウイはどうやって彼をやっつけようか考えてるみたいだし」

「わたしもすぐに気づいた。ほかのこともね」アギーはギャビーを見やった。「あなたとボウイは手をつないでいたわ」

ギャビーはすぐに顔が赤くなった自分を恥ずかしく思った。ソファを手でいじる。「ええ、そうよ」

「ボウイに口説かれてるの？」アギーはにやりとした。

「本気じゃないわ」

「本気になるわよ。ボウイは女好きってわけじゃないけど、いつかはそうなる。甘く見ないほうがいい」

ギャビーは目を上げた。「心配しないで。ボウイは軽い気持ちでわたしを誘惑するような人じゃないから」

アギーの目が丸くなった。「まあ、ギャビーったら」

「彼が怖いの」ギャビーは思わずそう言い、自分を抱きしめた。「でもその怖さはこれまで経験した怖さとは違って……ボウイはわたしを混乱させるのよ」

「その感覚はわかるわ」アギーはやさしく笑った。顔つきががらりと若々しくなり、目が輝いた。「ほら、わたしは夫を愛してたけど、夫は会社がすべてだった。彼はいつも働いてたわ——夜も週末も休日も。わたしは彼の影の中で暮らしていたようなものよ。よけいな時間をとらせないよう、彼がくれるものだけで満足していたけど、そんなのは深みのない関係だった。わたしが与え、彼がとるだけ。でもネッドだと……違うの。彼とは話ができる。わたしを締め出さないからよ。感じていること、考えていることを話してくれる。触れ合っていないときも彼を近くに感じることができるの」アギーは肩をすくめた。「この年で恥じらう乙女みたいな気持ちになるなんてね」

「すてきなことだと思うわ」ギャビーは静かに言った。そして、頬骨の高い、美しい顔を見つめた。「アギーはずっと独りだったから、これからは堂々と外に出て、求めるものを手に入れてほしいの。今は昔と違うわ。息子の言いなりになっちゃだめ。よかれと思って言ってるのはたしかだけれど、彼は物事の両面が見えてないの。自分が闘ってる面だけを見てるのよ」

「ええ、そうね。コープランドがそう育てたからよ。あの子はあの子なりにわたしを愛してるけど、結局親子として親しくはなれなかったわ。あの子はわたしを締め出した。ある意味今もそうよ」アギーはやさしく笑った。「あなたを愛するほうがずっと簡単だった。わたしの息子はむずかしいタイプだわ」

「でもあなたを愛してる。心からね」

アギーの目がふいに鋭くなった。「ボウイのこと、どう思ってるの？」

それが問題だ、とギャビーは思った。わたしはボウイをどう思っているだろう？　これは、経験したことのない官能の目覚め、肉体的な反応でしかないのだろうか。あるいはそれ以上の、何年も抑えつけてきた感情が表に出たもの？　この疑問にすぐに答えを出さなくてはいけない。そう思うとギャビーは不安に襲われた。

「わからない」ギャビーの声は消え入りそうだった。

「あまり考えすぎないほうがいいわ」アギーはそっと言ってギャビーの手をたたいた。「たいていのことは時間が解決してくれる。さあ、わたしの〝カミングアウト〟パーティに誰を呼べばいい？」アギーは目をきらめかせた。

これは二人のいい気晴らしになった。彼女たちは招待予定者のリストを作ったが、ほとんどがアギーの友人で、ボウイの友だちも数人入っていた。

「もしかしたら、この二人を入れたのは間違いかもしれない」アギーは、ボウイの幼なじみたちの名前を指さした。「テッドとマイクはいつもボウイの言いなりで、今もそうなの。ボウイはきっとこの二人をけしかけてくるわ」

「わたしが助けてあげる」

「本当に？」アギーはにやりとした。「じゃあ、誰があなたを助けるの？」

いい質問だ。ギャビーは最適な答えを見つけられなかった。アギーが招待客リストやケータリングについてあれこれ話す間、ギャビーの心はプールハウスで見たボウイの姿で乱れた。突然彼が見せた予想もしない情熱には驚かされた。男性に対してこんな思いを抱くのは――恐怖を感じずに求められている気持ちを味わうのは、生まれて初めてだ。ボウイはたしかに経験豊富だ。ベルベットのようになめらかな深い声を聞き、顔つきを眺め、目に浮かぶ表情を見ればそれはわかる。触れているわけでもないのに、ボウイは声だけでこちらを簡単に動揺させる。情熱の中で彼にキスを許したらどんなふうになるだろう。想像しただけでギャビーは息が苦しくなった。

でもそれは心配の種でもあった。ボウイは押しが強いが、ギャビーは用心深い。完全に主導権を渡すような状態になるのはいやだった。なぜ愛し合うのが怖いのか、親密な関係に飛びこむことに不安を抱いているのか、その理由をボウイに言うわけにもいかない。でもその気があると思わせておいて離れたら、彼のプライドが傷つく。以前、ある男性に〝きみはぼくをじらしている〟と責められたことがあったけれど、ギャビーの過去を考えればありえない話だった。その男性に好意はなく、むしろ苦手なタイプだった。苦い記憶に傷つけられたギャビーは、ボウイに同じことを言われたくなかった。

問題は、男性との親密な経験がないせいで、ボウイとの関係にうまく対処できないということだ。

アギーがケータリング業者の名前を書き終わったとき、ボウイが書斎から出てきた。帽子もブーツも身に着けておらず、白い靴下のまま歩きまわっている。シャツの裾はジーンズから出ていて、ボタンははずしたままだ。日に焼けた胸板や、レザーベルトの下へと消えていく体毛を見ると、ギャビーは鼓動が速くなるのを感じた。

ボウイは自分を見るギャビーのまなざしが好きだった。彼女が考えていることが手にとるようにわかる。

獲物を狙う猛獣のようなボウイのほほえみを見て、ギャビーは顔を赤らめた。

「仕事は終わったの？」アギーがたずねた。

「だいたいね。コロラドでアパートメントを建てていて、今週中に様子を見に行くかもしれない。優秀な部下を派遣したんだが、自分でも確認したいんだ」

「部下は何人いるの？」ギャビーは純粋な好奇心からたずねた。「カナダに一人送ったって言ってたわね」

「そうだ。作業員は何人も抱えてる。うちは大きな会社だ。全米で入札に参加してるし、外国にだって行く」

「どうやって入札金額を決めるの？」

ボウイは笑った。「それは説明すると長くなるな。うちには釘《くぎ》一本まで正確に見積もれるスタッフがいる。あとは確保したい利益を乗せて、平均的な額を算出する。それでも競争相手より安いんだ」

「コープランドの見積もりは天才的だったわ。彼がそれをボウイに教えたのよ」

「始めた頃に二つ続けて大きな仕事を獲得し損なって、それが勉強になった」ボウイは冷静につぶやいた。手足を伸ばすと、浅黒い肌の下で筋肉が波打った。「疲れたよ。二人でパーティの招待客リストを作っていたのか?」ボウイは母を見やった。「テッドとマイクを忘れずに入れてくれたのならいいんだが」

アギーは彼をにらんだ。「忘れるわけないでしょう? でもあの二人を使ってわたしに反抗する計画を練るのはやめて。それから、ゲームのプレイヤーはあなただけじゃないのよ」

「ゲーム?」

「アカデミー賞ものの演技ね」アギーは落ち着き払ってそう言うと、立ち上がった。そして探るようなボウイの目からギャビーに視線を移した。ギャビーは真っ赤になってほほえんだ。「行きましょう、ギャビー」アギーは意味ありげにボウイのほうを見やった。「わたしたち、いっしょに階上《うえ》に行くわね。あなたは明かりを消しておいてくれる?」

「わかった」ボウイは疑わしげに目を細くした。「おやすみ、母さん、ギャビー」

ギャビーはうなずいた。ボウイのほうを見る勇気はなかった。がっかりしたのを見抜かれてしまうからだ。ギャビーは、アギーが先に寝室に下がって自分たちを二人きりにしてくれるだろう、そうしたらボウイとのキスが待っていると思っていたのだ。心は期待で躍っていたが、アギーがそんな希望を打ち消した。アギーの言いたいことははっきりと伝わった。二人がネッド・コートランドとの仲を邪魔するなら、自分も二人の邪魔をすると。「おやすみ、ボウイ」アギーはいたずらっぽくほほえんで息子に言った。そして、楽しげにハミングしながらギャビーと並んで二階に行った。

ボウイは、歯がゆいようなおもしろがるような目で二人の背中を見送った。ギャビーも自分と同じぐらいがっかりしているだろうか。アギーは、ここにいる間ずっと二人の間を邪魔する気だろうか。母はネッド・コートランドとの関係に首を突っこむなと言っているのだ。

ボウイはずっとネッドのことを考えていた。アギーに聞いたところでは、ネッドはワイオミングのジャクソンに住んでいるらしいが、今夜こっそり問い合わせたところ、このミステリアスな客人の情報は何も得られなかった。それでいっそう疑いが深まった。ネッド・コートランドは何者なのか、そしてなぜアギーを追いかけるのか？　悪いことが起きる前にそれを探り出さなければいけない。

ギャビーはシャワーを浴びてからナイトガウンに着替えた。体にぴったりと合う、丈の短いシルク素材の黄色いナイトガウンだ。襟ぐりが開いているので豊かな胸とほっそりしたウエストが際立ち、フレアになった裾がヒップから優美な脚へと続いている。ギャビーはスタイルがよかった――扇情的ではないが、目立つ体つきだ。いつもボディラインを隠しているのはそのせいだ。男にじろじろ見られるのが嫌いだった。でも不思議とボウイの視線は気にならない。

服を着ていない彼の、男らしくすばらしい体つきを思い出してギャビーは顔を赤らめた。そして両手で顔を隠し、見たものを忘れられるだろうかと考えた。突然ボウイに惹《ひ》かれ始めたことも、突然彼が見せた情熱も、ギャビーの心を乱した。

ギャビーはベッドの上に寝転がって天井を眺めた。男性を怖がって当然の理由があるのに、ボウイのことは怖くない。彼にキスしたい。自分に触れる腕と手を感じたい。そして……。

ギャビーはうめき声をあげ、ベッドの上でゆっくりと体を伸ばした。生まれて初めて体が熱い。この震えるような欲望が――自分では名づけられないものを求める渇望が、手に負えなかった。ギャビーは目をつぶり、パーティのことを考えようとした。ボウイのせいでわたしはどんどんむき出しになってしまう。

夜明け前に目覚めたアギーは、白いワンピース姿でパティオに立ち、日の出を眺めていた。と、そこに足音が聞こえた。振り返るとネッドだった。シャワーを浴びたばかりで、白いものがまじる髪はまだ濡《ぬ》れている。グレーのチェックシャツはさりげなく喉元のボタンをはずしている。彼は考えこむような顔でアギーを見た。

「きみの息子はぼくを追い出したいらしい」彼は静かに言った。「ぼくをジゴロだと思ってる。きみはどう思う？」

アギーは恥ずかしげにほほえんだ。「わたしの休日を忘れられない思い出にしてくれた、非の打ちどころのない紳士だと思ってるわ」そして彼の胸に目を落とした。「ボウイの態度が悪くてごめんなさい。あなたがずっとここにいることになるかもしれないと思ってるのよ、きっと」

「それはあたってる」ネッドは真剣な目で近づいてきて、アギーを抱き寄せた。「ぼくはきみがほしい」そして彼女にキスした。

アギーはこんなふうにキスされるのは生まれて初めてだった。亡き夫でさえ、こうではなかった。硬い唇の下で彼女はあえぎ、体をこわばらせたが、ネッドは一センチも引こうとしなかった。彼の腕に力が入り、キスが深くなった。アギーはまだ欲望を感じる自分にショックを受けながらも、腕を伸ばして彼の首を抱き、いっそう体を近づけた。体が震え、彼が何か荒っぽくつぶやくのが聞こえた。キスは激しくなり、アギーはどうすることもできず目を閉じた。この年でも、愛はこんなにも苦しいものになる。

しばらくしてネッドは顔を上げた。柔らかな唇に涙の味がしたのだ。彼は探るようにアギーを見た。「どうして泣いてるんだ、アギー？」

「あなたが帰ってしまうから……」アギーのささやきはそこで途切れた。

「いや、帰らない」ネッドは両手でアギーの頬を包み、涙を拭った。「きみを置いていくわけがないじゃないか――今も、これからもずっと。アギー、きみを愛してる」

アギーは聞き間違いだろうかと思ったが、ネッドは同じことを繰り返した。もう一度キスされたとき、その言葉が頭の中で舞い上がり、冬の中にいた心に春をもたらし、荒れ果てた庭に咲くばらのように花開いた。愛することのあらたな喜びに浸りながら、アギーもまた同じ言葉をささやいた。そばで物音がしたような気がしたが、ネッドのこと以外は何も、誰も気にならなかった。

寝苦しい夜ののち、ギャビーが目を覚まし、着替えて階下に行くと、すでにみんな朝食のテーブルに集まっていた。ボウイはシャンブレーシャツ、ジーンズ、ブーツという姿で、考え事をしながら食べていた。

アギーはネッド・コートランドと話していた。ネッドは髪が少し乱れ、顔はよそよそしかった。黙ってアギーの話を聞いているが、頭では何か別のことを考えているようだ。アギー自身はメキシカンスタイルの白いワンピースという美しい装いだった。きれいに髪を梳《と》かしてメイクし、目には生まれたばかりの炎がきらめいている。

「おはよう」ギャビーは一同にそう言ってボウイの隣に座った。アギーはテーブルの端で、ネッド・コートランドはボウイの反対側だ。

「おはよう」アギーが答えた。

ギャビーは今日の服装が少し心配だった。体にフィットしたオリーブグリーンのブラウスと、細身のジーンズ。半袖なので日焼けした腕が出ているし、Vネックの開きはこれまでになく深い。彼女はボウイの視線を感じた。

「ミスター・コートランド、よく眠れましたか？」

「ぐっすりと」ネッドはほほえんでそう答えたが、その視線がテーブルをたどってアギーに向くと、笑顔は消えた。「アギーと夜明け前に起きて、日の出を見ていたんだ」

「すてきだったわ」アギーは顔を赤らめて言った。

ボウイのフォークが皿にがちゃんとあたる音がした。「午前中にガレージでモントヤの手伝いをしなきゃいけない」彼は立ち上がりながらそう言った。「一台調子の悪いトラックがあるらしいんだ。バンディは新入りの馬を鞍《くら》に慣らす仕事で手がふさがってる」

「バンディは馬の扱いが荒すぎるわ」ギャビーはほかの三人を眺めながらつぶやいた。どこかおかしい。空気がぴりぴりしている。わたしは何を見逃しているのだろう。

「しょうがないさ」ボウイは静かに言った。「一頭一頭にやさしくしてる時間なんかないんだ」

「わたしなら時間を作るね」ネッド・コートランドが顔を上げて言った。「馬は感情と知性を持った生き物だ。拍車で傷つけたら馬の気力をくじいてしまう」ネッドがかしげた頭の角度には、正面から対抗するような頑固さがにじんでいた。

ボウイはそれを受けて冷静にほほえんだ。「うちでは馬を痛めつけるような大きな拍車は使わない。ギャビーがバンディを手荒いと言ったのは、彼が血が出るまで鞭《むち》を使うという意味じゃない。馬があきらめるまで乗り続けるだけだ。馬のほうにもちゃんと機会は与えた。バンディはこの半年で二度もあばら骨を折ってる」

ネッドが口を開こうとしたとき、廊下から別の声が割りこんだ。

「シニョール・ボウイ、あなたに会いたいという男が来ています」モントヤがドア口から声をかけた。

ボウイは感情の見えない目でギャビーを見やると、皆にそっけなく会釈し、出ていった。

「アギー、こんな口喧嘩《くちげんか》はもううんざりだ」ネッドの目には決意が浮かんでいた。「きみの息子からは、この二日で何度も何度も喧嘩をふっかけられた。もう黙ってるわけにはいかない」

アギーは顔をしかめた。「早まらないで」

「いいや」ネッドは引かなかった。「もう隠し事はしたくない」

アギーは申し訳なさそうにギャビーを見やった。「ネッドから結婚を申しこまれたの」

そのときのことを思い出したらしく、頬を染める。

「まあ、なんてすてきなの」ギャビーはそう言いながらも、ボウイと自分はこれからどうすればいいのだろうと思った。

　アギーは険しい目で彼女を見た。「もしかして、あなたも反対するつもり？」

「もちろん違うわ」ギャビーはあわてて言った。今疑いを口にして波風を立てたら、アギーが逆に意固地になるかもしれない。アギーをなだめようと、立ち上がって抱きしめた。

「ただしあわせになってほしいだけよ」

「わかってる」アギーは温かくギャビーを抱きしめた。「祝福してちょうだい」

「ええ」

　ギャビーはネッドにもお祝いを言ったが、彼が芝居を見透かすような不思議な目でこちらを見ているのに気づいた。

「あとはボウイを説得するだけよ」アギーはつぶやいた。

「簡単には納得しないだろうな」ネッドが静かに言った。「最後の最後まで抵抗するだろう。きみがしっかり話をする必要がある」

「ボウイは聞いてくれないわ。自分のやり方にこだわるから」

「わたしも自分のやり方にこだわっているし、それを通すつもりだ」

　凄《すご》みのある彼の言い方を聞いて、ギャビーは怖くなった。早くボウイに知らせないといけない。

「わたしのせいよ。ボウイとはあまり近しい関係じゃなかったの。夫はいい父子《おやこ》になろうとしたけれど、二人ともよそよそしくて冷たいタイプだからだめだったわ」

「大騒ぎしないでくれるといいんだが」ネッドは独り言のように言った。「その前にとにかく……」彼はギャビーの視線に気づいたのか、言葉を止めた。

アギーはネッドが言いかけたことに気づかなかった。自分自身考えこんでいたからだ。

「縛り上げてクローゼットに閉じこめておけば、気づかれずにワイオミングに行ける」

ギャビーは笑った。「自分で縄を切って追いかけるわよ」そしてネッドのほうを見た。

「ミスター・コートランド、あなたは牧畜を仕事にしているんですよね？」ギャビーは記者らしい最高の笑顔を作って言った。

「ごく小規模だよ。自分ではただの馬乗りだと思ってる」彼は何かを考えているような目でアギーを見た。「馬に投資する資金がそれほどあるわけじゃないが」

「ワイオミング出身なんですか？」ギャビーはさらに続けた。

ネッドは顔をしかめた。「いや、生まれたのはワイオミングじゃない」

「じゃあ生まれは？」

「記者ごっこはもうおしまいにして、ギャビー」アギーが命じた。「それで思い出したけど、いつまでこっちにいるの？」

突然矛先を向けられて、ギャビーは動揺した。アギーは質問の本質を見抜いていた。

「もしよければ、二週間ぐらいいられればと思ってるんだけれど。うるさくはしないわ。

外に出て、コヨーテといっしょに猫でも追いかけてるつもり」
　アギーの顔からこわばりが消え、彼女は笑った。「しょっちゅう邪魔する気がないなら
わたしはかまわないから、好きなだけいなさい」そこで疑わしげに目を細くする。「ボウ
イはどうかしら？　あの子も二週間いたがると思う？」
　ギャビーは顔を赤くして、それを見たアギーは事情を察した。
「邪魔しないならいてもいいわ」アギーは不思議なほど若返った気持ちでネッドを見た。
「結婚前のカップルは、二人きりの時間が必要だから」
　ああ、ボウイはさぞ気に入るだろう。わたしもネッド・コートランドの動機にますます
怪しさを感じるようになってきた。言うことにも顔つきにも迫力がにじみ出ている。でも
どうすればいい？　アギーは結婚するのに誰かの同意を必要とするような年齢でもない。
結婚したがっているアギーを止めるには、自分とボウイ以外の力が必要だ。
「わたしたちが心を決めたことをボウイに伝えるつもりかね？」ふいにネッドがギャビー
にたずねた。
「ボウイが自分で探り出すと思いますよ」ギャビーはその質問をはぐらかした。
「それが怖いんだ」ネッドは深いため息をついた。「ボウイは子どもみたいにぴったりわ
たしたちのあとをついてまわるだろう」
「そんなことはさせないわ」アギーは闘う気満々だ。「ギャビー、結婚のことはボウイに

は絶対に言わないで。言ったらフェニックスまで投げ飛ばすわよ。ボウイに言うのはわたしの権利だから」

ギャビーは顔をしかめた。約束したくなかったが、しなければ出ていってほしいと言われるだろうし、それではすべてが台無しになる。「わかったわ。ボウイのことはまかせる――でもあまり引き延ばさないで」

「もちろん。あなたたちを傷つけたくないの。でも結婚するのに許可はいらないはずよ」

「そうね」ギャビーは笑顔を作り、立ち上がった。「わたしは何もしないでおくわ。少し二人きりにしてあげる」ギャビーはネッドに向かって用心深くほほえんだ。「〝赤と白の奴《やつ》〟がなんていう牛か、知ってますか?」

「ヘレフォード種だ」ネッドはつかの間ギャビーを見つめた。「それから知りたいなら言うが、日本との貿易協定はもう議会で決まったことだ。これからはもっと牛肉を輸出できるようになる」

「どうして知らないふりをしてボウイをはぐらかしたんですか?」

「わたしが知らないだろうとたかをくくっていたからだ」ネッドはあっさり答え、椅子の背にもたれた。「信頼が簡単に手に入る時代じゃない。不安なのはわかるが、女性がしあわせになるのに実の息子と争わなきゃならないのはおかしいよ。子どもには親の生き方を指図する権利はないはずだ」

「とはいえ、子どもには無防備な親を守る権利があります」

ネッドは眉を上げてほほえんだ。「それは知らなかったな。わたしには子どもがいないから」

ギャビーはアギーのほうを見やった。「彼女と結婚したらできますよ」皮肉っぽく続ける。「体重百キロの息子が」

ネッドの目がきらめいた。「膝の上で遊ばせなくていいなら、体重なんか気にしない」

ギャビーは笑いを噛《か》み殺した。「じゃあ、またあとで」

ギャビーはアギーに笑顔を向けたが、部屋から出たとたんその笑顔はかき消えた。

事態は複雑だ。ボウイがつかみどころのないミスター・コートランドを怪しむ理由がわかった。彼はコインみたいに両面があって、どちらが本当の彼かわからない。秘密を楽しみ、役を演じるみたいに疑わしい行動をしている。もし彼が詐欺師なら、ボウイを排除しないのはうまいやり方だ。アギーはネッドに心底惚《ほ》れこんでいるから、もし彼が本当は銀行強盗だったとしても、悪党だと納得させるのはむずかしいだろう。

ギャビーはボウイを訪ねてきた客のことなどすっかり忘れて、玄関のドアから外に出た。直後、ボウイの怒声が聞こえてきた。

「この件をどう思ってるかはもう言ったはずだ」ボウイは、ぱっとしないスーツ姿の小柄な男に怒鳴った。「公害をばらまくような企業にうちの土地を売るつもりはない。そんなものができたら、このあたりの地下水にどんな悪影響があるかわかってるのか？」

「経済的な価値は計り知れませんよ、ミスター・マケイド」男は言った。「ラシターでは大勢が賛成してるんです。あなたは少数派だ。あなたはあのプロジェクトにとって理想的な土地を持ってる。地元の経済がどんなにうるおうか考えれば……」

「長い目で見ればそうはならない」ボウイは譲らなかった。「答えはノーだ」

「考え直してもらえませんか？」

「無理だな」

「ミスター・マケイド」小柄な男はにっこりして両手を広げた。「この土地を保存するための運動をたった一人で推し進めようっていうんじゃないでしょうね？　そんなのは現実的じゃない――ぜんぜん現実的とは言えない。町の発展を止めることはできないんです」

「いずれわかる」

「町はあなたを敵と見なして闘うでしょう。全力でね。あなたは一人で負けることに……ちょっと、何するんですか！」

ボウイは話をさえぎって相手の体を持ち上げ、男の車までのしのしと運んでいった。ショックと笑い出したい衝動に襲われたギャビーは、ボウイが男性を車に押しこみ、ドアを閉め、ガレージのほうに歩き去るのを見守った。そういえばあの男性は地元の不動産業者だ。彼はあわててエンジンをかけて走り出した。

しばらくしてようやく笑いがおさまると、ギャビーはボウイを捜しに行った。砂漠育ちの男は荒々しくて、まわりくどいことはしない。ボウイは口論を片付けるときにいつもこういうやり方をした。気の毒な不動産業者はカサ・リオで受けた屈辱をずっと忘れないだろう。

ギャビーは不動産業者の言いたいこともボウイの言いたいこともわかった。文化的な遺産と、お腹をすかせた子どもや失業者を秤《はかり》にかけるのはむずかしい。ボウイは頑固だから、何があっても意見を変えないだろう。もしラシターの人間全員が本当にボウイに反対するなら、困ったことになる。でも土地の問題よりアギーの状況のほうが緊急だ。

囲いの中ではバンディが次の馬を鞍に慣らそうとしていた。小さな体が、脚を跳ね上げる馬から振り落とされまいと、鞍にしがみついている。柵の外には、メキシコ人作業員の子どもたちがいた。小さくてまだ学校に行けない子たちだ。そばで見守っているはずの女性は、洗濯物を町まで運ぶ古びたピックアップトラックにバスケットを積みこむのに忙しかった。

突然バンディが投げ出され、地面からほこりが舞った。怒った馬は後ろ脚を跳ね上げ、鞍をはずそうとして囲いの中を走りまわっている。

「バンディ！　大丈夫？」ギャビーは呼びかけた。

「おれのプライド以外はね」バンディは笑い、ほこりを払いながらギャビーのほうに歩いてきた。「久しぶりじゃないか」

「会えてうれしいわ」ギャビーはバンディが好きだった。

日に焼けた革のような顔の薄青い目が、心配そうにギャビーを見た。「アギーの客のために帰ってきたんだろう？　ボウイが帰ってきたのもそのせいだな。賭けてもいい」

「ゴシップに反応するなんて、あなたらしくないのね」ギャビーはからかった。

「だよな。あのワイオミング野郎はどうもにおうよ」バンディは、アギーといっしょに囲いのほうに歩いてくる客人にうなずいてみせた。「あの歩き方を見な。まさにカウボーイだ。馬に乗ってないときのカウボーイほど……危ない！」

ちょうど、小さな男の子が馬をからかうように笑いながら囲いにもぐりこむのが見えた。ほかの子どもたちが行け行けとはやし立てている。

「そこに入るんじゃない！」バンディが怒鳴った。

両手を振りまわす子どもに刺激され、馬は脚を跳ね上げている。男の子は笑っていて、バンディの言うことなど耳に入らない。おもしろいゲームだと思っている。でも荒馬に冗談は通じない。

「助けなきゃ！」ギャビーは叫んだ。

バンディは馬に走り寄ったが、驚いた馬に肩を蹴られて地面に倒れこんだ。ギャビーが恐怖にかられて柵を乗り越えようとしたとき、たくましい手に引き戻された。

「ロープをくれ、早く」ネッド・コートランドが言った。彼は決然とした表情で、男の子を追いかけようとしている馬を見守っている。

騒ぎを聞きつけて、ボウイが急ぎ足で納屋から出てきた。

「ロープを！」ネッドはそう怒鳴ると、難なく柵のいちばん上に乗った。

ボウイはその短い命令にとっさに反応し、ロープをネッドに投げた。ネッドはそれをつかんで手早く輪を作り、柵にまたがったまま投げた。ロープはやすやすと馬の首に巻きついた。ネッドが柵から飛び下り、足をぐっと地面にふんばると、細いながらもたくましい体がゆっくりと馬の動きを止めていく。その間にバンディは男の子を囲いから連れ出した。ネッドが馬をやさしく手懐《てなず》けようとするのを、周りは驚きの目で見守った。

彼は馬を手荒く引っ張ったりしないどころか、ほとんど力を使っていない。険しい目をして息を荒らげている馬に、ロープをぴんと張ったまま、ただやさしく静かに語りかけている。

ボウイは男の子をつかまえてぴしゃりと尻をたたき、完璧なスペイン語で離れるよう静かに言い聞かせた。男の子は仲間といっしょに母のもとへと駆け出していった。

アギー、ボウイ、ギャビーが声も出せずに見守る中、ネッドは馬に近づいていった。話し続けながら柔らかな鼻筋を撫《な》で、たてがみに手をやり、長くエレガントな首を撫で下ろしている。その間も先ほどの言葉通り、馬にも知性があるかのようにずっと話しかけている。やがてネッドはゆっくりと馬を納屋のドアのほうに連れていき、手綱をバンディに渡した。

「驚いたぜ」バンディは首を振った。「こんなことができる奴がいるのは聞いてたが、実際に見たのは一、二回しかない。あんたはすごいよ、ミスター・コートランド」

ネッドはうなずいただけだった。彼は柵のところに戻ると、半分の年齢の男性のように片手で柵をつかんでひらりと飛び越え、帽子をとって汗を拭いた。

「男の子は?」彼はボウイにたずねた。

「尻が痛くなっただけだ」ボウイは静かに答えた。「それ以外はなんともない。あの子の父親はここのカウボーイなんだ」彼は疑わしげに目を細くした。「あのロープ投げは見事だったよ」探るような言い方だ。「たしか、馬のことを少しは知ってると言っていたが」

「ああ、若い頃に乗馬をかじってたんだ」ネッドはおもしろがるように唇をすぼめた。

「馬が好きでね」

「馬のほうも好きみたいだった。バンディはもう三日もあの手ごわい馬に鞍をつけようとしてたんだが、知ってるだけで一度殺されかけてる」

「わたしはラッキーだっただけだよ。アギー、もう行こう。今日は砦《とりで》を見に出かける予定なんだ」ネッドはそう言うと、アギーの肩にさりげなく腕をまわした。

「ランチは外で食べてくるわ」アギーは輝くような笑顔を浮かべ、ネッドに寄り添った。

「待たないでちょうだい」

「わかった」ボウイは答えた。「楽しんできてくれ」彼は母にそう言ったものの、上の空だった。母の恋人の一面を目の当たりにして、その事実を消化しようとしているのだ。

ボウイは押し黙ったままのギャビーといっしょに、二人の後ろ姿を見送った。

「あの男は牧場経営に相当くわしいな」ボウイが言った。「賭けてもいい。だがなぜあれほど隠すんだ？　だいたいあいつは何者だ？　ジャクソンの牧畜業者、ネッド・コートランドの名前を知ってる奴は一人も見つけられなかったんだが」

「ジャクソン出身じゃないのかもしれないわ。あなたに嗅ぎまわられないようにしているのかも」

「くそっ、前科を隠そうとしてるのかもしれないぞ。逃亡中の犯罪者だったら、いったいどうする？」

7

ボウイが荒々しくガレージに行ってしまう前に言っていたことを、ギャビーは考えた。とてもそうは思えないけれど、ネッド・コートランドがもし犯罪者だったら？　彼の素性をたしかめる方法を考え出さないといけない。

午前中、ギャビーはアギーの招待客リストに載っている人に電話した。パーティは金曜の夕方で、今日はもう水曜だ――招待状を印刷して郵送している時間はない。自分の母親がネッド・コートランドを愛しているだけでなく、結婚するつもりでいることを知ったらボウイはどうするだろう。金曜日が来るまでにボウイと話して、落ち着かせないといけない。

戻ってきたモントヤがエレナと二人でランチ作りにとりかかるのを見て、ギャビーはこっそりボウイのいるガレージに行った。

一台のピックアップトラックの下から怒ったようにがんがんたたく音が聞こえ、見覚えのある大きなブーツを履いた脚が片側から突き出していた。

ボウイはトラックの下で仰向けになり、レンチを使いながら毒づきまくっていた。ジーンズをはいていたギャビーは、無言のままそばのコンクリートの床にあぐらをかいて座った。

「ソケットレンチをとってくれ」ボウイはそっけなく言ってグリースで汚れた大きな手を差し出した。

ギャビーはソケットレンチの入った赤いコンテナを見た。「二十本ぐらいあるけど、どれ?」

ボウイが説明すると、ギャビーはそれを見つけて彼の手のひらに押しつけた。腕がトラックの下に消えた。金属音が続き、また毒づく声がした。「あの不動産業者は、今度来たらただじゃおかない。もう二度とおれの邪魔をしに来るなと言ってやったんだが」

「ちょっとまずいことになってきたみたいね」

「最初からそうだ」また何かをたたく音がした。「おれが話してたことが聞こえたか?」

「ええ」

「きみは記者だ。調べてほしい」

「わかった。でも地元経済の状態が悪化してることと、税収源がもっと必要だっていう意見は変わらないわよ」

「きみたちリベラリストはどうかしてる。はした金のために人生の豊かさを犠牲にしようろうとしてるんだ」

「そういうわけじゃないわ。何事にも両面があるのはわかるけれど、ここの失業率は恐ろしいほど高いの。働き口を確保するために新しい産業や企業が必要よ。地下水の汚染の危険性は理解してる——水質保護の記事を何度か書いたことがあるから。でも土地をずっとそのままにしておくことはできないのよ、ボウイ。砂漠はなんの役にもたたないわ」

「説教はやめてくれ」険しい声だった。「今は土地以外にも考えなきゃいけないことがあるのは知ってるはずだ」

ギャビーはため息をついた。「ええ、そうね」

「アギーはどうかしてる」ボウイは大声を出した。

「孤独なのよ」ギャビーは静かに答えた。

ボウイは片手を差し出した。「これはサイズが違う」そう言ってレンチを返した。

「これだって言ったのに」

「今度はおれの心を読むんだな。もう一つ小さいのをくれ」

ギャビーはそれを捜して見つけ出し、ボウイに渡した。

「輸入品は嫌いだ」ボウイはぶつぶつ言った。

「このトラックは輸入品じゃないわ」

「ワイオミングからの輸入品だよ！　あいつのことだ！」

「なるほど」

「父が亡くなってまだ八年だぞ。あのどこの誰とも知れない野郎が、ちょっとばかりロープを使えて馬と話せるからって、父にかなうわけがない」

ボウイの言い方に、ギャビーは笑いを噛《か》み殺した。ネッドが自分より先にロープを持って飛びこんだせいで、プライドが傷ついたのだろうか。ボウイは緊急時に傍観者でいるのをいやがるタイプだ。

「アギーが別の人と結婚するのを見るのがつらいんでしょう」ボウイの怒りの中に苦痛を感じ取り、ギャビーはやさしくたずねた。

張りつめた沈黙が流れた。「きみが思ってる以上にね」ボウイはまた一つボルトを締めた。「きみのお母さんはどうしてる？」

ギャビーはジーンズの膝を見つめた。「母のことはよく覚えていないの」ボウイに母のことを話すのは、思っていたより簡単だった。「わたしが五歳か六歳のときに亡くなったから。それからは、父が仕事を探すのに合わせてあちこちを転々としたわ。世界一すばらしい父親ってわけじゃなかったけれど、わたしにとってはいい父だった」

「今どこにいるんだ？」

「もう亡くなったわ」ギャビーはそっけなく言った。それを言葉にするとつらかった。

父の死はまだ現実感がない。父の死を知ったのは、フェニックスの新聞社で働き始めてからだった。でもわかったのはそれだけ——ギャビーが死にものぐるいでケンタッキーから逃げ出したときに関わった人々のことも、晩年の父が精神科病院で苦しんだことも、触れられていなかった。あのときのことを調べる気にはなれない。ケンタッキーにいる関係者に今の自分の居場所がわかってしまうのが怖いから。過去を掘り返したくない。そんなことをしたらマケイド家がスキャンダルに巻きこまれるし、それには耐えられない。

考えこんでいたギャビーは、ボウイがしゃべっているのに気づかなかった。

「——きみは過去のことを話したがらないな」

「昔のことは忘れたの。ほかのレンチもいる？」

「いらない」ボウイはトラックの下からすべり出てきて座った。

着ている白いTシャツはグリースで汚れている。その生地が濡《ぬ》れたシルクのようにたくましい胸と肩と腕に貼りついているのを見て、ギャビーは圧倒的な男らしさに息をのんだ。汗をかいているせいで生地に胸板が浮き出て、表面には濃い胸毛の影がうっすらと浮かんでいる。最近どうしてそういったたぐいのことがこんなに気になるのかわからなかったが、プールハウスで一糸まとわぬボウイを見てから、彼のエロティックな姿ばかり頭に浮かぶようになってしまった。

ギャビーは無理やり彼の上半身から目を離し、顔を見た。信じられないぐらいハンサムで、すべての造りが完璧。ボウイが、じっと見ているギャビーに疑わしげに目を細くし、汗ばんだ髪をかき上げた。ギャビーは目をそらし、顔を赤らめた。

「おれの鼻にグリースでもついてるのか？」

「いいえ」ギャビーは自分のブーツを見つめた。「ごめんなさい」

「最近、よくおれをじろじろ見てるな。よければ理由を聞かせてくれ」

ギャビーは照れたように笑った。「ほかの女性があなたを見るのと同じ理由だと思うわ」

彼女は目を上げたが、すぐにまた顔を伏せた。「あなたがとてもハンサムだからよ」

ボウイは何か毒づくと、持っていたレンチを工具トレイに投げた。「ばかばかしい」

「でも本当のことよ」

「そこのタオルをとってくれ」

ギャビーはタオルを投げ、彼が大きな手についたグリースを拭うのを見守った。脚の筋肉の上でジーンズの生地が張りつめる。それを見てギャビーは快楽のさざ波が体に走るのを感じ、我に返ってまた顔を赤らめた。

「緊張してるのか、ギャビー？」ボウイの顔にはかすかなほほえみが浮かんでいた。

「少しね」対抗したくて彼女はそう答えた。「最近、いろいろ厄介なことが増えたわ」

「いや、状況はそんなに悪くない」ボウイは彼女を見つめながら言った。「コートランドはもうすぐ家に帰るだろうし、アギーはいつもの生活に戻る。大規模農業プロジェクトの奴《やつ》らは、おれがノーと言えばノーなんだと悟るだろう」

ギャビーの視線が宙を躍った。「自信たっぷりね」ボウイは母の心の中をまだ知らない。

「いつもとずいぶん違うな」ボウイは片手でギャビーのセクシーなブラウスの肩に触れた。

「きみがこんなにフェミニンな服を着てるのは見たことがない。おれのためだといいんだが」その声は深くやさしかった。

「あなたのせいでいろいろ混乱してて」ギャビーははぐらかすように言った。

「混乱も必要だ」ボウイはギャビーの髪を手にとり、柔らかな手触りを指で楽しんだ。

「おれたちは敵じゃない。アギーのことでも、土地のことでもな。きみとおれは絶対に敵にはならない」

「そうだといいんだけれど」

ギャビーは体が震えそうだった。ボウイの視線に、これまでになく緊張が走った。すべてがいっきによみがえる——プールハウスで彼が言ったこと、キスしかけたときのこと、あれ以来二人の間の空気が熱を持ったこと。

ボウイの顔を見たギャビーの目に、顔に、そのすべてが浮かんでいた。

「いつ跳び上がって逃げ出していってもおかしくない顔をしてるな。そんなにおれが怖いか？」

「怖いわけじゃない」ギャビーはおずおずと言った。

ボウイの黒い目がいっそう濃さを増し、髪を触っている手が止まった。「そうかな？」

その指に力が入った。「もっと近づいてくれ」

　ギャビーは迷い、それが顔に出てしまった。「そんなことをしたら……何もかも変わるわ」

「もう変わってる」ボウイは静かに言った。「フェニックスでのあの夜以来、じょじょに変わり続けてきたんだ。日を追うごとに手に負えなくなってきている。昨日の夜はもう少しできみの部屋に行くところだった」ギャビーの顔が真っ赤になったのを見て、ボウイの声が深くなった。「ベッドから出ないでいるのに渾身《こんしん》の意志の力を必要としたよ」

　ギャビーは昨夜の自分も彼を求めて悶々《もんもん》としていたことを思い出した。彼も同じだったなんて不思議だけれど、そのせいで怖さは増した。理性がどんどん消えていく気がする。引き寄せるようなボウイの指から髪を引き離して立ち上がり、彼から離れて壁のほうに立った。

「そういうことを言わないで」ギャビーはささやいた。「よくないわ……」

「きみは二十四の大人なんだぞ」ボウイもその体格の男性にはめずらしいほど優雅に立ち上がり、彼女のほうに歩いてきた。「これはゲームじゃない。退屈だから気晴らしに誘惑してるわけでもない。おれが反応するようにきみも反応している。きみが違うと言っても信じられない」

　ギャビーはどう答えていいかわからなかった。脚が震えているのがわかる。ボウイはこちらに何を期待しているのだろう。彼は世慣れていて洗練されているけれど、わたしは素人同然だ。ギャビーは身じろぎし、壁際に置いてある長い作業台に背中をあずけた。「進み方が速すぎるわ」動揺して声がかすれた。

「そんなことはない。避けられないことを先延ばしにしないだけだ。その唇がほしい」

ボウイの瞳に欲望を読み取り、衝撃を受けたギャビーの唇が開いた。言葉は出てこなかった。

ボウイは彼女の表情をしげしげと見つめた。その視線は一ミリたりとも動かない。ギャビーは相手の目に光る意図を感じ取った。ボウイがこちらに近づいてくるのを見て、息は喉で詰まった。彼の手がゆっくりとウエストにまわり、つかむと、作業台の上にギャビーをやさしく座らせた。そしてウエストを押さえたまま、ジーンズをはいた彼女の脚の間に割りこんだ。

高いところに座っているせいで、目と目の高さが同じなのが刺激的だった。彼の体のぬくもりが感じられ、官能的に入りまじった煙草《たばこ》とコロンと汗の香りが鼻に伝わってくる。じっと見つめられるうちにギャビーは顔を赤らめた。視線が唇に落ちてくると、ボウイの唇を感じたいあまり気絶しそうになる。この二日間彼を求め続けていたのに、二人きりになるチャンスがなかったからだ。今やっと二人きりになり、ついにそのときがやってこようとしている……。

ボウイが前かがみになり、硬い唇が柔らかな唇に軽く触れたとき、ギャビーの胸の鼓動が速くなった。沈黙の中で鼓動の音が大きく響き、二人の息が混じり合う。唇が重なる濃密な感覚に、ボウイとこんなにも近くにいる驚きに、ギャビーは体を硬くした。硬くて温かい唇がけだるげに彼女の唇をかすめ、開くようにうながす。恐怖と快感への期待で、ギャビーは彼の肩をぎゅっと握りしめた。少し距離のある抱擁の中でも、ボウイの体のたくましさはまざまざと感じ取れた。

ボウイは目を上げて彼女の目を見つめ、そこに浮かぶ不安を正確に読み取った。「今きみに求めるのはここまでだ。唇を重ねるだけでいい。リラックスしてくれ。きみを傷つけたりしない。キスしようとしているだけだ」

ボウイの完璧な自制心とゆったりした動きのおかげで、ギャビーは背筋のこわばりが消えていくのを感じた。もう抵抗するのはやめよう。ふたたびボウイが顔を寄せてきたので、自分の息がその唇を撫《な》でた。今度のキスはすぐには終わらなかった。官能を熟知したボウイの唇にゆっくりとかすめられるうち、ギャビーの唇が開いた。ボウイはギャビーの驚きを感じつつ、近づいてかすかに角度を変え、その唇を完全にふさいだ。

ギャビーはあえいだ。男性とこんなにエロティックな行為をするのは生まれて初めてだ。しかもその相手がボウイだなんて……。目を上げると、問いかけるような視線が返ってきた。

「おれも感じてる、ベイビー」ボウイは感情でかすれる声でそっと言った。

ベイビーという聞き慣れない言葉は、これまで一度も使われたことがないのにとても自然で、ギャビーの腕に喜びのざわめきが走った。彼がまた顔を寄せたので、鼻と鼻がやさしく触れ合った。

「腕をまわしてくれ」

どうしていつも彼に従わなければいけないのかわからないのに、従ってしまう。ギャビーは両手をボウイの頭にまわし、豊かな髪に触れたあと、結び合わせた。ゆっくりとぶつかる彼の唇にギャビーの唇は従った。そのときひらめいた感情の奥深さは衝撃的なほどだった。

ウエストからボウイの手が離れ、背中を這《は》い上がって、ギャビーを温かい抱擁の中へと引き寄せた。半分足が浮いたまま抱きしめられ、柔らかな胸が硬い胸板にぶつかる。唇が力強くかすめて、もっと開くようにうながした。

ギャビーの体に電流が走り、胸の奥に集まっていく。自分が喉の奥から声をあげているのがわかり、彼女は唇を引き離した。

「怖いんだろう？」ボウイはかすかに顔をしかめて言った。「これまで情熱を感じたことがないんだな？」

ギャビーは息をのみこんだ。言葉にならず、ただうなずいた。唇がうずき、長く触れられていたせいで少し腫れているのがわかる。ボウイの唇を見ると、同じように腫れていた。彼がすぐそばにいて肌を触れ合わせているせいで、体がどうしようもないほどうずいている。震えているのに、どうすればいいかわからない。

ボウイは唇を少し離したまま、両手で彼女をさらに胸へ引き寄せた。「心配してるなら言うが、自制心を失うつもりはない。おれにまかせてくれ」その声は官能的だった。「きみを怖がらせずに、知りたいものを教えてやる」

ギャビーは最初、その言葉の意味がよくわからなかった。ボウイの唇がふたたび重なり、動き始めて、手慣れたスピードでじょじょに唇を開かせていく。ボウイの両手が腰にすべり下り、痛いほどゆっくりと自分のほうへ引き寄せた。

ギャビーは高まった男性の体をじかに感じるのは初めてだった。理性は、これまで知らなかったためくるめく甘い快感に溺れていった。ボウイのたくましい首にしがみつき、彼の指がむさぼるようにヒップをつかんだときも、熱い抱擁に抵抗しなかった。

ボウイはギャビーがここまで許してくれたことに、男として喜びを感じた。彼女に経験がないのはわかっていた。ちゃんとキスされるのも初めてだろうし、それ以上のことなど何も知らないはずだ。クチナシのような香りを吸いこみながら、舌でそっと上唇の裏をじらすように探った。唇が受け入れるように開くと、ボウイは苦しげなうめき声とともに舌を中に入れ、飢えたようにギャビーをぎゅっと抱き寄せた。

ボウイに引き寄せられ、床から足が浮くほど強い抱擁の中で、ギャビーは腕に力を込めた。彼の唇は信じられないぐらいエロティックに動いている。ギャビーはそれが気に入った。密着している部分が熱い。今やボウイの唇は世界の中心だ。それがあるからこそ生きていられる。彼がやめたら死んでしまうかもしれない……。

突然ボウイが彼女を下ろして離れようとしたので、ギャビーは声をあげてしがみついた。彼女の目がオリーブ色の花のように開き、黒い目にすがる。

いっぽうボウイの目は荒れる嵐のようだった。彼の心臓の鼓動は重く激しく、ギャビーの体をも揺らした。息づかいも同じように荒いが、完璧に自分を抑えている。そっと彼女を引き離す手はとても落ち着いていた。

ギャビーは口を開こうとしたが、涙が頬を流れ落ちた。こんなに激しい感情の波も、体がどうしようもなく震えるのも初めてだ。

「行かないで」ボウイが離れるのを見て彼女はつぶやいたが、自分の大胆さが恥ずかしくなり顔を赤らめた。

「自制心をなくさないと約束しただろう。普通の男なら、あまり長くはもたない」彼はやさしくほほえんだ。「言ってる意味はわかるな?」

突然ギャビーは悟った。彼のいたずらっぽいほほえみを見てわからなくても、体の変化を見れば一目瞭然だった。

ギャビーははっとして自分の胸を抱きしめた。不思議なことに、唇と同じようにそこも腫れて熱を持っているようだった。

「わたし……信じられない」ギャビーは声に出してそう言った。二人が分かち合ったことの強烈さは怖いほどだった。

ボウイは、かすかに目が輝いているのをのぞけば落ち着いていた。「おれたち二人がいっしょになると爆弾みたいだな」

「誰かにあんなふうなキスを許すなんて夢にも思わなかったわ」ギャビーは言ったが、自分の経験のなさをさらけ出していることには気づかなかった。

「きみは過去の話を打ち明けるほどおれを信頼していないが、なんとなくわかってきたよ。以前、別の男が自制心を失ってきみを怖がらせたんだろう？」

ギャビーは息をのんだ。ボウイの話には真実がわずかに含まれている。でも実際にあったこととはほど遠い。

「そんなところよ」それ以上彼が探ってこないように、ギャビーはあいまいな言い方をした。

「レイプされたのか？」

予想外の質問に、ギャビーは顔が真っ赤になるのを感じた。「違うわ！」とっさに大声をあげた。

から」

「話してくれ」ボウイはやさしく言った。「きみを軽蔑もしないし、説教したりもしない

「無理よ！」

ギャビーが泣き出しそうになったので、ボウイはあきらめた。彼女を悲しませたくない。

ボウイはギャビーのひたいをTシャツに引き寄せ、そのまま抱きしめた。「もういい。詮索はしない。いつか全部話してくれるな」ボウイの唇がやさしく彼女のこめかみをかすめた。

「こんなことをするつもりはなかったの」ギャビーは涙声でささやいた。「状況が複雑になりすぎてるわ。こんな……こんなに男の人と近づくなんて、無理なのよ。わたしには無理」

ボウイは指でその唇に触れた。「おれとなら大丈夫だ。今すぐぐってわけじゃない。しばらくは無理だろう。でもいつか、きみが過去のことを全部打ち明けてくれたら、おれが最初にきみを新しい世界に連れていく」そこで彼の目が細くなった。「そのときが最初だな、ギャビー？」

ギャビーの視線は動かなかった。ボウイにとらえられてしまったからだ。「ええ。でもわたしには……」ボウイの唇に唇をふさがれ、言葉は止まった。

「ランチが終わったらジョン・ハンモックに電話して、金曜の夜のパーティに招待してく

れないか？」ボウイはするりと話題を変えた。

　そのあまりの変わりようにギャビーは驚いた。「え？」

「ジョンをパーティに招待してほしいと言ったんだ。アギーは以前からジョンに親切にしていたし、ジョンは去年奥さんを亡くしてる。見た目も悪くないし、環境保護支持者なんだ」

「うまくいくとは思えないわ。アギーはミスター・コートランドに本気みたいだし」

「あの男は家に帰る。アギー本人がそれをわかってないだけだ。頼むよ」ボウイはいたずらっぽくほほえんだ。「ジョンは女性の扱いを心得てる」

「あなたは信じないかもしれないけれど、ミスター・コートランドだって同じよ。あの人は見かけとは違う。逃亡中の犯罪者でもないと思うわ。あのロープさばきと馬の扱いを見た？　生まれてからずっとロープを使ってるバンディさえかなわない腕前だったわ。ミスター・コートランドは才能のある人よ。それにどこか、とても毅然《きぜん》としたところがある」

「そうかな。平凡な男に見えるが。服は既製品だし、ロープ投げはできても家畜のことは何一つ知らない」

「あなたがテーブルを離れたあとで、あの人は日本への牛肉輸出をどう考えてるか話してくれたの」

　ボウイは探るようにギャビーを見た。「あいつが？」

「それから赤と白の牛の名前も知ってたわ。ワイオミングではちゃんとした人から話を聞いた？　ミスター・コートランドが牧畜に興味を持っているのは間違いない」

ボウイは唇をすぼめた。「それならきみにぴったりの案件だ。ちょっと誘導尋問して、情報を引き出してみてくれないか」

「やってみたけど、アギーに止められたの。何かいい方法はある？」

「来週、ジャクソンに行ってみたほうがいいかもしれないな」ボウイは顔をしかめた。

「アギーがばかなことをしでかす前に、あいつをここから追い出さないと」

ギャビーは内心うめいた。アギーに隠れてこそこそ動くのはいやだったが、ボウイと同じで、何もせずに傍観していることはできない。

「あの人はとてもいい人に思えるわ。アギーを見るとき、まるで世界のすべてを見るような目をしてるし」

「男なら誰でもそれぐらいの芝居はできる。きみも覚えておいたほうがいい」

「さっきのこともお芝居だったの？」ギャビーは思わずたずねた。

ボウイは眉を上げた。「男が芝居で欲望を持っているふりができると思うか？」本心から驚いた声だった。

そのとき体で感じた彼を思い出して、ギャビーは真っ赤になった。あわてて背を向けて歩いていこうとする。

「驚いたな」ギャビーを見て、ボウイは言った。「今すぐギネスブックに登録したいぐらいだ。きみの年頃のアメリカ人女性で、そんなことも知らないとは……」

「やめて。知らないわけじゃないわ」

ボウイもギャビーのあとを追って歩き出し、二人は家の裏口に向かった。

ボウイは低く笑った。「きみといると勉強になる」ギャビーが怒ったように目を向けるのを見て、こう付け足した。「きみにとっても、おれといることは相当な勉強になるはずだ」

ギャビーはそんな挑発に乗る気はなかった。急ぎ足で裏口に向かい、スクリーンドアに手間どるのをおもしろそうに見つめるボウイの目を無視しながら、逃げるようにキッチンに駆けこんだ。

モントヤは入ってきた二人に目を上げた。「そんな格好で座られちゃ、エレナが卒倒しちまいますよ」モントヤはボウイに向かって首を振った。

「何がおかしいんだ？」

ギャビーは唇を噛んで笑いをこらえた。ボウイの白いTシャツはグリースまみれだ。腕も汚れていたし、髪にまでついている。

「グリースですよ」モントヤが丁寧に言った。「よく洗ってきてくださいよ、たっぷりついてるから」

ギャビーは笑いをこらえられなくなった。

ボウイが彼女とモントヤをにらみつけた。「そこまでじゃない」

今度はエレナが入ってきて、早口のスペイン語でまくし立て始めた。ボウイも同じぐらい流暢《りゅうちょう》なスペイン語で言い返し、しばらく口論が続いたが、やがて彼はあきらめたように両手を振り上げ部屋から出ていった。

「お望み通りシャワーを浴びてくる。だからそっちも、この家で料理を始める前には洗剤と消毒薬でしっかりきれいにしておくことだ！」

「専門家の話だと、油《グリース》のとりすぎは体によくないそうよ」ギャビーはうしろから声をかけた。

ボウイがスペイン語で怒鳴るように言い返すと、それを聞いたエレナの顔が赤くなり、彼女はあわててコーヒーポットをとりに行った。

「ちょっとお耳に入れたいことがあるんですが」モントヤが言った。

「何？」

「ボウイからシニョール・ハンモックをパーティに呼ぶように言われたでしょう。アギーがシニョールに目を向けて、新しいボーイフレンドのことを忘れるように」

「ええ。実際どうなるかはわからないけれど」ギャビーはあいまいに答えた。

「シニョール・ハンモックはシニョーラ・ホワイトと婚約したばかりなんです」モントヤ

はため息をついた。

「そんな」ギャビーはうめいた。「最後の希望だったのに」そしてモントヤに目をやった。

「ほかの方法を考えないと。すぐにもね」

「あの人は悪い人には思えませんがね。よくないことをたくらんでるって証拠でもつかんだんですか？」

「わからないわ。手がかりが何一つ見つからないの。でも調べ続けるつもりよ」

「早くしたほうがいいですよ。結婚をなかったことにするのはむずかしいですから」

「もちろん」

その間もギャビーは考え続けていた。

ボウイは町の発展とあらたな継父《ままちち》に逆らいながら、わたしの心の壁を楽々と越える道を見つけた。でもボウイは過去に隠された爆弾に気づいていない。わたしはアギーと同じようにすきだらけで、自制心を失ってしまっている。そう考えるとアギーにますます共感したが、それが事態をいっそう複雑にしていた。

8

ギャビーはモントヤから聞いたことをボウイには言わなかった。シンプルだがおいしいランチを食べる間も、ボウイの目は何度もこちらの唇に引き寄せられた。それを見て、彼もまたガレージで二人の間に燃え上がった炎のことを思い出しているのがわかった。

短い間でもいいから、この家から出なければいけない。ギャビーは車でラシターに行くことにした。

ラシター・シチズン紙の編集長ボブ・チャーマーズはアギーの友人だ。ギャビーは彼に挨拶に行った。ボブは以前フェニックスに住んでおり、フェニックス新聞の編集長ジョニー・ブレイクを知っていた。

「もうあいつには何年も会ってない」ボブはにやりとして、ギャビーにオフィスの椅子を勧めた。編集室では女性たちが入力作業をしたり校正したり電話でしゃべったりしている。開いているオフィスのドアの向こうで、太った中年の男性がキーボードをたたきながら電話で話しているのが見えた。

「男より女性が多いなんて、めずらしい光景だろう」ギャビーの顔つきが変わるのを見てボブが言った。「週に一度、火曜日の発刊で、店頭に出るのは水曜の午後遅くだ。社員は八人いて、フルタイムは三人だけ。記者は一人――ハービー・リッターだ」ボブは開いているオフィスのほうに頭を振ってみせた。「ハービーはここに移ってくる前はサンアントニオの大手紙にいた。あっちに座ってるジュディはここに十年いる。暗室に行ってるティムはほぼ創刊当時からいる仲間だ」

「週刊紙のことはよく知らないんですが、聞くところによると、記者は日刊のほうが楽だそうですね。サポートをしてくれるスタッフが大勢いるから。ここでは記者は一人で何役もこなすんでしょう?」

「その通り。ハービーは毎週木曜になると辞めるって脅してくるよ」ボブは笑って身を乗り出した。「木曜は、紙面を読んで間違いを見つけた読者から苦情の電話が入るんだ。わたしはいつも誰かとツーソンにランチに出かけることにしてるがね」

「逃げるんですね」ギャビーはからかった。

「人生経験が長いんだ。フェニックスの三流紙を辞めてここで働くのはどうだね?」ボブは突然そう言い出した。「きみは腕利きの記者だし、物議をかもす問題を恐れない。ハービーは政治コラムもうまいし、水と農業に関して専門家でもあるが、波風を立てるのを好まないんだ。だが今は議論をあおる者が必要でね」

「先週の一面を見ました」ギャビーはおずおずと言った。

ボブは咳払《せきばら》いした。「社説もだろう？　きみの義兄をこき下ろしたが、謝らないよ――向こうが間違ってると思ってるから。ラシターには働き口が必要だ。歴史遺産の保護も必要だが、人を飢えさせてまでというのはやりすぎだ」

「わたしもそう思います」ギャビーは、ボブがボウイを義兄だと思いこんでいるのを訂正しなかった。たいていそう思われるし、状況を説明してもしかたない。だからいつも聞き流していた。「じつはここに来たのもそれが理由なんです。ブレイク編集長から、ボウイの土地を買い取ろうとしている例の農業プロジェクトを取材しろと言われています。あなたならいろいろ教えてくれるだろうと思って」

ボブの顔がぱっと明るくなった。「そっちの記事が載ったら、うちの新聞のためにも書いてもらえないか？」

ギャビーはにっこりした。「ブレイク編集長を説得すれば大丈夫だと思いますよ」

「すばらしい！　じゃあ、ミスター・バリーのオフィスに案内するよ。彼はその農業プロジェクトの代理人をしている。彼が今朝ボウイと話したと思うんだが」

ギャビーは顔が熱くなるのを感じた。これはきつい取材になりそうだ。「かなり言い争ってました」

「なるほどね。いずれはおさまるだろう。論争は長くは続かないものだ――市民にとっては好ましく、新聞社にとっては好ましくないことだが」ボブは先に立ってオフィスを出た。

「おい、ハービー、ギャビーが例の大規模農業プロジェクトの件でうちにも記事を書いてくれるそうだ！　スズメバチの巣をつついてくれるとさ！」

ハービーが分厚い眼鏡の奥から彼女を見つめたが、笑顔はなかった。「そりゃ親切だな」そう言っただけで、誰かに電話をかけ始めた。

「あの人のことは気にしないで」小柄な金髪のジュディのそばを通りかかったとき、彼女が笑って話しかけてきた。「ボブにその件を頼まれて断ったから、怒ってるのよ。あなたに出し抜かれたってわけ」

「よけいな手出しじゃなければいいんですが」ギャビーはボブに言った。

「そんなことはないさ。さあ、行こう」

ボブは、数時間前にボウイがカサ・リオからたたき出した不動産業者、アルビン・バリーを彼女に紹介した。

「大変な仕事になりそうですよ、これは」ミスター・バリーはギャビーと握手しながら言った。「ミスター・マケイドがあんな手荒なことをするとはね。いずれこの件で困ったことになるでしょう」

「いつもそうなんです」ギャビーは皮肉っぽくつぶやいた。「でも彼には彼の意見があるし、それを言う権利もあります。たとえそれがあなたと対立する意見でもね」

ギャビーは不思議だった。この件に関しては大多数と同じくボウイの意見には同意できないのに、なぜ彼をかばいたくなるのだろう?

ミスター・バリーは恥じ入った顔で咳払いした。「すみません、ミス・ケイン。彼はあなたの家族でしたね。で、今日はなんのご用件ですか?」

「例の大規模農業プロジェクトについて知りたいんです」ギャビーは座ってポケットからレコーダーを取り出した。「ぜひ重役の名前を教えてもらえませんか? 連絡をとって話し合いたいので」

「いいアイデアだ」ボブは、大きなオーク材のデスクの前に座るギャビーの隣に腰を下ろした。

「そう簡単にはつかまりませんよ、あの人たちは。その前にわたしにできることがある。マスコミ用の資料一式が必要になったときに備えて、いくつかもらってるんです。ほら、どうぞ。ミスター・チャーマーズには一部渡してある」

「ああ、もらってる」そう言うと彼は、広大な農地を走る刈り取り機や灌漑《かんがい》の進む土地の写真が並ぶ立派な冊子をギャビーが眺めるさまを見守った。

ギャビーは顔をしかめた。そして目を上げた。「大きな農場みたいなものだと思ってました――野菜や果物を栽培して売るような。でもこれは綿花ですね。この冊子に載っているのは、まさに綿花畑だわ」

「これはほかの州の写真です——南部のね。肝心なのは土地を手に入れることです。ミスター・マケイドは八千ヘクタールの理想的な土地を持っている。平坦《へいたん》で、ハイウェイにも近い」

ギャビーの心の奥で疑いが頭をもたげた。どうもしっくりこない。自分と同じレベルまで相手の理解がおよんでいないとき、こういう感覚を覚えるのだ。

「灌漑には産業廃水を使うんですか？」

ミスター・バリーがまばたきした。「なんですって？」

ボブでさえ一瞬ぽかんとした。

「廃水の再利用です。いくつかの場所で農業に使われてますが、かなり経済的で、既存の地下水にあまり害を与えません」

「そうですね、それはここには書かれてない」ミスター・バリーが答えた。

「では、地下水に汚染物質が染みこむのを防ぐために、どんな手段をとるつもりですか？それから、実際どれぐらいの地下水をくみ上げるつもりなんでしょう？」

「驚いたな」ボブの声には尊敬の念がにじみ出ていた。「よく調べてある」

「残念ながらわたしのほうは不勉強で」ミスター・バリーは顔をしかめた。「この場であなたの質問に答えられないのを認めないわけにはいかない。土地の取得担当は、副社長のミスター・サミュエルズです。あなたが知りたがっていることを喜んで教えてくれるでしょう。ええっと、これはラシターの新聞の取材ですよね？」

「いいえ、違います」ギャビーは首を振った。「わたしはフェニックス新聞の記者です」

ミスター・バリーは見るからに居心地が悪そうだった。「そんな大手の新聞社がラシターみたいな片田舎のうちの事業に興味を持つとは信じられませんな」彼の顔がどんどん赤くなっていく。

「うちの事業？」ギャビーはその言葉を聞き逃さなかった。「あなたは代理人だと思っていましたが」

「わたしも少しだけその会社に関係してるんです」

「なるほど」ギャビーは唇をすぼめた。「ミスター・サミュエルズの連絡先を教えてもらえますか？」

「ええ、もちろん」彼はデスクの中を探り、名刺を取り出した。名刺には、〝バイオアグ社副社長　テランス・ハイマン・サミュエルズ・ジュニア〟とあった。本社はロサンゼルスだ。

ギャビーは名刺から顔を上げた。「土地を探すためにずいぶん遠くまで来たんですね？」

「ご存じの通り、都市近郊の土地は値上がりしています。農地に理想的な土地は工業団地や住宅地に変えられてるんです。農地に関しては、アリゾナはいわば最後のフロンティアなんですよ」

「水問題が深刻化している土地でもありますね」ギャビーは指摘した。「コロラド川はアリゾナ最大の水源ですが、アリゾナ以外に四つの州とメキシコも取水してます。しかも州の中でも遠いほうにある。ここの北を流れるヒラ川の水もそう多くは使えません。ラシターの周辺には小さな水源しかないんです。でも農地には大量の水が必要になります」

「そのへんの話は本当にミスター・サミュエルズにお願いしますよ」ミスター・バリーは引きつった笑顔で立ち上がった。「この件についてあまり知らなくてすみません。その資料を読んでもらえば、多少は助けになるはずです」

「そうですね。会えてよかったです、ミスター・バリー。助かりました」

「助かるが聞いてあきれる」新聞社に戻る道すがら、ボブが言った。「例の資料はわかりやすかった。向こうから送ってきた冊子は全部使わせてもらったし、この周辺でプロジェクトの場所を決めたいという発表も載せた。だがきみがさっき質問するまで、うわべ通りに受け取りすぎていたことに気づかなかったよ。きみはどうやって水源のことにそんなにくわしくなったんだ？」

「わたしはブレイク編集長の下で記者をやってたので」ギャビーはぱっと顔を赤くした。「水は興味深いテーマなんです」

「そうらしいな」

「初心者なので知識はまだ足りないですが、質問の仕方は知っていますし、答えも理解できます。それに、必要なときに頼れる情報源もあるんです」

「最初、このプロジェクトは町にとって願ったり叶《かな》ったりに思えた。だが疑わしくなってきたぞ」

「ミスター・サミュエルズに連絡してみて、何か引き出せないかやってみます。ミスター・バリーはあまり深く知らないようですが、それも当然でしょうね。プロジェクトはまだ計画段階だし、組織のまとめ役はここまで来て話をする時間がなかったんでしょう」

「それが奴《やつ》らの次の手になる。今ごろミスター・バリーはおえらいさんに電話してるな。賭けてもいい」

ギャビーはほほえんだ。「だとしたら、わたしはこの電話番号を使わなくても大丈夫ですね」

「わたしの番号はなくさないように。それと、この件に関わっているうちにきみへの申し出を検討してもらえないか？　きみはうちにとって大きな財産になる。ジョニーが出しているのに負けない給料を出すつもりだ」

ギャビーはそれを聞いてとてもうれしくなった。「考えてみます」

ボブの顔が輝いた。「頼むよ」

カサ・リオまで戻る道中でギャビーはその申し出を考えた。小さな週刊紙の記者としてやっていくのはむずかしいだろうが、ある意味面倒なことは減って、ボウイのそばにいられる……結局考えがそこに行きついてしまうのはわかっていた。

ギャビーは一日中ボウイがガレージで見せた情熱のことを考えていた。抱かれてキスされたこと、彼が言った言葉を。あまりに進み方が速すぎて、彼を避けるために町に来た。ボウイはこちらを追いつめようとしている。それが怖かったのだ。

不思議なのは、彼に肉体的な恐怖を感じなかったことだ。ボウイはとてつもなく魅力的だった。過去に心の傷は負ったけれど、ボウイはその傷を開かせないただ一人の男性だ。彼はやさしく時間をかけてくれた。ギャビーは彼の腕の中にいる感覚が好きだった。でも感情を解き放つ勇気はない。それは危険すぎる。いっぽうで、どうすればボウイをこれ以上近づけずにいられるかわからなかった。

白のオープンカーでカサ・リオに到着すると、アギーとネッドはもう帰宅していた。どうやら夕食に遅れたようだ。

ギャビーはその朝ラシターに行く前に着替えた、白のサンドレス、白のパンプスという格好で、髪はすっきりとまとめていた。テーブルに着いたときに向けられたボウイのまなざしは強烈で、ギャビーの胸に喜びがあふれた。

「すてきだ」ボウイがほほえんだ。「涼しげだな」

「外はひどく暑いわ。ちょっと買い物に行ってたの」ギャビーは嘘をついた。何をするつもりかボウイに教えるのは早すぎる。「でも気に入ったのが見つからなくて」

「買い物には暑すぎるわよ」アギーがギャビーににっこりしてそう言い、ネッドを見た。

「わたしたち、砦跡《とりであと》まで行ってきたの。途中で博物館にも寄ったわ。ギャビー、覚えてる？　あの田舎町の古いお店のこと」

「ええ。アンティークからジョン・ウェインの映画のサイン入りポスターまで、いろんなものを置いていた店でしょう？」

「炭坑時代の興味深い遺物もだ」ボウイが言った。

「例の電話、してくれた？」アギーはギャビーにたずねた。

「全員残らず連絡したわ」

「残らずだな？」ボウイが眉を上げてたずねた。

ギャビーがうなずくと、ボウイはこっそりほほえんで皿に目を戻した。ジョン・ハンモックが婚約していることを知ったら、ボウイはどうするだろう。

食事中、ボウイに電話があった。カナダのプロジェクトで問題が発生し、確認するために急遽《きゅうきょ》現地に飛ぶことになったという。全員が食べ終わると、彼はギャビーを外に連れ出し、自分の車のところに連れていった。

「あの二人から目を離さないでくれ」ボウイは家のほうにうなずいてみせた。「いっときたりとも視界の外に出さないように」

ギャビーは眉を動かした。「トイレも?」

ボウイは彼女をにらんだ。「ばかなことを言うな」そして腕時計を見た。「もう行かないと。金曜のパーティが始まるまでには戻ってくるつもりだ」

「わかったわ」

ボウイは彼女の顎を引き上げ、その目を見つめた。「今朝からずっとおれを避けようとしているな。なぜだ?」

ギャビーの顔が赤くなった。「流れが速すぎてついていけないの」

「いいや、それは違う。おれを新しい角度から見るのに慣れる時間が必要だったんだ」ボウイは顔を寄せ、ゆっくりと唇で唇をかすめた。「そんなふうに唇を閉じないでくれ。口を開いて、ちゃんとキスさせてほしい」

「人に見られたらどうするの」

「そんなことはどうでもいい。口を開いてくれ、ギャビー」

ギャビーはその通りにした。重なるボウイの唇も開き、力がこもった。むさぼるように彼を両手で抱きしめる。その間も彼の唇は激しく温かく愛撫《あいぶ》を続けた。

ボウイはブリーフケースを放し、腕でギャビーを引き寄せた。暮れゆく日差しの中で、キスはいっそう激しく荒々しくなった。

「きみはなんて甘いんだ。この唇のとりこになりそうだ」

「普通よ。それに、わたしにはあなたに言えないことがある……」

ボウイはいっそうやさしくキスを繰り返した。「いつか教えてくれ。それまで待つよ。今以上にせかしたりしない」そしていたずらっぽく笑った。「せかすと言っても――」彼はギャビーのサンドレスを見下ろした。「きみが文句を言う理由は何もないはずだ。今はまだね」

向けられたボウイの視線を見て、ギャビーは体が熱く震えるのを感じた。「この服は男性にみせびらかすためのものじゃないの」ギャビーは力を振り絞って明るく言った。

「ああ、わかってる。おれも女にみせびらかすような趣味はない。きみだけだ」ふいに赤く染まったギャビーの頬をうれしそうに見ながら、彼はほほえんだ。「赤くならなくてもいい。おれの記憶では、そんなにすぐ目をそらしたわけでもなかったしな」

「もう、ボウイ！」

彼はやさしく笑った。「もうやめるよ。じゃあな、ギャビー」

ボウイはギャビーを離しブリーフケースを取り上げると、それ以上何も言わず、振り返りもせずに車に乗りこんだ。ギャビーは、二人の関係はどこまで複雑になるのだろうと思いながら、車を見送った。

ギャビーがおやすみと言って寝室に向かったとき、アギーとネッドはリビングルームのソファに並んで座り、テレビの特番を観《み》ていた。頭を近づけ、手をつないでいる。まさしく二人で一人。アギーがネッドの目を見ると、彼の表情が嘘のように柔らかくなった。アギーが彼に夢中になっているとしたら、謎めいたネッド・コートランドもアギーに夢中だ。ボウイがジャクソンでいい情報をつかんできてくれればいいのに。もしだめなら、もう結婚を引き延ばすことはできなくなる。

気の毒なアギー。ギャビーはネッド・コートランドが善人であることを祈った。

ギャビーは翌日〈バイオアグ〉のミスター・サミュエルズに連絡をとろうとしたが、秘書から火曜まで戻らないと言われた。そこで、パーティのケータリング準備や音楽の打ち合わせを進めるアギーを手伝い、エレナといっしょにパティオを華やかに飾りつけた。パーティはこのパティオでおこなわれる予定だ。

ギャビーはカサ・リオに来るまで、自分がどんなに休暇を必要としていたか気づかなかった。この数カ月は仕事に忙殺されていて、フェニックスを出る直前の銃撃事件が心にのしかかっていた。一時的でも仕事から離れられてほっとしている。こちらはこちらで、ボウイの存在に心を乱されたり、アギーの突然の婚約騒ぎがあったりと、落ち着かない部分はあるけれど。

ネッド・コートランドはギャビーのそばにいてもそれほど殻に閉じこもらなくなった。

彼には皮肉っぽいユーモアがあり、話し方は誠実だった。アギーがなぜこんなに惹《ひ》かれているのか、ギャビーはしだいに理解し始めた。ネッドはたくましく、すぐれた資質を持っている。

　金曜日は一日中準備で忙しかった。ギャビーは、上半身と裾にカラフルな刺繍《ししゅう》が入った、シンプルなメキシカンスタイルの白いワンピースを選んだ。髪はうしろで結んで、フェミニンなのも悪くないと思った。でもそれが昔のように気にならなかったのは、ボウイがそばにいるからなのはわかっていた。

　ボウイは五時過ぎにこれからツーソンから帰ると電話してきて、ビュッフェ料理がテーブルに並べられるタイミングで到着した。ベージュのスーツがよく似合い、長旅だったのにブロンドの髪はすっきりと梳《と》かしてあった。

「どうやら間に合ったみたいだな」ボウイは、目を輝かせて出迎えたギャビーに言った。

「ええ。もういつ招待客が来てもおかしくないわ。旅はどうだった？」

「忙しかったよ」ボウイはピニャータ（メキシコの祝い事で飾られるくす玉の一種）やカラフルなランタンやリボン飾りを眺めた。「きれいだ。全部きみとアギーでやったのか？」

「エレナと妹さんたちが手伝ってくれたの。疲れてるみたいね」

「ああ」ボウイはじっとギャビーを見つめた。「帰る途中でジャクソンに寄ってみた」

ギャビーは彼に近づき、不安げにあたりを見まわしたが、アギーもネッドもまだパティオにいるようだ。「それで？」

「何もわからなかった。奴が出身だと言っていたあたりにコートランドの一族は見つけられなかった。昔はそのあたりにいたらしいが、百年前のことだそうだ。アギーの崇拝者が何者なのかはわからないが、嘘をついてるのはたしかだ。アギーと話さないと」

「今はだめよ。パーティを楽しませてあげて」

ボウイはギャビーをにらんだ。「それでどうなる？　アギーはあの男の正体を知るべきだ」

ギャビーはなぜボウイに反対したくなるのかわからなかった。こんなにしあわせそうなアギーを見たことがないからかもしれない。

「お願い。今夜だけは心配事は忘れてパーティの主役にしてあげたいの」

「そんなふうに邪魔してくるには理由があるはずだ。数時間遅らせたって影響はないはずだ」

ギャビーは皮肉っぽく笑った。「敵側についたわけじゃないけれど、わたしはミスター・コートランドが好きよ」

「裏切り者め」

「わかってる」ギャビーは彼のハンサムな顔を見て、あらたな皺《しわ》が刻まれているのに気づいた。ボウイはよく働くが、ペースを落とそうとしない。こんなに疲れた顔を見ると心配になった。

「そのワンピースはいいな」ボウイの視線が全身をたどった。「そんなにカラフルな模様の服を着てるのを見るのは初めてだ」

「今夜はお祭りだから」

アギーとネッド・コートランドが考えていることを知ったら、ボウイはどんな反応を見せるだろうとギャビーは思った。ボウイに話しておけばよかった。でもアギーとの約束がある。

「ちょっと着替えてくるよ。これじゃあフォーマルすぎる」ボウイは自分のスーツを指して言った。「ジョン・ハンモックは来るのか?」

ギャビーはにっこりした。「ええ」

ボウイは眉根を寄せた。「〝でも〟?」

ギャビーは笑った。「〝でも〟なんてないわ。彼がパーティに来るのは本当よ」

「それならいい」

ボウイが体を寄せたので、そのたくましさと男らしさに気圧《けお》されて、ギャビーのほほえみが消えた。

「おれがいなくてさびしかっただろう?」

「さびしいと思えるほど長い時間だったわけじゃないし、わたしも忙しかったから」

「ああ、おれを恋しがるのに忙しかったんだよな」ボウイはにやりと笑った。黒い目が躍っている。「アギーはバンドを雇ったみたいだな」彼はパティオに現れたカウボーイ四人組のほうにうなずいてみせた。「これで踊れるぞ」

ギャビーはけげんそうに彼の目を見た。「わたしは踊れないわ」

「なんだって？」

「前にも言ったはずよ――踊れないって」ギャビーは恥ずかしげにほほえんだ。「好きになれなかったから覚えなかったの。教えてくれるって言っていたわね」

「教えることはほかにもたくさんある」ボウイは彼女の髪に触れ、シルクのような一筋の上に手をすべらせた。「今すぐ片隅に連れていって息ができなくなるまでキスしたい」

ギャビーもそうしたかったが、今はだめだ。「着替えたほうがいいわ」

ボウイはため息をついた。「そうだな」ボウイは彼女の髪の毛を軽く引っ張り、ほほえんで放した。「テッドとマイクが来たら教えてくれ。ちょっと話があるんだ」

「ピエロたちといっしょにアギーの夜を台無しにするのはやめて」

「おれはそんなことはしない」ボウイの目がいたずらっぽく光った。「でもテッドとマイクは保証できないな」

「あなたの差し金だって言うわ」

ボウイは笑った。「きみは言ったりしないさ」彼がセクシーにウインクしたので、ギャャビーの胸はときめいた。ボウイは口笛を吹きながら家に入り、階段へと歩いていった。

ギャビーはその後ろ姿を見送った。思っていた通りだ。今夜は長い夜になる。アギーとネッドが婚約を発表したとき、ボウイが怒りを爆発させないのを祈るだけだ。

9

パティオから出てきたアギーは、片袖に金色のラインが入った白いカフタン風のロングドレスを着ていた。そのブランドもののドレスは、浅黒い肌と目、そして白いもののまじる黒髪によく合っていた。ネッド・コートランドは黒っぽいスラックスと襟元を開けた白いシャツを身に着け、黒いステッチが入ったベージュのジャケットを羽織っている。その姿はエレガントで、腕はアギーのウエストから離れなかった。二人の輝くような一体感を見て、ギャビーはため息をついた。ガレージでボウイと過ごした短いひとときをのぞいて、誰かとあんな雰囲気になったことは一度もなかった。

ボウイは、ジョン・ハンモックがドアから入ってきたのを見て、手をこすり合わせんばかりに喜んだ。そして白髪のジョンと笑顔で握手した。

それに加わったギャビーは、ミスター・ハンモックはアギーの相手にまったくふさわしくないと思った。彼はお腹の出た農機具のセールスマンで、アギーが毛嫌いするアメリカンフットボールに目がなかった。

「今夜はようこそ、ミスター・ハンモック」ギャビーは肉づきのよい手を握りながら、それでも笑顔で言った。

「こちらこそ、ギャビー」ミスター・ハンモックは笑った。「アギーといっしょにいるのは誰だい？」

「クルーズ船で知り合ったとかいう男でね」ボウイがそっけなく言った。「明日にも帰るそうだが」

「どこか見覚えがあるな」ミスター・ハンモックは顔をしかめた。

ボウイは耳をそばだてた。彼はスーツからベージュのスラックスと白のシルクシャツに着替え、袖をまくり上げていた。カジュアルながらエレガントで、ギャビーの目にはこの場にいる誰よりもハンサムに映った。

「もしかして知っているのか？」ボウイは声を低くした。「名前はネッド・コートランドで、ワイオミングのジャクソンから来たと言ってるんだが」

「コートランド……コートランドか」ハンモックは首を振った。「いや、知らない名前だ。なんせ大勢と会ってるからな。名前と顔を覚えるのがそりゃもう大変で」彼はにやりとした。「ボウイ、ギャビー、紹介するよ。エレンだ。ほら」年配の美しい女性を脇に引き寄せる。「こちらはエレン・サーモンド・ホワイト。婚約者だ」

ボウイは落胆したように見えたが、すぐに気を取り直し、その女性に笑顔を向けた。

「ようこそ。オードブルとパンチが用意してある。テーブルは、アギーとコートランドが立ってるあたりだ」

「ありがとう、ボウイ。いただくよ」ハンモックはそう言ってうなずいた。

彼がエレンを連れて行ってしまうと、ボウイはギャビーをにらみつけた。「知ってたんだろう?」

ギャビーはうなずいた。「モントヤが教えてくれたの。地元のゴシップにくわしいから」

「どうして言ってくれなかったんだ?」

「わたしが言ったって信じなかったでしょう?　パンチを飲む?」

「いらない」ボウイはミスター・ハンモックと握手するコートランドをにらんだ。黒い目がぎらりと光る。「アギーはあの男に本気になっているはずがない」

「ボウイ……」

ちょうどそのとき、アギーがクリスタルのグラスを差し上げ、ティースプーンでたたいた。

「皆さん、ちょっと聞いてもらえるかしら」アギーの美しい声が響いた。「ネッド・コートランドを紹介するわ。ワイオミング出身で……わたし、彼と結婚します」

衝撃の沈黙が流れた。ボウイは無言だった。挑発するような、しかし希望に満ちたアギーの視線にも、そのアギーに向けたネッドの渋面にも反応せず、じっとアギーを見つめている。直後、彼は背を向け、居並ぶ招待客にゴシップの種をたんまりと残して、何も言わずにドアから出ていった。

「パーティの前にボウイに言うと約束したじゃないか」ネッドは低い声でゆっくりとアギーに言った。

「帰ってくるのが遅かったから」アギーは顔を赤くした。「それに、どちらにしてもこのほうが安全よ——あなたにも言ったでしょう」

「アギー、わたしはボウイが怖いわけじゃない」ネッドは静かに言った。「彼には最初に聞く権利がある」

「あとでよく話すわ。それより会ってほしい人がいるの」アギーは赤らめた顔を緊張させたまま、ネッドの手をつかんで引っ張っていった。

ギャビーはボウイのあとを追って明るい会場をあとにした。ボウイは怒ったような大股で外に出ていく。窓とパティオからの明かりを受けた髪が輝いた。

ボウイは囲いの柵に寄りかかった。さっき聞いたことが信じられなかった。見ず知らずの他人と結婚するなど、アギーはどうかしてる——誰もあの男のことを何一つ知らないのに。父の家に新しい男を迎え、父のものを使わせ、母といっしょに暮らすなどとても耐えられない。

腕に軽く触れられ、ボウイはびくりとした。彼は無表情でギャビーを見つめた。

「知ってたんだろう」ボウイは責めるように言った。

ギャビーは彼の強烈な苦しみが感じられるような気がして、胸が痛んだ。表には出さないが、ボウイは感じやすいたちなのだ。

「言いたかったんだけれど、わたしじゃなくてアギーの秘密だったから」ギャビーはため息をついた。「それに、どう言っていいかわからなくて」

「最低だな」彼は暗闇を見つめた。「とても耐えられない」

「彼を深く知れば好きになるかもしれないわ」その声には思いやりがあった。「わたしはそうよ」

「あいつはきみの母親と結婚するわけじゃないからな」

「そうね。でもわたしは母のことをほとんど知らないの。アギーはわたしにとって特別な人よ。大きな過ちを犯してほしくないという気持ちは同じ。でもミスター・コートランドには――それが本名だとしたらだけれど――まだわからないところがたくさんある。二日前に、あなたに婚約のことを打ち明けたがっていたのよ」

「どこの誰かもわからないんだぞ」

「それには反論できないけれど、あなたはアギーが連れてきた相手は誰だって信用できないんじゃない？」

「そうかもしれない。だが相手の身元がわかればこんなに気をもまないだろう。せめて、知り合ってたった二週間じゃなければ。まあ、一言で言えばここにはいてほしくないんだ」

「本人もそれはわかってるわ。でも、ここにいる。それが何かを意味しているはずよ」

「意味しているのは、奴《やつ》は自分が何をしてるかわかってないってことだ。きみがどう言おうと無駄だ」ボウイの口調は荒々しくなった。「母がふざけたジゴロと結婚することも、そいつがカサ・リオを手に入れることも、許すつもりはない！　そんなことをしたら地獄にたたき落としてやる――絶対に」

「ボウイ……」

「あそこまで乗りこんでいって、あのくそ野郎の顔を一発殴りつけてやりたいよ」ボウイの暗い目に危険な光が浮かんだ。「一晩中考えたが、それがいちばんいいやり方かもな」

ボウイは本気だ。ギャビーは下唇を噛《か》み、引き留めるような言葉を考えようとした。それより、行動に移したほうがいいかもしれない。何を言うかぐずぐず考えている時間はなかった。

ギャビーは柵のいちばん下の板に足をのせ、両手をおずおずとボウイの首にまわした。彼が驚きで身を硬くするのがわかった。

「どうしたんだ？」彼はギャビーがバランスを崩して柵から落ちないよう、ウエストをつかんだ。唇と唇がすぐそばにある。

「ミスター・コートランドを殴るのはやめて」ギャビーはかすれ声で言った。「あの人は殴り返してくるタイプに思えるの。アギーのパーティを喧嘩《けんか》で台無しにしたくないでしょう?」

「だめなのか?」そう言いながらもボウイの目はギャビーの唇を見つめている。

ギャビーは最後の勇気を振り絞り、数センチだけ動いて唇を重ねた。彼の首に両手をからめ、ガレージでボウイがしたように唇を開いた。そして体をぎゅっと押しつけ、せいいっぱい官能的に動いてみた。

予想外の動きにボウイは身震いし、信じられないほど昂《たか》ぶった。ためらいもなく彼女に体を寄せる。「ギャビー!」体に欲望が走り、ギャビーの口元でつぶやいた。

ギャビーは誘うように息をもらした。これでボウイはネッド・コートランドのことを忘れるだろう。それに、彼にキスするのが好きだった。「キスの仕方を教えて」そっとささやいた。

ボウイはそれ以上のことも教えたかった。こんなにもエロティックなギャビーの体の感触が理性を奪う。自分がどれほど相手を熱くしているか、ギャビーはわかっているのだろうか。しかし理性は力を失っていき、抵抗することもできない。ガレージでの一件以来、彼はほとんど寝ていなかった。頭の中はギャビーでいっぱいで、体は彼女を求めていた。こんなにも誰かをほしいと思ったのは初めてだ。

ボウイの両手がギャビーのウエストをつかんでぐいっと引き上げた。唇がいっそう強く押しつけられ、ゆっくりと動くうちに熱を増していった。二人を暗闇が包んでいる。ボウイの舌が唇を愛撫《あいぶ》し、たどるうちに、かすかな抵抗の声とともに唇が開いた。その唇に荒い息があたる。突然なんの前触れもなく舌が奥深くまで侵入し、激しくゆっくりと出入りを繰り返したので、ギャビーの脚が震えた。

ギャビーは喉の奥で小さな声をもらした。ガレージでキスされたときと同じで、とてつもなく刺激的だ。同時に、そこにひそむ欲望がギャビーを不安にした。ボウイの体がかすかに震え始めたとき、体の中に恐怖が芽生えたのだ。ボウイがためらいに気づいていない様子なのも気になった。ギャビーは両手を胸板にあてたが、ボウイの手はウエストを撫《な》で上げ、胸に近づいていく。

ギャビーはパニックに陥った。このなりゆきは予想していなかった――ボウイがキス以上のものをほしがるなんて。胸の脇にあたる手の感触に、ギャビーはとてつもなく怖くなった。

「ボウイ?」彼の親指が突然胸の外側に触れ、ギャビーの許容範囲を超えるエロティックなリズムで動き出した。「ボウイ、ねえ、やめて……」彼女はささやき、体をひねって抱擁から離れようとした。

ボウイは、ギャビーに対する苦しいほどの欲望に我を忘れて動いた。不意打ちをされて彼女に触れたい気持ちを抑え切れず、その柔らかさを感じたいと思った。ボウイはギャビーを柵に釘《くぎ》づけにした――乱暴ではないが、しっかりと強く。腕をギャビーの両脇の柵に置き、たくましい体が彼女を押さえこみ、唇は飢えたようにキスをむさぼっている。腰と腰が触れ合う。

ギャビーは彼の高まりをはっきりと感じ、状況がどんどん危険になっているのに気づいた。ほんのすぐ先には誰もいない納屋がある……。

「ボウイ……お願い……やめて！」

ボウイの理性を曇らせていた官能の霧の中に、必死の訴えが響いた。体でギャビーを押さえつけたまま顔を上げ、欲求不満ながらもその声に応えて彼女の目を見下ろした。そこにははっきりと恐怖が表れていた。

「ギャビー」彼は静かに言った。そして無理やり腰を離し、柵に置いた自身の手に寄りかかって深く息を吸いこむと、自制心を取り戻そうとした。「自分でも手に負えなくなった。すまない」

ギャビーの体のこわばりは解け始めた。ボウイの落ち着いた口調に怒りがないことが彼女を安心させた。ギャビーは少し震えながら柵にもたれかかり、不安げにささやいた。

「あなたを……傷つけてしまった？」

ボウイはなんとかほほえみを見せた。「死にはしないさ」そしてまたゆっくり息を吸った。「そんなうしろめたそうな顔をしないでくれ。欲望を発散できないときはこれが普通の反応なんだ」

ギャビーはむさぼるように重なった彼の唇に目をやり、そのときの刺激的な感覚を思い出した。「わたしのせいよ。ミスター・コートランドを殴ってほしくなかったの。でもまさか……まさかキスだけで……」彼女は息をのみこんだ。「あなたがあんなふうになるなんて思わなくて」

ボウイは低く笑った。「それは驚きだな」

「男の人のことをあまりよく知らないの」

ボウイは人差し指を彼女の唇にあてた。「一つ覚えておいてほしいのは、あんなふうに腰をくねらせて押しつけたら、その場で立ったまま奪ってくれと言ってるのと同じだってことだ」ギャビーが顔を赤くするのを見て、ボウイは残念そうに笑った。「おれはもうずっと誰とも付き合っていない。そのうえ、きみが相手だと反応が激しくなる」

「大丈夫?」ギャビーはそっとたずねた。

ボウイはうなずいた。「すぐもとに戻るさ」そして彼女のひたいにひたいを押しつけ、息を整えた。「何が怖かった?」

ギャビーは目を閉じた。「柵に押しつけられたこと」心の奥で悪夢がよみがえるのを感じながら、そうつぶやいた。「逃げられなかったから」

　ボウイが顔を上げるとギャビーは目を開いた。彼は静かにその目を見つめた。「同じ間違いは二度としない。怖がることは何もない。きみを傷つけたりはしないから」

「わかってるわ」ギャビーは涙声でささやいた。「ごめんなさい、ボウイ」

　ボウイは腰がぶつからないように彼女を引き寄せ、かばうように頭の上に頭をのせた。

「まだまだ先は長いみたいだな。信頼を築くには時間がかかる」

「あなたが悪いんじゃないの……違うのよ。わたしの心に古い傷があって」

「知ってるよ」ボウイはやさしく唇で唇を愛撫した。「一日ずつ進んでいこう。逃げなくていいんだ」

「逃げないわ」ギャビーはため息をついた。逃げることなどできない――ボウイはもう人生の一部で、彼のいない暮らしなんて想像もできない。ギャビーは手を伸ばして彼の唇に触れた。「ほかの誰ともこんなことをした経験がないの」ギャビーはボウイにそのことを知っておいてもらいたかった。

　ボウイは顔をしかめ、重いため息をついた。「ギャビー、怖かったのはおれの力だけか？」

　ギャビーは赤くなった。彼が何を訊《き》いているかわかったからだ。「そうよ」

「こういう反応は」ボウイは静かに言った。「男にとってどうしようもないものだ。自然にそうなる。きみに感じさせないことはできるが、こうなるのを止めることはできない」

「怖くないわ……あなたがそうなっても」ギャビーは消え入りそうな声で言った。「ただ、それ以上の関係に進めるかどうかわからないだけ」心配そうに彼の目を探る。「わかってくれる？　怖いのは主導権を明け渡すことなの」

ボウイはギャビーの顔から湿った髪を払った。「いずれおれを求めることに慣れるようになる。急いでそうなろうとは思わない。おれは待てる。これで安心しただろう？」

「もしわたしがそうならなかったら？」

「一日に一つずつだ、ハニー」ボウイは彼女のウエストをつかんで地面から持ち上げ、その柔らかく腫れた唇が自分の唇と同じ高さになるまで抱き上げてほほえんだ。「キスしてくれ。そして中に戻ろう。おれにはやらなきゃいけないことがある」

「また苦しくなるんじゃない？」ギャビーは不安げにたずねた。

「あらかじめ準備していれば大丈夫だ。さあ、行こう。ぐずぐずしてるわけにはいかない」

ギャビーはうれしそうに笑って彼にキスし、抱き上げられたままやさしくキスを受けた。

「いつか情熱がどういうものか教えよう」ボウイはギャビーの開いた口元で言った。「約束だ」そしていきなり彼女を下ろした。「さあ、これ以上問題が増えないうちに中に戻らないと」

「ボウイ、アギーのパーティを台無しにしないわね？」

ボウイは怒ったように答えた。「しないさ。だがコートランドを放っておくわけにはいかない。アギーを守らないとな」

「あなたが正しいことを祈るわ。だって、もしそうでないなら、アギーは決してあなたを許さないだろうから」

ボウイもそれはわかっていた。彼は内心で毒づきながら、先に家に戻るギャビーを見送った。人生がずいぶんややこしくなってきたが、それもコートランドのせいだ。だが、ギャビーとの関係も悩ましい。もし深い関係に進めないなら、どうすればいいだろう。彼女の存在感がどんどん増しているが、プラトニックな関係で満足できないのはよくわかっている。情熱は彼女が考えているような恐ろしいものではないことを納得させられないかぎり、二人は何も分かち合えない。

ボウイは牧草地の柵に沿って続く道を歩いていった。あまりに動揺し、母への怒りが高まっていて、頭を冷やさないと中に戻れそうになかった。トラブルは起こさないとギャビーに約束したが、起こしたい気分なのはたしかだ。カサ・リオがよそ者の手に渡ってしまうと思うと気分が悪くなった。母親をジゴロに奪われるのはもっとつらかった。

いっぽうギャビーは、笑い合うゲストの間を縫って階段のところでアギーをつかまえた。アギーの目は暗く不安に満ちている。

「あの子はどう受け止めた？」アギーは顔をしかめた。

「荒れていたわ」

ギャビーはすっかり落ち着きを取り戻していたが、自分自身の大胆さに対する恥ずかしさは少し残っていた。もっと慎重にすればよかった。無理だとわかっているはずなのに、過去を克服したかったのだ。ボウイが友情だけで我慢できないのはわかっているけれど、過去を乗り越えられなければ、彼には友情しか与えられない。ギャビーは座りこんで泣きたかった。

「あの子が折れないのはわかっていたわ」アギーは悲しげに言った。「それは予想していた」そして、ほかの男性と話しているネッドのほうを見やった。「彼はボウイが厄介なことになると言っていたけど、わたしを愛しているから、しあわせを求めるのを許してくれるかもしれないと希望を持っていたの」

ギャビーは静かにアギーを見つめた。「そうしたらボウイの思いはどうなるの？　愛されていると感じている子どもは、血のつながらない親に対してするような、あんな反応はしないわ。違う？」

アギーは突然真っ青になった。「そんな言い方をしなくても……」その声はぎこちなかった。

「いいえ、本当のことよ」

アギーはため息をつき、ネッドのほうに視線をやった。「そうね。ボウイとは、愛してると言えるほど近い関係になれなかった。あの子はコープランドに似てるわ、ギャビー――よそよそしくて打ち解けない。そばにいると、まるでこちらがよそ者のように感じてしまう。あの子にはどうやって近づけばいいかわからないの」アギーはまっすぐギャビーを見た。「あなたはどう?」

ギャビーは近づき方を知っていたが、それはアギーと話せる話題ではない。「ただ話しかけるだけでも違うと思うわ」

「やってみたのよ。ボウイは話題を変えるか背を向けてしまうもの」

「それなら、ボウイの立場になって考えてみるのはどう?」ギャビーは、大音量でカントリーウエスタンのメドレーを演奏しているバンドのほうを見やった。「知り合って二週間も経《た》たない男性といっしょにクルーズ旅行から帰ってきて、息子に断りもなく大勢の前で結婚の予定を発表したのよ。あなたが結婚しようとしている男性を息子は知らず、正体を示す手がかりもない」

アギーは心配そうな顔になった。「だからって悪人と決まったわけじゃないわ。彼は貧しい現役のカウボーイだけど、わたしは気にしない」アギーは自分を説得するように言った。「そうよ、気にしないわ。必要なら丸太小屋に住んだってかまわない」そして悲劇の女王のような目でギャビーを見た。「心からあの人を愛してるの。お金目当てのはずがないわ。ありえない!」

「わたしだってそうは思いたくないけれど、誰も彼のことを知らないのよ」

「あなたもボウイと同じね……」ふいにアギーの怒りが燃え上がった。「どうせあなたたちは二人ともわたしのことを、人の正体を見抜く頭もない浅はかな年寄りだと思ってるんでしょう！　ネッドのことはあなたたちには関係ないし、結婚したければするわ。勝手なことを言わないで！」

「わたしたち、あなたが大事なだけで――」ギャビーは言い返した。

「いいえ、違う！　ボウイはカサ・リオが他人のものになるのをいやがってるだけだし、あなたも同じよ。よくも恩を仇《あだ》で返すような真似《まね》ができたわね――過去のことなど何も訊かずに引き取って、これまでずっと面倒を見てきたのに！」

ギャビーの顔から血の気が引いた。「アギー、あなたに傷ついてほしくないの」

「わたしの家族とやらのほうが、ネッドよりずっとひどいわ」アギーは冷たくそう言うと、背を向けて歩き去り、ギャビーは平手打ちをされたような気分で取り残された。

これ以上耐えられない。ギャビーは涙を流しながら家の階段を上がった。今まで泣いたことはほとんどないけれど、今夜は別だ。ボウイは触れさせもしないわたしを見放すだろうし、今度はアギーが激怒している。さらに何かが起きたら立ち直れない。明日フェニックスに帰って、あとは当事者同士にまかせたほうがいいかもしれない。もう板挟みになるのはまっぴらだ。

外ではボウイがまだ怒りを持てあましていた。

そばで足音が聞こえてはっとした。振り向くとネッド・コートランドが煙草《たばこ》を手に顔をしかめて歩いてくるのが見えた。彼がカサ・リオに来てから煙草を吸っているのを見るのは初めてだ。

「人捜しか？」ボウイは冷たく言った。「それとも、ここに移ってくる前に資産を確認しておくつもりか？」

コートランドはボウイの真正面で立ち止まった。いつもの明るさも親しみやすさも消え失《う》せていた。「きみの許可を求めてるなんて誤解してもらっちゃ困る」その声はそっけなかった。「ここに移ってくることも、きみのお母さんと結婚することも、それ以外にわたしがやりたいと思うこと全部についてもね」

ボウイは眉を上げ、あざけるようにほほえんだ。「宣戦布告というわけか？」

「そうだな」ネッドは柵にもたれかかって無言で煙草を吸った。「アギーとは、パーティの前にきみに婚約を報告するという約束だったんだ。だがきみは聞かされていなかったらしい」

「どっちでも同じことだ」

「わたしにとってはまったく違う。すっかり予定がくるってしまったよ。ここへ来たのは、世間から離れてアギーと二人でいっしょに過ごし、互いをよく知るためだ。アギーがどんなところでどんなふうに暮らしているのかも見たかった……」

「だろうな」ボウイは傲慢に言った。

「好きなだけ挑発するがいいさ」ネッドの目もボウイに劣らず冷たかった。「ほかの男にここまでばかにされたのは初めてだ。きみの皮肉にはもううんざりだし、敵対心むき出しのその態度にアギーも影響されている。わたしが彼女の全財産を持って逃げるんじゃないかという目で見るようになっている」

「そんなことは考えたこともないと言うつもりか？」

「今回の滞在の目的は、アギーがありのままのわたしを受け入れてくれるかどうかをたしかめることだ。貧乏で孤独な休暇中のカウボーイに入れこんだ女に結婚をせかそうなんて思ってない」

「どうやってジャマイカ行きの金を出したんだ？」ボウイはずばりとたずねた。

「何年も貯《た》めていたんだ」ネッドは静かに答えた。「初めての旅行だった――妻を亡くしてからワイオミングをあんなに長く離れたことは一度もなかった」

「妻？」ボウイは顔をしかめた。アギーは彼が妻を亡くしていたことなど何も言っていなかった。

「九年前に癌《がん》で亡くなった」ネッドは目を細くして考えこむように遠くの家を見やった。

「アギーが迷子になるまで、ほかの女性に目を向けたこともなかった」彼は肩をすくめた。

「わたしはこれまでの人生、迷ったものを捜して生きてきた――ほとんどは子牛だったがね。アギーはいつも迷子になって、一度別の観光客に責められたとき、わたしがかばったんだ。それ以来、いっしょに行動するようになった。二人とも孤独で、何かを探していた。気がつくともう引き返せなくなっていた」そしてボウイをにらんだ。「きみとギャビーは過保護なほどアギーを守ろうとしているが、わたしはカサ・リオなんかどうでもいい。ほしいのはアギーだ！」

ボウイはこの男が好きではなかった。だから、たった今彼を好きになりたい気持ちになった自分にいらだった。「きっとアギーはすぐにあんたに冷めるだろう」彼は冷たく返した。

「それはきみたちじゃなくてアギーが決めることだ。できることならアギーをいっしょに家に連れ帰りたいよ。だがわたしは独身の姉妹二人と同居している。二人とも、アギーに対してきみと同じことをするだろう。そんな目にあわせるわけにはいかない」

「姉妹？　あんた、子どもは？」

ネッドの冷たく険しい顔つきが怒りに変わった。ネッドは地面を見つめていたが、突然煙草を投げ捨て、ブーツで踏みにじった。

「子どもはいない」

「そうだったのか」ボウイはそっけなく言って目をそらした。

「きみは母親を愛してる」ネッドの声は重々しかった。「それを責めるつもりはない。もしわたしに子どもがいたら、その半分でもいいから愛してほしいと思っただろう」そして力なく柵にもたれかかった。「妻はよく眠りながら泣いていたよ。わたしには見せようとしなかったが、子どもがいないのがどんなにつらいかはわかった。二人で過ごした二十年はすばらしかったよ。妻が亡くなったとき、わたしはピックアップトラックで川に飛びこんだ」彼は苦々しく笑った。「だがそこに、責任感の強すぎる男がいてね。もう少しというところで引き上げられてしまったんだ」

ボウイはこの男のすさまじい正体を知った――深く強く妻を愛したせいで、その妻のいない生活を続けるより死を選ぼうとした男。ボウイ自身はそれほどの愛をまだ知らないし、一人の女性にすべてを捧《ささ》げることもできない。父がアギーを愛していなかったのは知っている。コープランド・マケイドは、アギーが死んでもトラックで川に飛びこんだりはしなかっただろう。それどころか、仕事の邪魔になると言って葬儀に文句をつけたはずだ。

ボウイはそんなことを考えた自分に腹がたち、言い訳するように言った。「アギーは父を愛していた」

「もちろんだ。そしてきみのことも愛してる。でもその前に一人の女性だ。息子では精神的にも肉体的にも与えられないものがある」

ボウイは怒りの目で彼を見た。「あんたならできるのか？」

「ああ、できる」ネッドは熱っぽく言った。「だがきみがこぶしを振り上げる前に言っておくが、わたしもアギーと同じで昔気質《むかしかたぎ》な人間だ。アギーとベッドを共にしてはいないし、結婚するまでそうするつもりもない。熱心なキリスト教徒だからね」

ボウイの怒りは驚きに取って代わった。男を求める母の姿は想像できなかった。

「で、それはいつ予定しているんだ？」ボウイは吐き出すように言った。

「さあね。アギーは喜んでワイオミングの牧場で暮らしてくれるだろう。カサ・リオのミセス・アガサ・マケイドには戻らない。わたしは人混みや慣れない場所が苦手だし、パーティ好きでもない。牧場暮らしが合ってるんだ。アギーも牧場主の妻であることに慣れてくれないといけない。それも本物の妻だ――ダイヤに埋もれたお飾りの妻じゃなく」

「まさかアギーに乳搾りをやらせる気じゃないだろうな？」

ネッドは眉を上げた。「それのどこがだめなんだ？　そのつもりだが」

「アギーは一カ月で過労で死んでしまう」

「とんでもない、アギーもわたしと同じぐらい暮らしが気に入るはずだ。彼女の悩みの半分は退屈のせいだ。牧場主の暮らしは神々のそれに近い。成功を追い求めるあわただしい生活よりずっといいさ」ネッドはボウイの険しい顔を疑わしげに見やった。「それはきみもよく知ってるはずだ。わたしと同じで、きみも金遣いが荒いほうじゃない。牧場主だからな。土地と家畜に目を配らないと、たちまち土地を手放すことになる。アリゾナ南部と闘って、土地を守らなきゃいけない」

これにはボウイも言い返せなかった。彼はネッドを見やった。「おれは継父《ままちち》なんかほしくない」

「こっちこそ、きみが義理の息子になると思うと憂鬱だね」ネッドもボウイを見た。「だが人には背負わなきゃいけない十字架がある」

「あんたは何か隠してる」突然ボウイが指摘した。「ジャクソンにコートランドという家はない」

「ジャクソン出身だとは言ってない。ジャクソンに住んでいると言ったんだ」

「ジャクソンに住んでいる牧場主でコートランドを名乗る一家は存在しない」

ネッドはポケットに両手を突っこんで唇をすぼめた。「ずいぶん調べたんだな。それなら少し助け船を出そう。ジャクソンに移ったのは妻を亡くしてからだ。それまではサンアントニオに住んでそこで働いていた」

「コートランドは正式な名前じゃないな」

「鋭いね」ネッドはまた煙草に火をつけた。「ああ、正式な名前じゃない。だが逃亡犯じゃないし、過去に恥じるようなことは何もない」

「おれは嘘は嫌いだ」

「わたしもだよ」コートランドは静かに言った。「だがちょっとした嘘が必要なときもある。すぐには理解できないだろうな。きみの隣人たちが内輪もめのゴシップを家に持ち帰る前に、そろそろパーティに戻らないか?」

ボウイは肩をすくめた。「アギーのために、仲間割れは隠さないと」二人で家に向かって歩き出しながら、ボウイはネッドを見やった。「だがパパと呼ぶことまで期待されると困る」

「とんでもない」ネッドはあっさり言い、横目でボウイを見た。「小遣いをやるからどっか行ってろと言ったら従うのか?」

ボウイは笑いを噛み殺した。「まさか」

ネッドは肩をすくめた。「やってみればよかったな」

アギーはパティオでそわそわと待っていた。その目は恐怖と悲しみでいっぱいだった。「殴り合いにはならなかったよ」ネッドはそう言って愛《いと》おしげにアギーの肩に腕をまわした。「だが小遣いをやるから出ていけと言ってもだめだ。賄賂は通じない」

アギーは不安げに笑った。「ごめんなさい」彼女はボウイに謝った。「先に話さなかったわたしが悪かった」

ボウイは静かに母を見た。「気にしてない」視線をネッドに向ける。「ただ、乳搾りが気に入ることを祈ってるよ」

「なんのこと?」

「なんでもない。招待客と話してくるよ。ギャビーはどこだ?」

アギーは顔をしかめた。「もう寝室に行ったわ。ちょっと喧嘩してしまったの」悲しげな口調だった。「あんなことを言うつもりはなかったんだけど」

「明日の朝、仲直りすればいいさ」ネッドが言った。「さあ、みんなに会いに行こう」

ボウイは怒りと迷いを感じながら二人の背中を見送った。部屋を出たところで会った二人の客と言葉を交わしたあと、ぶらぶらと階段を上がった。

ギャビーの部屋のドアをノックして待った。一分ほど待ったところでギャビーがドアを開けた。服を着たままで、目を真っ赤にしている。

泣いていた証拠を目の当たりにしてボウイは不安になった。ギャビーが泣いているのは見たことがない。「アギーは本気じゃなかったと言ってる」彼はやさしく言った。

「それはわかるけれど」ギャビーは無理にほほえんだ。「でも傷ついたわ」

「明日仲直りすればいいさ、ハニー。明日きみを観光に連れていこうと思ってたんだが、フェニックスで会議が入った。いっしょに来てもいいぞ」

「明日は取材があるの」

ギャビーは嘘をついた。息をつく時間がほしかったし、ブレイク編集長へ提出する記事も仕上げたかった。〈バイオアグ〉はツーソンにオフィスを持っているのだろうか。明日は午前中に新聞社に寄って、ボブ・チャーマーズが調査を手伝ってくれないか訊いてみよう。代表者が近くにいるのがわかれば、ロサンゼルスまで飛ぶ手間が省ける。

「そうか」ボウイは彼女の目を探るように見た。「そのあと一日か二日、カナダにも行くことになる。だが来週の初めには戻るよ」そして釘を刺すように言った。「だからフェニックスに逃げ帰ろうなんて思うな」

「あなたは気にしないでしょう?」ギャビーは目を伏せた。「わたしはきっと耐えられないけれど……」言葉を続けられず、肩をすくめた。

ボウイは彼女の顎を引き上げ、目を細くして視線を合わせた。「それは二人で解決することだ。だがプレッシャーは感じなくていいし、さっきあったことは二度と繰り返さない。今度愛し合うときは、きみを壁に押しつけないと約束する」

ギャビーは全身がうずくのを感じた。匙《さじ》を投げたようには思えない口ぶりだったからだ。なんとか笑みを浮かべて言った。「わかったわ」

ボウイは顔を寄せてかすめるように唇で唇を愛撫した。その唇は安心とやさしさを感じさせた。「きみはこれまで知り合ったどんな女性より刺激的だ」彼は口元でそうささやいた。「ほかの男が誰も触れたことがないと知りながらきみに触れるのがどんな気持ちか、想像もできないだろうな」ボウイは顔を上げ、ギャビーの表情を見てほほえんだ。「もう寝るといい。明日の朝会おう」

「アギーは怒ってないのね」

ボウイはうなずいた。「ワイオミングの男の魔法にかかっていただけだ。コートランドと話したよ。彼は、アギーが結婚を発表する前におれに打ち明けると思っていたそうだ」

「ええ。朝食の席でアギーにそう言っていたわ」

ボウイは冷たい目で身じろぎした。「もっと前からあの男を知っていたら、好きになっていたかもしれない」その声は恨みがましかった。「だがアギーには金目当ての男と関わってほしくない。どちらにしても、いずれいやになると思うが」

「何かたくらんでいるの？」ギャビーは疑った。

ボウイは唇をすぼめた。「知りたいか？　まあ楽しみに待つんだな。おやすみ」

ギャビーはその後ろ姿をじっと見送った。アギーもかわいそうに。そして、驚きばかりの夜にぐったりしたまま部屋に戻った。

10

ギャビーはほとんど眠れず、ボウイの夢ばかり見ていた。それも、どうしようもなくエロティックな夢だ。明け方まで悶々《もんもん》と過ごし、目覚めたときはシーツは汗びっしょりだった。

昨夜体を押しつけられたとき、彼の体は張りつめて硬かった。思い出しただけで胸が高鳴る。ボウイがあんなに熱くならなければよかったのに。自制心を失ったボウイは過去のつらい記憶をよみがえらせた。そういった暴走や恐怖はいつも、男性といっしょにいるときに生まれた。激しい情熱をギャビーがどういうふうに受け止めるか、ボウイはたぶん理解できないだろう。目をつぶると、赤い血が見えて……。

ギャビーは手早く着替え、過去を思い出してはいけないと自分に言い聞かせながら寝室を出た。今は安全だ。それを覚えておかなければいけない。もう二度と恐怖に襲われることはない――痕跡はきれいに消したのだから。そのせいでミスター・コートランドには不思議な親近感を覚えていた。彼も秘密を持っている。わたしの秘密と同じぐらい危険なものなのだろうか？

彼女はしぶしぶ階下に向かった。アギーはまだ怒っているだろう。これまで口喧嘩《くちげんか》などしたことはなかったのに。階下にはボウイもいるはずだ。二人の危なっかしい関係の新鮮さにときめいてはいても、彼の前ではいつも緊張した。

入っていくとボウイが目を上げた。ほほえむその目はやさしく、感心したように彼女を見ている。

その感嘆の視線にまごつき、ギャビーは座ろうとして椅子につまずいた。

白のスカートと赤のブラウスという服装は、ちょっと女性らしすぎたかもしれない。足元はブーツで、髪はまとめず下ろしたままだ。

ボウイはいつも通りハンサムだったが、カジュアルな服装ではなかった。淡いベージュのスーツに柄物のシャツ、ネクタイという旅行用の姿だ。

アギーがこちらを見つめていた。ギャビーは目をそらし、コーヒーポットに手を伸ばした。

アギーはめずらしく静かだったが、ボウイは大盛りの朝食を食べていた。ネッド・コートランドに不愉快な返事をして場の緊張感が増すのを楽しんでいるようだ。実際ボウイは今の状況にうんざりしていて、ネッドの存在が最後のだめ押しになった。ネッドがまだカサ・リオにいるのがいらだたしいのだ。

「出かけるの？」アギーは冷たい笑顔でたずねた。

ボウイは顔を上げ、ほほえみを装った。「鋭いね。フェニックスで会議があるんだ。一晩泊まって、そこからカナダに飛んで部下の様子を見てくる」

「休暇中だと思ってたわ」

「最初はそうだったんだが」ボウイは卵を食べ終え、コーヒーを飲んだ。「月曜か火曜には戻ってくるよ。ギャビーはどこにも行かない」

「いいえ、ちょっとツーソンまで行ってくるわ」ギャビーは恥ずかしげにボウイのほうに目を上げ、また皿を見た。

「ああ、ギャビー」アギーは残念そうに言って、肩をすくめた。「あなたとネッドと三人で観光に行こうと思ってたの」とりなすような口調だった。

「今日は無理だわ」ギャビーは緊張気味に言った。

「もうあきらめたのか？」ネッドは、ボウイを怒らせそうな笑顔で言った。

「そういうこととは関係ない。行っている間にいろいろ調べてくるつもりだ。せいぜい今を楽しむといい」

ネッドはにっこりした。「もちろんそのつもりだからご心配なく」

アギーはボウイを冷たい目でにらむと、皿の脇にフォークを置いて立ち上がった。「ギャビー、ちょっといい？」

「まだ食べ終わってないの」ギャビーはぎこちなく言った。

アギーは引かなかった。「お願い」

ギャビーはまた喧嘩になるのを恐れながら、アギーのあとについて廊下に出た。

「あなたにあんなことを言ってしまって、昨日はずっと寝られなかったわ」アギーは突然わっと泣き出し、ギャビーを抱き寄せた。「こんなことに巻きこんでごめんなさい。うまくいきそうにないの。ネッドは貧しいけど、わたしは違う。彼を愛していても、ネッドみたいな生活ができるかどうかわからないわ。もし失敗したら？　わたしは家事なんかしたことがないし、料理だってできない。彼の重荷になるだけよ！」

ギャビーはアギーを抱きしめながらやさしく肩をたたいた。「ずっと先のことを今から心配しているの？　今を楽しんで、一日ずつ進んでいけばいいんじゃない？」

アギーは体を離し、手の甲で涙を拭った。「楽しめないわ。ボウイが邪魔するから。食事の席は礼儀正しい戦場みたいになってるし」アギーはギャビーに目を上げた。「帰るなんて考えてないわよね？　どうか行かないで。ボウイは帰ってきてもいやがらせを続けるだろうし、とても耐えられないわ。どうかボウイにわたしを攻撃する理由を与えないで。ゆうべ言ったことを許してくれる？　本気じゃなかったの、本当よ」

根がやさしいギャビーはいつまでも恨みを抱くたちではなかった。相手がアギーならなおさらだ。

　ギャビーはアギーの苦しみを感じ取り、やさしくほほえんだ。「わかってる。ただ恋に落ちた、それだけよ」

「恋って苦しいのね」アギーは泣きながら言った。「詩人が言ってるのとはぜんぜん違うわ」

「同じよ。ただ、読んだ詩が間違っていただけ。ボウイのことはまかせて。心配するのをやめないと、ネッドに逃げ腰だと思われるわよ」

「実際そうだわ」アギーは言った。「自分の望みがわからなくなってきたの。ボウイのせいでそれをきちんと考える暇もないし」

「ボウイはしばらく出かけるのよ」そう思うとギャビーは悲しくなったが、明るい面を見ようとした。「ネッドと二人きりの時間ができるわ」

　アギーはため息をついた。「時間をかければ解決するとは思えないの。あんなふうに婚約を発表したのは間違いだった。ボウイは怒ってるし、ネッドに代償を払わせようとしてるわ。昨夜二人で囲いのところで話していたけど、きっと喧嘩よ。ボウイはネッドをばかにしてるし、ネッドはそれをおもしろがってる。二人の会話はまるで謎かけみたいだわ。気がついた？」

「ミスター・コートランドは鋭い人よ。昨夜二人はきっと手の内を見せ合ったんじゃないかしら。それがぴりぴりした空気をやわらげるのに役立つはずよ。まあ、だからって二人が大親友になるとは思えないけれど」

「そうね」アギーは静かにギャビーを見つめた。「ボウイはあなたに惹《ひ》かれてる。それに気づいている？」

ギャビーはため息をついた。「惹かれてるのはたしかだけれど、それだけよ。それにわたしは……男の人とうまく付き合うことができないの」彼女は不安げに笑った。「ボウイみたいにハンサムですてきな人が、わたしみたいな女に本気になると思う？」

「あなたはすてきよ、ギャビー」アギーは心からそう言った。「やさしいし、自立心もある。たくさんの才能の持ち主だわ」

ギャビーは目を落とした。「アギー――わたしには、あなたもボウイも知らない秘密があるの」

アギーはそっとギャビーの髪に触れてほほえんだ。「どんな秘密だろうとわたしには関係ないわ。あなたを愛してる。娘同然よ」

ギャビーは涙をこらえた。「わたしも」そして目をそらし、落ち着きを取り戻そうとした。「さあ、湿っぽい話はこれで終わり」彼女は自嘲気味に笑った。「もう行かなきゃ。大規模農業プロジェクトの責任者に会って、訊《き》きたいことがあるの」

「それはいい考えね。わたしはネッドと二人で、互いをよく知るための時間を持とうと思うの。そもそも彼をここに招待したのはそれが目的だったたし。穏やかないい滞在になると思ったのに」アギーは顔をしかめた。「自分を蹴飛ばしてやりたいわ」

「ボウイはあなたを愛してる。ただ表し方がわからないだけよ」

「それをあの子に教えてやって」アギーはにっこりした。「あなたたち二人にとっていい勉強になるわ」

「そそのかさないで」ギャビーはほほえんで答えた。「それに、ボウイとわたしは土地取り引きの件で対立するかもしれないの」

「それも大規模農業プロジェクトのこと？　ええ、知ってるわ」アギーはため息をついた。

「地元の経済にとってはいい話なのに、ボウイはカサ・リオの土地を一かけらも手放したくないのよ」そして考えこむように顔をしかめた。「ねえ、ギャビー。もしボウイが牧場の支配権を持っていなかったら、この件を別なふうに考えたかもしれないと思わない？」

「ばかなことはしないで」アギーは自分の持ち分をネッド・コートランドに譲ろうとしているのだろうか？　ボウイはさぞ反発するだろう。

「心配ないわ」アギーはギャビーの肩を軽くたたいた。「ただ思ってたことを声に出してみただけ。さあ、二人がさびしがる前に戻りましょう」

二人の男は朝食を終えるところで、会話と言えなくもないやりとりをしていた。

「……山の牧草地に連れていっても無駄だ。そのあたりには何もない」ボウイはいらだちを抑えるような大げさな話し方で言った。「ここはワイオミングじゃない。このあたりの山は、岩だらけの丘の連なりだからな」

「この家の裏は峡谷になってる」ネッドは卵を食べ終えながらそう指摘した。「水がたっぷりあって日陰もある。それを利用すればいい」

ボウイは疑わしげに目を細くした。「そうだな」彼はネッドを見つめた。「馬乗りにしては牧畜のことをよく知ってるじゃないか」

「有能な牧場主は両方に通じているものだよ。うちは三代前から牧畜にたずさわってる」ネッドは皿を見つめた。「それもわたしの代で終わるだろうがね。わたしたちは三人きょうだいで、姉妹は未婚だ」ネッドはつかの間苦しげな表情になったが、目を上げてアギーを見ると柔らかくほほえんだ。「大丈夫かい？」

アギーは少女のようににっこりした。「大丈夫よ」そしてギャビーにウインクした。

ボウイはコーヒーを飲み干して立ち上がった。「話の続きは帰ってきてからだ」そして身を乗り出し、母のひたいに形だけのキスをした。「モントヤが家の中を歩きまわってるから、そいつと二人でこそこそ暗い部屋に閉じこもろうなんて考えないことだな」そして、背後で驚いたように笑うネッドのほうを見やった。「あんたみたいな輩《やから》のことは知ってる。おれのショットガンは弾を込めて隅に立てかけてある。それを忘れないでくれ」

ネッドはにっこりした。「それなら、モントヤを蟻塚《ありづか》に縛りつけて、お母さんを二階に連れていくことにしよう」

アギーはうれしそうに笑い、両手をたたかんばかりに喜んだ。「ロープはわたしが探してくるわ、ネッド！」

「何かあったら、秘書に居場所を伝えておくよ」ボウイは母に言った。そしてポケットから車のキーを出し、ギャビーを見つめた。いっしょに外まで来てほしかったが、ギャビーは今朝、どこか不安そうだった。

ボウイは彼女に温かいほほえみを投げるだけに留《とど》めた。「あの二人を見張っておいてくれ。じゃあ、行ってくる」

「気をつけて」ギャビーは困惑しながら言った。ボウイの目からはなんの感情も読み取れない。

ボウイはギャビーから目を引き離し、外に出ていった。

「取材を明日に延ばして、今日はいっしょにいてくれない？」ボウイの車が出ていってしまうと、アギーはそうたずねた。

ギャビーは無理にほほえみを浮かべてコーヒーを飲み干した。「できればそうしたいんだけれど、のんびりするために給料をもらってるわけじゃないから。暗くなるまでには戻るわ。車でツーソンまで行って、何人かと話す予定よ」

「そう。気をつけてね」

ツーソンまでの長い道中、ギャビーはボウイのことを考えないようにした。ボウイがさっきわたしにキスしなかったのは、自分を守るためだったのかもしれない。ギャビーはそんな彼を責められなかった。昨夜手ひどく傷つけられたせいで、もう心をさらけ出す危険は冒したくないと思ったのだろう。でも、昨夜ボウイが言ったことと今朝の行動は矛盾している。今はそのことで心を悩ませたくなかった。やることがたくさんある。

思っていた通り、ツーソンには〈バイオアグ〉の現地事務所があった。不動産業者のミスター・バリーはオフィスではそんなことは言っていなかったが、あの朝町を出る前にボブ・チャーマーズに会いに行ったとき、その情報を探り出しておいてくれたのだ。あちこち捜しまわったあげくようやく見つけた事務所は、町外れにあってとても小さかった。土曜日なので開いているとは思わなかったが、開いていた。

「こんにちは。どんなご用件ですか?」とても若い秘書が笑顔で言った。

「ミスター・テランス・ハイマン・サミュエルズ・ジュニアがいらっしゃったらお目にかかりたいんですが」ギャビーも笑顔を返した。これは計算ずくのはったりだ。土地取得担当の副社長がロサンゼルスにいるのは知っていたからだ。

「ミスター・サミュエルズ?」秘書は顔をしかめた。「ああ、弊社の副社長のことですね。副社長はここじゃなくてロサンゼルスにいるんです。この事務所の責任者はミスター・ローガンです」

「では、ミスター・ローガンに会えますか？」

「お待ちください――手が空いているかどうか確認してきます。お名前をうかがってもいいですか？」

「ええ。ラシターのギャビー・ケインです」

秘書がインターコムを押して用件を伝えると、向こうからギャビーを中に通すよう返事があった。

ギャビーは古いデスクとくたびれた家具が並ぶ、狭いオフィスに通された。痩せた小柄な男が椅子から立ち上がって彼女を出迎えた。

「ジェス・ローガンです」彼は笑顔で自己紹介した。「ラシターからいらしたそうですね、ミス・ケイン？　新規プロジェクトのために我が社があそこで土地を取得しようとしていることはご存じでしょう」

「ええ、知っています」

「それなら、何か情報をもらえると大変助かります。じつは、ラシターの市長と市議会に請願を出そうと考えてるんです。有益な開発事業をマケイドという名の男が妨害しようとしていることに抗議してね」

ギャビーはうなじの毛が逆立つのを感じた。いつもなら先に身元を明かしただろう。しなかったのは誠実なやり方とは言えないが、今は賢明だった。

「請願？」ギャビーは何食わぬ声で訊いた。

「そうです。ほら」ローガンは一枚の書類を取り出してギャビーの前に置いた。タイプしてあったが下手で、スペルミスが目についた。言葉選びもぎこちなかったが、意図は伝わった。ボウイがおろかしくも蛇やコヨーテの土地を守りたい一心で、町の発展の邪魔をしているという内容だ。少なくともこの書類はそういう論調だった。書類には五十の署名があり、どれもほとんど読み取れない殴り書きで、ギャビーの知らない名前ばかりだった。

「圧力をかける戦略ですね？」ギャビーはかすかな笑みを浮かべて言った。

ローガンは居心地が悪そうだった。「とんでもない。あそこほどプロジェクトにぴったりの土地はないというのに、土地所有者の男が厄介でね。我が社はラシターの経済に貢献する仕事をしたいと思っているし、それができる力もある。いい加減な提案をしてるわけじゃないんです。六つの州に事務所を持つ合法的な企業で、これが初めてのプロジェクトってわけでもない。カンザス州で綿花栽培も成功させていますし」

ギャビーはローガンをじっと見つめた。「最初にわたしの身元をはっきりさせておくべきでした」そして名刺を取り出し、ローガンのほうに押しやった。

ローガンは真っ赤になったが、怒っている様子は見えなかった。「記者か。ああ、フェニックス新聞はよく知ってますよ」彼は笑顔で言った。そして、見せるつもりなどなかったかのように請願書をあわてて引っこめた。

「おたくのプロジェクトを取材しているんです」

「どの新聞社にもマスコミ用資料を送っているはずだが……」

「わたしはマスコミ用資料は使いません」ギャビーは静かに、だがきっぱりと言った。「情報は古いし、写真は既存の使いまわしということが多いんです。わたしは自分の足で取材するほうが好きですね」そしてノートとペンを取り出し、レコーダーをデスクに置いてボタンを押すと、安心させるようにローガンを見た。「ではおうかがいします。灌漑《かんがい》には井戸を掘って給水するのか、ラシターにもとからある水源を使うのか、どちらですか？」

　ローガンはじっと彼女を見つめた。「あなたも知っていると思うが、ミス・ケイン、土地を買った者は水の権利も得る――少なくともアリゾナでは。我々はミスター・マケイドの水利権を得ることになる。膨大な水のね」

「ミスター・マケイドは土地を手放しませんよ。土地の第二候補は？」

「きみは彼を知っているようだな？」

「そうですね。わたしは十五歳のときに彼の家族に引き取られたんです」百パーセント真実というわけではなかったが、だいたいそんなところだ。

「なるほど」ローガンは冷静に言った。「だとしたら、〝公平な記事は期待できるのかな？〟」

「この仕事がわたしにとってどんなに神聖なものか、あなたにもおわかりになると思います。わたしは、たとえ家族が関わっていてもどちらかに肩入れすることはありません。実際このプロジェクトの件ではボウイと口論したこともあります。不景気が続く地域の開発プロジェクトを歓迎したい気持ちがわたしにはあるんです」

ローガンはほっとしてほほえんだ。「ありがたい。一瞬まずいことになったと思いましたよ。我が社はこの土地に惚《ほ》れこんでいるんです。地元経済にも貢献できると思うし、できるかぎり地元で多くの雇用を生み出したいと考えています。資料を見せましょう」

ローガンは地図や書類を広げ、プロジェクトの概要を説明した。マスコミ用の資料とほぼ同じで、どんな作物を作るのかは明言せず、ギャビーの質問もはぐらかされた。

「水をどこから手に入れるかは土壌の調査しだいです。土地を買ってからのね。ああ、請願のことですが、あれは極秘情報です。あれを見せたときは、まだあなたの職業を聞いていなかったから」

「それでも記事にします。ミスター・ローガン、わたしはわかったことをすべて書くんです。えこひいきも、情報を隠したりもしません。請願は悪くない考えだと思いますよ。署名が真正なものだとたしかめられればね。ボウイも同じことを言うはずです」

彼はため息をついた。「わかってましたよ。けっこう、あなたに制限を課すのはやめましょう。ただ、我が社の目的を忘れないでいただきたい」

「どうして代替地を検討しないんですか？」ギャビーは探るようにたずねた。

「代替地などないからです。アリゾナが広いのはたしかだが、いちばん大事なのは水です。我々のプロジェクトが必要とする水を供給できるのはミスター・マケイドが持っている土地しかない。水は貴重で、これからどんどん少なくなる。ちゃんとした水源がある土地を探さないといけないんです」

「サンタクルーズにもコロラドにも土地はあります」ギャビーは指摘した。

「そのあたりの土地は手が出ないんです」彼は残念そうに言った。「すぐ使える資金には限りがありましてね。それでも献身的に小さなコミュニティを助けようと考えているし、実績もあります。調べてもらってかまいませんよ、ミス・ケイン。問い合わせ先をお教えしましょう」

ギャビーはふと思った。もしかしたらわたしは疑心暗鬼になっていたのだろうか。彼らはとてもオープンで、事業も公益的なものだ。間違っているのはボウイ？　それともこちらがうまく口車に乗せられているだけ？

取材のあと、ギャビーはチャイニーズレストランでランチを食べた。カサ・リオに戻るのが怖かった。アギーとは仲直りしたけれど、この先はどうなるかわからない。問題が山積みだ。ボウイに憎まれると思うと耐えられなかったが、過去が明るみに出ればそうなるかもしれない。そうならなくても、こちらが体の関係を怖がるかぎり二人が恋人同士になることはない。ボウイにキスを許さなければよかった。でもあの甘い快感をあきらめるなんて、とても耐えられなかった。

もしかして修道院に入るべきかもしれない。ギャビーはなかば真剣に考えた。今のままではそばに男性がいても、先に進めない。

ギャビーは独りのランチを食べ終えると、土壌水質保全局のラシター支局に行った。そこには運よく、デスクに忘れた書類をとりに来た職員がいた。彼も水源を問題視していて、喜んでギャビーと話をしてくれた。データを集め終わる頃には、大規模農業プロジェクトが帯水層に与える負荷がいっそうの不安材料になった。市会議員たちは、このプロジェクトが地下水を使い果たし、ラシターの既存の水源もおびやかすことになるのがわかっていないのかもしれない。

ボウイは牧畜に使う水に関して慎重で、いっさい無駄を出さない。小さな池を大事にし、井戸を掘り、目先の利益のために土地を疲弊させるようなことはしない。はたして〈バイオアグ〉のような大企業がそこまで慎重になるだろうか？　彼らはよそ者で、金儲《かねもう》けがいちばんの目的だ。過去の調査から、考えなしに進められた農業プロジェクトが廃棄物を排出し、何年も土地を使えなくしてしまうのは知っていた。地下水への負担もあるし、掘り返された土や泥は川に流れこむ。

危険はほかにもある。〈バイオアグ〉が手早く利益を出してさっさといなくなったら、雇われた地元の人たちはまた失業だ。環境汚染のせいで状況はもっと悪くなっているだろう。

何を信じればいいか決めるのはむずかしかった。ボウイは建設業を営んでいるにもかかわらず、昔気質《むかしかたぎ》で開発を嫌う。土地に変化を持ちこむ者には誰であれ反対する。農業プロジェクトのほうは土地を利用して金儲けし、地元経済を活性化したいと考えているが、全体像を見ようとしない――見るのは金に関わる部分だけだ。これはどちらも正しく、どちらも間違っているケースだった。

ギャビーはときどき記者の仕事がいやになった。この仕事を始めてから、何かいっぽうを支持することができなくなったからだ。社会問題にはかならず両面があるのがわかるし、どちらかを優先するのは困難をきわめる。

ギャビーは取材メモを全部埋めてカサ・リオに戻った。何を書けばいいだろう。明日は図書館と新聞社に行って、ボブ・チャーマーズの調査ファイルを読みこもう。

だめだ、明日は日曜日だ。行くのは月曜日にしよう。

疲労と空腹を抱えて家に入っていくと、ネッドとアギーがちょうど夕食の席についたところだった。

「ここに座って、食事をとりなさい」アギーが言った。「疲れた顔をしてるわ」

「ええ、もうくたくた。暑さのせいかもしれない。取材結果も気に入らないし」ギャビーはつぶやくように言った。

「奴《やつ》らは土地をだめにする守銭奴なのか？」ネッドがほほえみを浮かべてたずねた。

ギャビーは首を振った。「立派な目的を持った感じのいい人たちよ。でも地下水に大きなダメージを与えかねないの。そのいっぽうで、新しい仕事や働き口を提供してくれるわ」

「働き口があっても水は作れない。ボウイの言う通りだ」ネッドが答えた。

アギーが目を丸くした。「今のは聞き間違いかしら」

「違うよ。水に恵まれたワイオミングでも、最近は厄介な問題になっているんだ。大きなプロジェクトは金儲けが優先だ。強欲な企業が大平原でしでかした恐ろしい話をいくつも知っている」

「聞きたいわ」ギャビーは言った。

ネッドは夕食をとりながら、大企業のプロジェクトで土地が荒らされ、草原がなくなり、何も耕作できなくなったケースを語った。

「でもここは草原地帯じゃないわ」

「ああ、砂漠だ。だからよけいまずいんだ」ネッドはアギーに指摘した。「それにわたしと結婚したら、きみは砂漠じゃなくてワイオミングの人間になる。わたしはカサ・リオには住まないからね」

アギーはコーヒーカップを指でいじった。「ええ、わかってる」

「アギーはどこでもやっていける人よ」ギャビーはアギーの背中を押すように言った。「きっとなじめるわ」

「そうかしら?」アギーは小声で言ったので誰にも聞こえなかった。

ギャビーは食事を半分残したまま立ち上がった。ボウイが恋しく、彼がいないとカサ・リオはいつもと違う場所のように感じられた。「失礼して、手書きのメモを打ちこむわ。書斎のパソコンを使ってもいい?　ボウイが怒るかしら?」

「気にしないわよ」アギーはにっこりした。「使ってちょうだい。あとでわたしたちと映画を観《み》る?」

「時間があればね」ギャビーは笑って嘘をついた。アギーたちには二人きりの時間が必要だ。「月曜に電話で編集長に報告できるように、事実をまとめておきたいの。じゃあね」

ギャビーはそそくさと部屋を出た。笑顔の裏に隠した悲しみに気づかれなくてよかった。書斎にいるとボウイの記憶がよみがえってしまうけれど、それさえ耐えれば二人が寝るまで隠れていられる。そのあとはベッドに入り、もう悩むのはやめよう。自分とボウイのゆくすえは時間が経《た》てばわかる。今じたばたしてもどうしようもないし、ボウイならわたしを傷つけないだろうと信じるしかない。

信頼――それはギャビーが誰に対してもほとんど持てない感情だった。とくに相手が男性だと、ボウイですらむずかしかった。

11

ボウイが帰宅したのは火曜日の遅い時間だった。それまでギャビーは例の大規模農業プロジェクトに関する情報を集め、両サイドの意見を反映させながらどう記事を組み立てるか、悩んでいた。残念なことに、いっぽうを代表するのはたった一人——ボウイだけだ。というか、ボブ・チャーマーズが火曜日の朝にギャビーを新聞社に招き、地元住民二人に会わせてくれるまでは、そう思いこんでいた。

「こちらはシニョーラ・マルガリータ・ロペス」ボブは、白髪がまじる黒髪の女性を紹介した。「そして息子のルイスだ。こちらは昨日話したミス・ケインだよ」ボブは二人を振り返った。「彼女はフェニックスの新聞社で働いてるんだが、うちに来るよう口説くつもりなんだ」

ギャビーはスペイン語で挨拶し、女性と息子に順番に手を差し出した。

「英語も話せますよ」マルガリータはにっこりした。その言葉にはほとんどなまりがなかった。「会えてよかった。あなたはボウイ・マケイドの義理の妹さんでしょう？」

「いいえ、法的なつながりはないんです」

「関係ないさ。ぼくらはボウイが正しいと思ってる」ルイスが黒い目にほほえみを浮かべて話をさえぎった。「ぼくらはカサ・リオを取り巻く土地所有者グループの代表なんだ。ぼくらが不安視してるのはこれだよ」ボブのデスクに写真を何枚か投げる。

ギャビーはゆっくりとそれをとって、手の中でめくっていった。地表の土が風に飛ばされ、牧場の囲いの柵が三段目まで土に埋まってしまっている悲惨な様子が写されていた。

「土壌浸食だ」ルイスは写真のほうにうなずいてみせた。「砂漠を耕しすぎるとこうなる。例のプロジェクトに関わる住民は、ボウイと同じく失うものが大きい。ボウイは独りじゃないんだ。ラシターに仲間がいる」

「どんなことにも二つの面があるわ」ギャビーは椅子に座り、ボブに笑顔を向けた。「これを記事にしてもいいですか？」

「もちろんだ。ここの仕事をしてくれるならね」彼はいたずらっぽく言った。「なあギャビー、考えてみてくれ。きっとラシターが気に入るぞ」

「それは前からです」ギャビーはため息をついた。「考えてみますね」どれほどその話に惹《ひ》かれているかは言わず、簡潔に答えた。

ギャビーはレコーダーのスイッチを入れ、ロペス親子の刺激的なインタビューを始めた。

カサ・リオに戻ると夕食は終わっていて、アギーもネッドも見当たらなかった。日曜日に三人で教会から帰宅したあとのことを思い出し、そっとほほえむ。あの日は二人を捜しに行くと、家の裏にあるパロベルデの木の下でアギーがネッドの腕に抱かれ、キスされていた。その仲むつまじい様子には少し嫉妬を感じたぐらいだ。ああいう情熱は自分には想像できない。ボウイにキスするのも抱きしめられるのも好きだけれど、あれほどの熱を感じたことはない。でもアギーがネッドに体を寄せているところを見ると、キスにはちょっとした快感以上の何かがあるのがわかった。あの二人が互いに分かち合っているものを、わたしもいつか感じられるのだろうか。

キッチンに入るとエレナの姿はなく、モントヤが何か独り言を言っていた。

「どうしたの？」カウンターのカラフェからコーヒーを注《つ》ぎながら、ギャビーは笑顔でたずねた。

「エレナがアギーを慰めてます」モントヤはため息をついた。

ギャビーは振り向いてモントヤを見た。「どうして？」

彼は肩をすくめた。「あの二人が、初めて喧嘩《けんか》したらしくて」

「ひどい喧嘩？」

「シニョール・コートランドは一時間前に空港に向かいました」

「そうなの……」

「どう言えばいいか……かんかんに怒ってましたよ。アギーは泣いてるし。何があったかは知りません——二人の間で行き違いがあったんでしょう。これを心配してたんですよ。時期が早すぎる。相手のことをまだほとんど知らないのに」

「こんなことは言いたくないけれど、ボウイは喜ぶわ」ギャビーはコーヒーを飲まずにカップを置いた。「階上《うえ》に行ってアギーの様子を見てくるわね」

「テキサスのボウイから電話がありました。暗くなる前に帰ってくるそうです」

ギャビーはドア口で足を止め、顔をしかめた。「テキサス？」

「テキサスです」

ギャビーは唇をすぼめた。「ボウイはネッドかアギーと話した？」

モントヤは首を振った。「わたしとだけです」

喧嘩の理由は一つしかない。階段を上がりながらギャビーは考えた。ボウイが帰ってくると思うと胸がはずんだが、互いを巡る状況は変わっていないことに気づいて喜びはしぼんだ。わたし自身は、囲いのそばでキスされおびえていたときと同じだし、二人の間に未来がないのも同じだ。ギャビーはアギーに同情し、悲しげにほほえんだ。

アギーは天蓋つきの大きなベッドでうつぶせになって泣いていた。エレナが心配顔でそばをうろうろしていたが、ギャビーを見るとささやくように言った。「よかった」そしてすばやくギャビーと目を見交わすと、エレナはそそくさと出ていった。

「アギー、どうしたの？」ギャビーはアギーのそばに腰を下ろし、やさしくたずねた。

「あの人が出ていったの」アギーは洟《はな》をすすり、起き上がるとギャビーを抱きしめた。

「全部わたしが悪いのよ！」

「何があったの？」

「あの人はカサ・リオを捨ててほしいと思ってる」アギーはハンカチを顔にあてて、すすり泣いた。「ハイイログマが出るようなワイオミングの荒野でいっしょに暮らしてほしいと言うのよ。牛の乳をしぼって、パンを焼いて……。奥さんはそういうことを全部こなしていたみたいなの。奥さんの話なんかうんざりよ」

ギャビーは必死で笑いをこらえた。実際、笑い話ではない。白髪まじりのショートヘアをやさしく撫《な》でて言った。「時間をかけてよく考えてみた？　ネッドとはまだ知り合ったばかりでしょう？」

「あの人が言ったような生活に向いてないってことがわかるぐらいの時間はあったわ」アギーはもの悲しい声で言った。「自分が気まぐれなのは知ってるし、家事もできない――できるならモントヤとエレナを置いておく理由なんかないじゃない？　料理ができないのは作る必要がなかったからよ。乳搾りなんてとんでもない。あの人は無理ばかり言うの！」

「彼になんて話したの？」

「ワイオミングの丸太小屋のためにカサ・リオをあきらめることはできない、って」アギーはぎこちなく言った。「そうよ、今の暮らしが気に入ってるの。あの人のことはいずれ忘れるでしょうね。旅先での一時の気の迷いにすぎなかったのよ」アギーは膝に目を落とした。「それから、きみは現代的すぎてぼくに合わないとも言われたわ」その声は静かだった。

ギャビーは顔をしかめた。「現代的すぎる？」

アギーの頬が少し赤くなった。「結婚前にベッドを共にしてもかまわないと思ってたのに、彼はとても厳しくて、えらそうにこう言ったの。自分のいた場所じゃ誰もそんなことはしない、って」アギーの顔の赤みが増した。「わたしの出身地だって同じだけど、心から彼のことを求めてたから……。体が震えるほど気持ちが高まっていたのに、あの人はただ立ち上がって出ていったのよ！」

ギャビーには理解できなかった――わかったふりもできなかった。そんな気持ちの高まりを感じたことは一度もない。それでもギャビーはアギーの肩をやさしくたたき、落ち着かせようとした。

「あの人はもう帰ってこないわ」アギーはまっすぐ座り直し、赤くなった目にハンカチをあてた。「大勢の前で婚約を発表したから、みんな、すぐには忘れてくれないでしょうね」アギーはまた泣き出した。「ああ、ギャビー！」

「アギーは世間の目を気にしすぎるのよ」ギャビーはきっぱり言った。「さあ、涙を拭いてコーヒーでも飲みましょう。ボウイが帰ってくる前に落ち着きを取り戻さなきゃ。それ見たことかなんて言われたくないでしょう?」

「ボウイが帰ってくるの?」アギーはうめいた。「泣きっ面に蜂ね。きっとひどく笑われるわ」

「大丈夫よ」ギャビーは安心させるように言った。モントヤにボウイを縛り上げさせればそんなことにはならない、と心の中で思いながら。「さあ、行きましょう。飲んだり食べたりすれば気分もよくなるわ。夕食は食べた?」

アギーは首を振った。「食欲がなくて」

「落ちこむのも当然よ。血糖値が下がってるの。さあ、アギー、時が解決してくれるわ。それにわたしはミスター・コートランドを悪く言う気にはなれないの」彼の険しい顔にときどき浮かんだ断固とした表情を思い出し、ギャビーはそう言った。「あの人は普通の男性とは違うわ」

「その通りよ。普通の男性なら妻に乳搾りをしろとか畑を耕せなんて言わないもの」

ギャビーはただ首を振り、アギーを階下に連れていった。

二人がサンドウィッチを少し食べてコーヒーを飲んでいると、ボウイの車の音が沈黙を破った。

「テレビでも観《み》てて、アギー」ギャビーはやさしく言った。「ボウイに話してくるわ」

「あの子が笑ったら殴っていいから」アギーは冷たく言った。「全力でね」

「笑わないわよ。すぐ戻るわね」

　ギャビーは玄関ドアを出てロートアイアンの門から外に出た。ボウイはちょうど車から降りたところで、片手でスーツケースとブリーフケースを持ち、ドアを閉めようとしていた。顔を上げた彼の目が、駆け寄ってくるギャビーをとらえて躍った。

「驚いたな」ボウイはつぶやいて荷物を下ろした。「ただいま」

　ギャビーが返事をする間もなく、ボウイは彼女を抱き上げ、頬にそっとキスすると、また地面に立たせた。

「コートランドのことを問い合わせようと思ってテキサスに寄ったんだ」ボウイはにやりとした。「スピードを上げるために私立探偵を雇った。ところで、本人は……」

「出ていったわ」

　ボウイは身動き一つしなかった。「出ていった？」

「そうよ。ワイオミングに帰ったの」ギャビーはゆっくり息を吸いこんだ。ボウイの短いキスと兄のような態度に少し驚いていた。恋人らしい振る舞いではない――周囲のみんなが思っている通りの、義理の兄のような態度だ。もうわたしを追わないと決めたのだろうか？　わたしが尻込みしたせいで、すっかり気持ちが萎えてしまったのだろうか？　そんなことはとても耐えられない——ずっと再会を待ち望み、毎晩彼の夢を見ていたのだから。

「なぜだ?」ボウイは顔をしかめた。

「アギーが乳搾りも畑仕事もしたがらないからよ」ギャビーは説明した。「それ以外にも、結婚するまではベッドを共にしないと言ったらしいわ」

ボウイは車にもたれかかった。「なんだって?」

「年配の人たちだってベッドを共にするのよ。日曜に厩舎《きゆうしや》のそばで抱き合う二人を見たら、何日も眠れなくなったと思うわ。二人は互いを求めていたけれど、ミスター・コートランドはピューリタンだから、結婚する前にベッドを共にするのを自分に禁じていたの。アギーはそれに耐えられなかったのよ」

「あの男が自分と寝なかったから?」ボウイは怒鳴るようにたずねた。「やれやれ、これが自分の母親の話だと思うと……」

「ええ、わかるわ」ギャビーは恥ずかしげにほほえんだ。「でもすてきよね。わたしったら、銃撃戦も政争もない田舎は退屈だなんて思ってたのよ」

「まったく、アギーにはお手上げだ」ボウイの目がギャビーをとらえる。「コートランドは本当にワイオミングに帰ったのか?」

「そうみたい」

「喧嘩したんだな」

ギャビーはうなずいた。「推測だけれど、ベッドに誘ったのに断られたという理由でね。乳搾りのことはあまり関係ないと思うわ。アギーはきっと、満たされない気持ちでいっぱいだったのよ」

ボウイは大きなため息をつき、ギャビーのグレーのドレス、豊かな胸、細いウエスト、官能的な腰、エレガントな長い脚を目でたどった。「満たされない気持ちのことならおれもよく知ってる」彼は独り言のようにつぶやいた。「だが自分の母親が同じ思いをしていたとはね」

「アギーはおばあさんってわけじゃないのよ」ボウイのあからさまな賛美の視線に、ギャビーは顔を赤らめまいとした。今日初めてこのワンピースにタイトなベルトを合わせてみたが、細いウエストが強調されてとても女らしく見えたのがうれしい驚きだった。「それに二人は愛し合っていたわ。わたしの勘違いかもしれないけれど」

「とにかくあいつはいなくなった」ボウイはきっぱり言った。「銃で脅して追い出すしかないと思い始めていたところにな」

ギャビーはショックを受けた。「ボウイ、アギーはあなたのお母さんなのよ。あなたにそんな権利は……」

「権利ならある」ボウイは冷たく返した。「生まれながらの権利だ。アギーが生きているかぎり、そしてそのあとは自分のために、カサ・リオを守る責任を負っている。どこの誰とも知れないジゴロにおとなしく明け渡したりはしない。おれは自分のものは守る。カサ・リオはおれのものだ」

「あなたって頑固なのね」

「父から教わったんだ。物事は一つの面だけを、自分の目で見ればいいと。そうすれば必要以上に譲歩するような過ちを犯さずにすむ」

「権利を持っているのはあなただけじゃないわ」

「カサ・リオに関してはおれだけだよ」ボウイは彼女の髪に触れた。「こういうふうに下ろしてるのが好きだ」

「アギーのことはどうするの？」髪にやさしく触れられて、ギャビーは体が震えるのを感じた。「あの人が出ていってからずっと泣いてるのよ」

「家族ものの映画でも観せて、明日はツーソンのロデオに連れていこう。そろそろ家族らしいことをしてもいい頃だ。それで元気が出るだろう」

「明日？　明日は〈バイオアグ〉の副社長に会いにロサンゼルスに行く予定よ。明日の夜はラシターの市議会が開かれるし」

「市議会に行くならおれもいっしょに行く。夜、あのあたりを付き添いもなしに運転するなんてありえないからな」

　その言い方と顔つきにギャビーは驚いた。「どうして？」

「わからないか？　脅された話をフェニックスでしただろう？　プロジェクトが保留になっていても敵は手を止めてるわけじゃないんだ」

ギャビーはそんな可能性など考えたくもなかった。そしてボウイを見上げ、もし彼に何かあったら自分がどう感じるか想像しようとした。

「あなたの意見を変えたっていいのよ」ボウイにとって主張を曲げることがどんなにむずかしいかはよくわかっていたが、ギャビーは言った。

「ありえない」ボウイはかすかにほほえんだ。「おれが心配なのか？」

「もちろん」ギャビーは冷たく返した。「ちっぽけな土地のせいで撃ち殺されるかもしれない」

「八千ヘクタールだ」

「同じことよ！　命には換えられないわ」

「持つ価値のあるものは、戦って守る価値もある。もしおれがきみのこともそう考えていなければ、ここへやってきた翌日に追い返しただろう。きみは逃げたがっていたからな」

ギャビーは殴られたようなショックを受けた。ボウイの強烈な視線を受け止めることができない。「そうかもしれない。でもここに残ってよかったのかもわからないわ」そしてゆっくり息を吸いこんだ。「ボウイ……わたしたち、友だちになれない？」

「ただの友だちか？」ボウイの顔にほほえみはなかった。「そういうことか？」

ギャビーは彼の隣で車にもたれかかり、スーツのジャケットを見つめた。「日曜にアギーがミスター・コートランドにキスしてるのを見たの」言葉を選んでゆっくり言った。「なんて言うか……とてもショックだったわ」そして疲れたように小声で続けた。「あんな感情は経験がないし、経験できるかどうかもわからない。あなたにとってはああいう感情が存在しないのが不思議なように、わたしにとってはああいう感情が存在することが不思議なのよ」ギャビーは彼を見上げ、探るようにその目を見た。「今アギーが感じているような苦しみを味わいたくない。もしわたしたちが……これ以上近い関係になって、そのあげくうまくいかなかったら、とてもつらいはず」

「危ない橋は渡りたくないってわけか」

ギャビーは身じろぎした。「ええ」

「おれが情熱を教えると言ったら？」

率直で深い声を聞いて、ギャビーの心がざわめいた。ギャビーは好奇心と恐怖を目ににじませて彼を見上げた。「それは誰かに教えられるものなの？」

「いっしょにたしかめようじゃないか」ボウイは微動だにせず、ほほえんだ。

「そのチャンスに飛びつく女性は何十人もいるわね」ギャビーは、人並みはずれてハンサムなボウイの顔を味わうように見つめた。

「みんなおれの金が目当てだ」ボウイは皮肉っぽく返した。「金と関係なくおれを求める女はそういない」

「あなたにいい鏡を買ってあげなきゃ」ギャビーは首を振りながら言った。「それから眼鏡もね。わたしのこと、ちゃんと見たことはある？」そして小さく笑った。

ボウイは疑わしげに目を細くした。「きみはやさしい。動物や夕焼けやロマンティックな音楽が好きだ。正しいと思ったら自分を曲げないし、愛する人たちに一途《いちず》だ。心が広くて働き者で、いい友人でもある」ボウイは近づいた。「それに唇の味は最高に甘い。ああ、おれはきみをよく見てるよ。そしてすべてが気に入っている」

その言い方を聞いてギャビーは顔を赤らめた。目が彼の頑固そうな顎をとらえ、見つめる。「アギーは、あなたは詩が好きだと言っていたわ」

ボウイは彼女の眉を撫でた。「アギーがそんなことを？　きみはどうだ？」

「ええ、とても好きよ」

ボウイの指が唇に移り、そっとけだるげに触れた。「〝欲望は恐怖に支えられ、よろめきながらも進む　しかし恐怖のただなかにも希望がひそむ……〟」

深くゆっくりした声ににじむやさしさに、ギャビーは胸がどきりとした。詩を読むのにぴったりの声だ。

「サー・フィリップ・シドニーだよ。十六世紀エリザベス朝の詩人だ」

「あなたが文学を好むなんて知らなかったわ」

「つまりおれのことをよく知らないということだな」ボウイの声は静かで深かった。その指は、体が震えそうな強さでギャビーの唇をたどっている。

彼の手首をつかんで押しのけたいと反射的に思ったが、ギャビーはその衝動を抑えつけた。ボウイの指から受ける刺激が心地よかった。深まりつつある闇の中で彼の目を捜し、ボウイが近づいてきたとき、何も言わずに唇を差し出した。

ボウイは手でギャビーの顔を包んで押さえた。開いた唇に息があたり、彼の体のぬくもりが感じ取れる。今度はきっと荒っぽいに違いない――ギャビーは頭の片隅で考えた。そう思っても怖くならなかったのはこれが初めてだった。一度だけ荒っぽくしてほしい――アギーにキスするネッド・コートランドと同じ情熱でキスしてほしい。

玄関のドアが開き、ボウイの手が離れた。「くそっ」

「シニョール、帰ってきてくれて助かったわ！」情熱的なキスを邪魔したことには気づかず、エレナが完璧なスペイン語でまくし立てた。

「わかったよ、エレナ。母はどこだ？」

エレナはゲートを開けてボウイとギャビーを庭に入れ、そのあとに続いた。ボウイは廊下にスーツケースを下ろしてモントヤにまかせ、アギーが待っているリビングルームに入った。

ボウイはギャビーを見なかった。今はまだ見られない。彼女を腕の中に取り戻そうとした瞬間の情熱に、体はまだ震えていた。

「いいのよ」アギーはささやくように言った。「笑ってちょうだい」

「笑う気なんかない」ボウイは母の隣に座り、やつれた顔を見つめた。「残念だったよ」

「本当にそう思ってる？　別れさせたがっていたのに」

「しあわせになってほしかったんだ。ちょっとやりすぎたかもしれないが」ボウイは肩をすくめた。「白髪があっても、母さんはやっぱり女なんだってことを忘れてたのかもしれない」ボウイはおもしろがるような、何かを悟ったような顔で言った。

アギーは赤くなり、笑った。そしてボウイに触れようとして手を止めた。

「どうしたんだ？」ボウイは唇をすぼめた。「抱きしめたってイボはうつらない」

アギーはまた赤くなって笑ったが、ふいにボウイに手を伸ばした。ボウイは深い声で笑いながら母を抱きしめ、揺らした。またアギーが泣き出したからだ。

ギャビーには、それがこの親子の新しい関係の始まりに思えた。ボウイが大人になってからおそらく初めて母子がこんなに近づいたのを見て、うれしかった。

ギャビーはコーヒーを取りに行き、モントヤと二人で戻る頃にはふだん通りに戻っていた――少なくとも表面だけは。ボウイはアギーにフェニックスに行ったことを話していて、テキサスに寄ったことに触れていないとギャビーは気づいたが、自分の口からアギーに言うつもりはなかった。

三人はコーヒーを飲みながら、テレビを観ようと腰を下ろした。しかし、おもしろそうなのは報道番組だけで、扱っていたのはギャビーをぞっとさせるニュース――地元の女性が襲われた事件だった。

ギャビーは失礼にならない程度にそそくさと席を立ち、今日は早く寝ると告げた。どうかボウイが部屋まで送っていくと言い出しませんように。ギャビーは自分が不安になっている理由を説明したくなかった。

けれどもボウイは見抜いたらしい。アギーといっしょにおやすみと言うと、気がかりな目でギャビーの後ろ姿を見送った。

ギャビーは、あのニュースでいやな夢を見なければいいのにと思いながら、柔らかなコットンのガウンを着てベッドに入った。でも、やはり悪夢は戻ってきた。

全身汗びっしょりになりながら、ギャビーはケンタッキーの納屋での悪夢、つかの間の恐怖を追体験した。そのせいでギャビーはのちの人生を変え、誰とも関わらないで生きる決意をしたのだ。

服を引き裂く手とウイスキーのにおいを感じ、酔っ払いの笑い声を聞いた。肌に触れられてどうしようもなく不快で、重い体が痛みとともにのしかかってくる。ただでさえ恐ろしいその場面に毒づく声が響き、体が倒れこみ、そこら中が血だらけになった……。

「ギャビー！」

両腕を押さえこむ手から逃れようとして、ギャビーは歯を食いしばって暴れた。「やめて！　離して！」

突然体を引き起こされ、やさしく揺さぶられた。ぱっと目を開くと、心配そうなボウイの顔が飛びこんできた。やっと目が覚めた。あれは夢だったのだ——ただの悪夢。

頬に涙が流れ落ち、ギャビーはわななきながらあえいだ。体の震えが止まらない。

ボウイはどうしていいかわからなかった。抱き寄せてまたギャビーがパニックになるのが怖かった。彼女をこんなふうにしたのが自分のように大柄な男なのははっきりしていたからだ。だからといって放っておくこともできない。

「きみを抱いていたいだけだ。震えが止まるまでね。おいで、ギャビー。もう二度と誰にも手出しはさせない」

ギャビーは腕を伸ばし、泣きながらつぶやいた。「ボウイ……」

ボウイはそっとギャビーを抱き寄せた。守りたいという衝動と、怒りが煮えたぎっている。ギャビーにこんなことをした男を捜し出し、たたきのめしてやりたい。

「もう大丈夫だ」ボウイは耳元でささやいた。「おれがいる。もう怖がる必要はない」

ボウイは立ち上がった。ギャビーの体の重みを受けて筋肉がしなる。ボウイは彼女を抱いて歩いていった。この数分間の苦痛と恐怖を訴えるかのように首にしがみついてくるギャビーへやさしい言葉をかけながら、心臓のそばに引き寄せた。

「あなたのシャツを濡《ぬ》らしてしまったわ」少し落ち着くとギャビーは途切れ途切れにそうつぶやき、すっかり濡れそぼった青いストライプシャツの襟に触った。ボウイがスーツの下に着ていたシャツだが、ネクタイとジャケットはなく、ボタンをはずしているので毛の生えた広い胸板が見える。日に焼けた肌と、男らしさそのもののたくましさに魅せられた。あんな悪夢を見たあとなのに、ボウイを怖いとは思わないのが不思議だった。

「すぐ乾くさ」ボウイは彼女が何を見ているのかに気づき、むき出しの胸を見ておびえていると勘違いした。「ボタンを留めるよ」彼はそうつぶやいてギャビーを下ろした。

「大丈夫よ、ボウイ」ギャビーの声はやさしくかすれていた。「あなたを怖いとは思わないから」

ギャビーがそれを示すように目を上げると、ボウイの顔になんとも言えない表情が浮かんだ。

「なんの夢を見ていたかたずねたら、きみは困るだろうな」ボウイは静かに言った。

ギャビーはうなずいた。「そのことは話せないわ」

ボウイはゆっくり息を吸いこんだ。「きみをここに一人にしておくつもりはないと、気づいてくれたならうれしいんだが」ボウイは部屋を見まわし、ギャビーのローブを見つけて、コットンのガウンが体に貼りつく様子を見つめまいとしながら着させた。彼はローブのベルトを締めると腰をかがめ、またギャビーを抱き上げた。先ほどそこから入ってきたらしいバルコニーの窓に向かっていく。

「どこに行くの？」

「きみのベッドはおれには小さい」ボウイは彼女を見ずに言った。「だからおれの部屋に行く」

ギャビーの心臓が止まった。「ボウイ？」

「この暗闇の中にきみを一人にしておくわけにはいかない。どういうつもりか質問したら、おれはバルコニーの手すりから飛び下りるぞ」

この脅しを聞いてギャビーはほほえみを噛《か》み殺した。ため息をついてたくましい肩に頬をあずける。それだけできっと彼に思いは伝わるはずだ。

ボウイはその思いを受け取った。まるで自分がいっそう大きくなったような気がしたし、叫び出したいほど血が熱くなったが、ギャビーに気づかせてはいけない。今彼女に必要なのは安らぎと保護であり、それ以外はいらない。もっと先に進む前に、まず信頼を勝ち取らなければならない。

ギャビーがボウイの部屋に入ったことは一、二度しかなく、彼がいるときは一度も入ったことがなかった。本人と同じく大きな部屋で、茶色とベージュとグリーンで統一されていた――ボウイにぴったりのアースカラーだ。ベッドは四柱式のキングサイズで、柄物の上掛けが乱暴にはねのけられ、クリーム色のシーツも乱れていた。

「寝ようとしたときにきみの声が聞こえたんだ」ボウイはギャビーを下ろし、ローブの上から上掛けをかけると、ベッドに手をついてのぞきこんだ。「おれといっしょに寝るんだ――ただ寝るだけだよ。おれはパジャマを着るから、そんな怖そうな目で見なくてもいい。どちらにしても、見たってしょうがない。きみはもう見たことがあるからな」ボウイはいたずらっぽくそう言って立ち上がり、たんすの引き出しをかきまわして、一枚だけ持っているパジャマのズボンを捜し出した。

ギャビーは服を着ていない彼の姿をよく覚えていたが、今この状況でそれを口に出す勇気はなかった。

「アギーはなんて言うかしら？」ギャビーは不安げにたずねた。

「そのときはそのときだ。夜明けまでには目を覚まして、きみを部屋に帰せるだろう」ボウイはパジャマを取り出すと、バスルームに着替えに行く途中で足を止め、ギャビーを見下ろした。「おれが怖いか？」

ギャビーは彼の顔を探るように見た。「怖くないわ」彼女は小声で答えた。

「それはよかった」ボウイはほっとして言うと、バスルームに入った。

12

ギャビーはボウイのむき出しの肩に頭をのせ、ぴったりと体を寄せて丸くなった。ボウイがエアコンのきいた室内で上掛けから体をはみ出させ、メキシコ風のショールだけをかけている姿にほほえんでしまう。

「寒くないの?」

「きみが隣にいるのに?」ボウイはにっこりした。「いびきをかかないでくれよ」

「あなたもね」ギャビーはボウイがベッドサイドランプを消すのを見守った。彼はとてもハンサムで、触れた感触と香りは頭がくらくらするほどだ。こんなに甘やかな感情が存在するなんて夢にも思わなかった。あの悪夢のあとでさえ、ボウイを怖いとは感じなかった。それがどんなに特別か、いつもなら気づいただろう。でも動揺していてあまり深く考えられなかった。

「気分はどうだ?」ボウイの声は深く落ち着いていて、少し疲労がにじんでいた。

「大丈夫。あなたは?」

「なんとかなるさ」

ギャビーはため息をつき、空いているほうの手をどこに置くか迷ったが、結局ボウイの肩にのせることにした。ボウイは笑った。

「胸のほうがいいなら胸でもいいんだぞ」彼はささやくように言った。「その手で肌を撫《な》でたり、唇を開いたキスでおれを窒息させたりしないなら、なんでもいい」

「ボウイ！」ギャビーは身をこわばらせた。

「安心させようと思って言ったんだ」ボウイはおもしろがっている顔だった。「そんなにびくびくしなくていい。おれは疲れてる。アメリカの半分を突っ切ってきたからな。それにゆうべはあまり寝てないんだ。きみは安全だ――少なくとも今夜は」

「ただあなたの寝心地を悪くしたくないだけだったの」ギャビーは手をゆっくりと彼の胸にかかっているショールの上に動かし、そっと置いた。

その手をボウイの手が押さえる。「今夜はもう悪夢は見ないぞ」その声は静かだった。

「寝ている間おれが抱いてるからな。目をつぶって、アドラダ」

「それはどういう意味？」ギャビーは眠りかけながら訊《き》いた。

「気にするな。おやすみ」

疲れた頭の中でそのスペイン語がこだまする。意味は〝愛する人〟ではなかっただろうか？　彼の肩に寄せた口元にほほえみを浮かべ、めったにない彼のやさしさを味わった。

ボウイがやさしくなれるのは知っていたけれど、動物や子ども以外にやさしくするのは初めて見た。何より大事なあの瞬間――ボウイが情熱を宿したときに、彼のやさしさにすがれればどんなにいいだろう。でもそういう状態の男性は自制心が働かない。ギャビーはそういった男性の一面が怖くてたまらなかった。

ギャビーは深く轟《とどろ》くボウイの鼓動とゆっくりした息づかいを子守り歌にして眠りに落ちたが、夜明けに何かが彼女の目を覚ました――低くかすれる音、足音、話し声。虫の羽音みたい、とギャビーは夢うつつに思った。

「なんの騒ぎだ？」

眠そうな深い声が毒づくのが聞こえ、ギャビーは目を開けた。天井が見えた。視線を落とし、そのまま固まった。ボウイの腕に抱かれている――そのぬくもりとたくましさを感じることができる。それからボウイの片脚が自分の脚の上にのっている。上掛けの下で二人の脚がからまっている。

ボウイは頭を上げ、誰かをにらんでいた。ベッドの足元にアギー・マケイドが立っていて、そのうしろと脇にはエレナとモントヤがいた。

ギャビーは顔が真っ赤になるのを感じながら、ローブのまま起き上がった。「ボウイ？」その声は震えていた。

「わかってる。あの三人がただの夢だといいと思ってたんだ」ボウイは起き上がってヘッドボードにもたれかかった。「言いたいことがあるなら言ってくれ」ボウイは母に言った。

「言いたいこと?」アギーはため息をついた。「これがギャビー以外なら、わたしはかんかんになってまくし立てたでしょうよ。でもギャビーとベッドにいるってことは、ギャビーが悪夢にうなされて、あなたは放っておけなかったってところね」アギーは両手を振り上げた。「ほんとにもう、最近じゃどきどきするようなことが何一つないんだから——パーティもなし、サプライズプレゼントもなし、銃を持った酔っ払いもなし。モントヤ、目覚まし代わりに二人にコーヒーを持ってきてやって。わたしはパティオでいただくわ」アギーはぶつぶつ言いながら、小声で笑っているモントヤとエレナを引き連れて出ていった。

「意外な反応ね」ギャビーは三人を見送りながら言った。「ベッドで二人でいるところを見つかったのに、誰も叱らないなんて」

ボウイは上掛けをはねのけ、けだるげに体を伸ばした。「きみのことをよく知ってるからだろう」

ギャビーは乱れた髪のままボウイを見下ろした。「ボウイ……」

「なんだ?」

「女の子といるところをアギーに見つかったことはある?」

ボウイは笑い、皮肉っぽく答えた。「カサ・リオではない。ここに女性を連れてくるほどばかじゃなかったからな」その目が考えこむように細くなった。「それに、女性はそんなに大勢いたわけじゃないんだ。金を使うより稼ぐほうにずっと時間をかけていたから」

「そうね。あなたはいつも仕事に没頭しているもの」ギャビーの目がむき出しの胸板をとらえ、引き締まった腹部を通って、パジャマの下がり気味のウエストの下へ続く毛流れを追った。以前は平気だったのだから、こうやって動揺するのはおかしい。でも彼を見ていると突然そっと触りたくなった。

女性をよく知るボウイは、その表情を誤解しなかった。そしてギャビーが彼の体の変化を目にし、初めて状況を理解していることに気づいて、顎をこわばらせた。

ギャビーは胸をどきどきさせながら目を上げて彼の目をとらえた。この状況にふさわしい言葉が浮かばず、下品なことを口走るのもいやで、何も言わなかった。そしてただ彼を見つめた。

「これで男のことがまた少しわかったな」ボウイはやさしくたずねた。「恥ずかしがらなくていい。これは男が背負う十字架だ」彼は重いため息をついた。「思春期の頃のほうがよかったよ。男の子がときどき体を二つ折りにして歩かなきゃいけない理由を、女の子たちが知るようになる前のほうが」

意外な言葉にギャビーは笑った。ボウイのユーモアは、いつも緊張や不安を追い払ってくれる。

「アギーが少し元気を出したみたいでよかったわ」ボウイが黙ったのでギャビーは口を開

いた。

「元気を出さないわけがない」ボウイはため息をついた。「朝から気晴らしになるようなことが山ほどあったんだからな。おれたちがからまって寝てるのを見たんだ」

ギャビーは二人が抱き合っていた様子を思い出した。そして恥ずかしげにボウイを見た。

「あなたは誰かといっしょに寝るのに慣れているのね」彼女はおずおずと言った。

「一晩中いっしょというのには慣れてない。そういう意味ではきみが初めてだ」ボウイはいたずらっぽいほほえみを浮かべた。

ギャビーは天にも昇る心地だった。「とにかく、いっしょにいさせてくれてありがとう」彼女は目をそらして言った。「本当に怖くて」

「見ていてわかったよ」ボウイはけだるげに立ち上がり、また手足を伸ばした。こんなにゆっくり寝たのは久しぶりだ。早い時間に目を覚まし、ギャビーがそばで丸くなっているのを見て、心がぽっと温かくなった。彼女はいつの間にか心の奥深くまで忍びこんでいた。

アギーはネッド・コートランドが出ていったのを息子のせいだと思っている。ボウイにはアギーの心の中が読めた。息子に仕返しするために、アギーがカサ・リオの所有権の過半数をギャビーに譲る気でいることに賭けてもいい。だがギャビーがおれのものになれば、その計画は崩れる――ボウイはそう自分に言い聞かせた。ギャビーに対して感じ始めたやさしさは、心の奥底に押しこめておきたかった。少なくとも、しばらくの間は。

「こんなによく寝たのは久しぶりだよ。今日の予定は?」

ギャビーは予定を思い出せなかった。天井に向かって手を伸ばす彼の筋肉が波打つのを見て、ぼうっとしていたからだ。

ギャビーがうっとりと自分を見ているのに気づき、ボウイは眉を上げた。

「ごめんなさい、なんて言ったの?」ギャビーはぼんやりとたずねた。

ボウイは笑った。「いいや」ボウイは彼女の脇のところに両手を入れ、ベッドから引っ張り出した。その背中で両手を結び合わせたまま、ボウイは赤らんだギャビーの顔を見た。「起きたばかりのきみはとてもきれいだ。汚れがなくて愛らしい」

「あなただってすてきよ」ギャビーは小声で言った。彼の笑顔を見ると、世界を征服したような気分になる。ギャビーも笑顔を返すと、そのすばらしい一瞬、世界には二人しかいなくなった。

「おやおや」モントヤの声が沈黙を破った。コーヒーポットとカップ、クリームと砂糖がのったトレイを持って入ってくる。「そんなふうに見つめ合ってたら、ショットガンの弾が向かってきても気づかないかもしれませんね」

ボウイはギャビーを見つめたまま唇をすぼめた。「昨夜本当は何があったか、言ったほうがいいかな?」彼は考えこむように言った。

ギャビーの目が丸くなった。「本当は何があったかってどういう意味?」

「彼は世間知らずじゃない。そうだろう、モントヤ?」

「もちろんです。それにばかでもない」モントヤはにやりとした。「言い逃れは通用しません」

ボウイはモントヤをにらんだ。「協力してくれたら、ギャビーを脅して婚約に持ちこめるんだが」

モントヤは驚いているギャビーを見やり、咳払《せきばら》いして胸に手をあてた。「シニョリータ、こんなことをしでかすとは驚きです。シニョール・ボウイみたいな紳士をたぶらかすとは」

「たぶらかす?」アギーがドアの前を通りかかった。「たぶらかすって言った?」

「ギャビーは恥ずかしげもなくおれを利用したんだ。責任をとっておれと結婚するのが筋だと思うが、どうだろう?」

「すてきなアイデアね」アギーはじろりとボウイを見て、いたずらっぽく笑った。「あなたが助けてくれたように、わたしも手助けするわ」

「わかったよ」ボウイがため息をつくとアギーは行ってしまった。「アギーはネッド・コートランドのことを忘れてないな――ぜんぜん忘れてない」

「そうでしょうね。一晩中泣いていたみたいだし」モントヤがドア口のところでボウイを振り返った。「元気そうにしていても心の中では苦しんでいる」

「だからこそギャビーはおれと結婚して、アギーの気がまぎれるようなものを与えないといけない。落ち着いてプロポーズできるよう、出ていってくれ」

「喜んで、シニョール」モントヤはまたにやりとすると、そっとドアを閉めて出ていった。

「冗談よね？」ギャビーが言った。

「いや、違う。指輪を買って、一日に一歩ずつ進んでいこう」ボウイはまたギャビーを抱き寄せた。「おれの腕の中で眠れるほど信頼してくれたのなら、いつかは自分を与えてもいいと思えるようになるかもしれない。それを待つよ」

「どうなるかわからないわ」ギャビーはかすれ声でささやきながらも、未来のこと――そして、彼のものになり、彼を自分のものにすることを考えた。昨夜は彼といっしょに寝られた。いつか最後までいけるかもしれない。

「それでもかまわない」ボウイは静かに答えた。「イエスと言ってくれ」その黒い目がきらめく。「きみの評判もおれの評判も台無しになった。だからイエスと言ったほうがいいぞ。エレナは夕方までに谷中に話を広めるだろうし、ほかの奴《やつ》らはエレナほどおれたちをよく知ってるわけじゃない。日暮れまでにきみは、身持ちの悪い女という烙印《らくいん》を押される」

「そんな理由で結婚するなんておかしいわ」

ボウイは大きな手で彼女の顔を包み、かすめるようにキスした。「おれたちはいつだってうまくやってきた。そうだろう?」

「例の農業プロジェクトで敵味方に分かれるまではね」

「きみの気が変わるかもしれない」

「いいえ、変わらないわ。あの人たちは正しいと思うの」

ボウイは疑わしげに目を細くした。「おれは間違ってると思う。だが、見解が一致しないのはそのことだけだ。こっちに帰ってきてボブ・チャーマーズのところで働きたいなら働けばいい。もしきみがその気なら、子どもを作ろう」

その言葉を聞いたギャビーの顔が真っ赤になり、息が止まった。彼女はほてった頬をボウイの胸に埋《うず》めた。子どもを作るためにしなければいけないことを考えると体が震えたが、それは恐怖ではなかった。

「きみはきっといい母親になる」ボウイはやさしく言った。「それにおれは子どもが好きだ。それもおれたちの共通点の一つだな。だがせかす気はない。ただイエスと言って、アギーに報告すればいい。ネッド・コートランドを追い払った仕返しにおれたちを別れさせる手段を考えて、心ゆくまで楽しむだろう」

ギャビーは頭を上げた。「あなたが追い払ったわけじゃないわ」

ボウイはにっこりした。「おれが追い払ったと言いたいところだが、何もしてない。アギーも少しは手を貸したが、あの男は自分の意思で家に帰ったんだ。アギーは乳搾りをいやがってる話をしただろう?」

「ええ、そうね。でもアギーは恐ろしいほど孤独になるわ」

「おれたちがいる」ボウイの目が静かにギャビーを見た。「結婚してくれ、ギャビー」

ギャビーはあまり彼を刺激しないように両手をやさしく胸にすべらせたが、ボウイは体をこわばらせた。「ボウイ、それはわたしがほしいから?　それともカサ・リオがほしいから?」

ボウイはためらったが、すぐに答えた。「きみがほしいからだ。それに、結婚したらきみは土地開発についての攻撃の手をゆるめてくれるだろう」ボウイの言葉は誠実そのものだった。「だが、理由はそれ以外にもある。おれときみは言葉にしなくても通じ合える。きみに触れると、すべてが満たされる気がするんだ。きみも同じように感じているだろう?」

ギャビーは目を上げた。「ええ、感じるわ」

「それなら結婚してくれ。この感覚を強く、大きくするチャンスがほしい」

ギャビーは彼のハンサムな顔に触れ、高い頬骨を指でたどった。「あなたのことを……愛せると思うわ」途切れ途切れにささやいた。

ボウイは胸が高鳴るのを感じ、ギャビーの腕を握る手に力が入った。「愛せるんだな?」

「ええ」彼の顔が近づいてくるのを見て、ギャビーは身を震わせた。

「そっとだ、アドラダ」そう言うと、彼は唇を重ねた。腕がやさしくギャビーを引き寄せ、包みこむ。

そのキスはこれまでのキスと違っていた――ゆっくりとやさしく、柔らかい。ギャビーは真綿でくるまれたように大事にされているのを感じた。心の底からリラックスし、喜んで唇を差し出した。

「あなたはいつかこれでは満足できなくなるわ」彼が離れると、ギャビーは心配そうにつぶやいた。つつましく距離をとっていても、彼の体が張りつめ、欲望がつのっていくのを感じ取ることができたからだ。

「きみもいつかは満足できなくなるかもしれない」ボウイもそう言ってほほえんだ。「心配しなくていい。相手のことを知る時間はたっぷりある――心と体、両方の面でね。そうだろう？」

ギャビーは目にあこがれを浮かべ、うなずいた。

「アギーがモントヤからニュースを聞く前に着替えたほうがいい。今度はこっちがびっくりさせる番だ」

「アギーは驚かないんじゃない？」ギャビーは顔をしかめた。

「そうかな？」ボウイはにっこりし、バルコニーから自分の寝室に帰るギャビーを見送った。

彼女の姿が消えてしまうと、ほほえみは薄れた。こちらの求めるものをギャビーが与えられるようになるかどうか、自分でも疑わしいと思っていた。とにかく先に婚約に持ちこんで、ギャビーが敵にカサ・リオを売り渡すのを防がなければいけない。そうすれば彼女を見守り、世話をすることもできる。何より、ギャビーがかき立てるあらたな感覚を楽しみ、それがなんなのか、なぜ感じるのかを探ることができる。

おれはこれまで誰かを愛したことがない。この気持ちが愛なのだろうか。

ボウイはクローゼットに戻り、着替え始めた。ネッド・コートランドが出ていったのはさいわいだった。あとはアギーをもとの生活に戻らせ、ギャビーを完全に味方につけるだけだ。ボウイは世界を手にしたような気分だった。すべてが思い通りに進んでいる。

ギャビーより先に一階に下りたので、ボウイは一人でいたアギーに婚約の知らせを伝えた。それを聞いてアギーは冷たくほほえんだ。「あらあら、確実な手段をとるのね」

ボウイはアギーをにらんだ。「ギャビーを大事に思ってるんだ」

「大事に思ってるのはカサ・リオでしょう。カサ・リオのためにわたしの婚約を壊して、ギャビーを自分のものにするつもりなんだわ。愛してるなんて言えないでしょう？」

ボウイは言えなかった――今はまだ。彼の顎がこわばった。「愛はいずれ生まれてくる」

「そうかしら？　あなたはギャビーを求めてる――それは誰が見たってわかるわ。でもギャビーにはやさしく接しないといけないし、たくさんの愛が必要よ。あなたにそれができ

ると は思えない。もしできるなら、わたしとネッドの仲をああまでして裂こうとはしなかったでしょうね。テキサスに行った理由は知ってるわ。わたしたち、同じ弁護士を使ってるから」ボウイが驚いたのを見てアギーはそう言った。「弁護士から、あなたが何をたくらんでいるか電話があって、それをネッドに伝えたの。それで彼は我慢の限界に達したのよ。あなたがもっと深く掘り返す前に、自分を信用しているなら今ここで結婚してくれと彼は言ったけど、わたしは断ったの。わたしは、愛してるなら本当のことを教えてと迫ったわ。そんなことが重なって、彼は出ていった――あなたのせいでね」

ボウイは深いため息をついた。「すまない」彼はそっけなく言った。「こんなことになるとは思っていなかったんだ。あの男を調べたかったし、ここから追い出すつもりだったのはたしかだが」アギーの目を見たボウイの目が光った。「ここそこそやるつもりはなかった」

「それを信じられたらね。でもあなたがこの土地をどう思ってるかは知ってる。コープランドが受け継ぐべきものを教えこんだせいで、あなたは傲慢になったわ」

「母さんのことはおれなりに大事に思ってる」彼は短く言った。「母さんにとってはギャビーとコートランドが何よりも大事らしいが」

アギーは責めるように見るボウイの目を避けた。「とにかく、終わったことはしかたがないわ。過去に戻ってわたしがしでかしたことを修正することはできないし、それはあなたも同じ。もう少しあなたの世話を焼いていれば、あなたはここに別の男が来ることをそれほどいやがらなかったかもしれない」アギーは堂々と顔を上げた。「でも今さらね。あなたは自分が決めたことをやり遂げた。ネッドはもういない。わたしがあんなふうに拒否したから、誇り高い彼が戻ってくることはないでしょうね」

ボウイは重いため息をついた。「一時の気の迷いだったんだ」

「ギャビーがあなたに感じてるみたいに？」アギーがあざけるように言うと、ボウイは身じろぎした。「ギャビーは初恋にのぼせ上がってるわ。ギャビーがすっかり心の中に入りこんで、そのせいで身動きがとれなくなってるのはどんな気持ち？」

ボウイの目が危険な光を帯びた。「おれの気持ちの話はしたくない」

「あなたは自分の気持ちを認めないいんだから、そもそも無理よね。あなたはギャビーを勘違いさせているけど、彼女がそれに気づいたら一瞬で熱は冷めるわ。もしあなたの心が鋼鉄でできていないなら、若いギャビーよりあなたのほうが、愛の痛みは強いことに気づくかもしれない。わたしがネッドを失ってどんなにつらいか、いつかはわかるかもしれない。もしそうなったら、わたしだってあなたをかわいそうに思うでしょうよ」

「哀れみの涙なんかいらない」ボウイは言い返した。「おれは彼女を愛してるわけじゃないんだ」

それこそアギーが引き出そうとしていた言葉だった。「やっぱり。ギャビーを甘く見ないほうがいいわ。あなたは見くびっているけど、あの子はばかじゃない。わたしが何をしようとしていたか、あなたは見抜いていたわよね？」

「疑ってはいた」

「あなたがカサ・リオを手放したくないばかりにわたしを駒扱いするのはもううんざり。今朝、ツーソンの弁護士と話したの。また旅行に出て、あなたとギャビーに財産を渡す書類にサインするつもりよ。ただし、あなたの父親が書いたのとはちょっと変えるわ」アギーは冷たくほほえんだ。「ギャビーが全財産の五十一パーセントを受け取り、あなたが四十九パーセントを受け取るの。あなたたちが例の農業プロジェクトの件で仲違《なかたが》いしたら、ギャビーが勝つわ。この事実をよく噛《か》みしめるのね」

アギーは立ち上がって部屋から出ていき、怒りでむっつりと黙りこんだボウイだけが残された。覚悟はしていたが、それでも苦しかった。アギーに動機を白状させられたのが最悪だった。すべてが白日のもとにさらされると、自分が安っぽく感じられた。でもそれだけが動機ではない、とボウイの理性が反論した。カサ・リオだけが理由ではない。ギャビーは保護本能とやさしさを引き出してくれる。欲望もかき立てるが、その欲望は自分本位なものでも残酷でもなかった。ギャビーといると、愛し愛される子どもや家族がほしくなる。だが、アギーにそんなことは言えない。そういう気持ちは――弱みは表に出したくなかった。

自分がいない間に起きたことを知らないギャビーは、階段をのぼってくるアギーとすれ違った。

「あなたにカサ・リオの持ち分の過半数をあげたわ。これからツーソンに行って書類にサインして、数週間ナッソーに行ってくるつもりよ。コープランドが遺《のこ》してくれたお金がまだあるし、自分の財産もある。わたしにカサ・リオはいらないの。ボウイがカサ・リオを愛するあまり、わたしの人生に口を出してくるのにうんざりしたわ。あなたを巻きこんでしまってごめんなさい」

ギャビーの背筋が冷たくなった。カサ・リオのこと、遺産のこととなると、ボウイは何も見えなくなる。今朝プロポーズしてくれたけれど、それもアギーのすることを見越していたのだろうか？

「ネッドの件のせいでしょう？」ギャビーは腕に鳥肌がたつのを感じた。「ボウイが二人を引き裂くようなことをしたから」

「わたしが仕返ししたと思うの？」アギーはため息をついた。「ええ、そうかもしれない。わたしは傷ついたの。コープランドが亡くなって以来初めて。それはボウイのせいよ――少なくともいくらかはね。わたしは逃げるしかなくなったわ。もう闘いたくないの。一人になりたいだけ」アギーの目を涙が刺した。「ごめんなさい」

「謝ることなんかないわ」ギャビーはやさしく言った。

アギーはギャビーを探るように見た。「あなたはボウイを愛してるのね」

ギャビーは雷に打たれたようなショックを受けた。今朝、ボウイに愛せるかもしれないとそれとなく告げたけれど、すでに愛していると自分に認めたことは一度もなかった。でも、もちろん愛しているはずだ。愛していないなら、彼の寝室に黙って運ばれていくはずがない。文句も言わずに一晩中隣で眠るはずがない。

「ええ」ギャビーはかすれ声で答えた。

アギーは彼女の頬にやさしくキスした。「あなたならうまくいくかもしれないわ。土地や引き継ぐものよりも、そこにいる人間のほうが大事だとボウイを諭せるかもしれない」

「やってみるわ。アギーはどうするの？」

アギーの細い肩が上下した。「ナッソーの友だちのところに行くつもりよ。そのあとはまだわからない。ネッドを忘れる時間がほしいの」アギーの声は途切れ、また涙が出てきた。「ギャビー、本当につらいわ」

ギャビーにもそのつらさがわかってきた。土地を手放さないために自分を利用しているだけかもしれない男性と恋に落ちてしまったのだから。

13

水曜日から始まったにもかかわらず、それはギャビーの人生でいちばん長い一週間になった。ラシター・シチズン紙からの誘いを承諾したあと、ギャビーは〈バイオアグ〉プロジェクトについて集めた情報すべてと、環境保護派の人々の取材内容、不動産業者のミスター・バリー、ロペス親子、〈バイオアグ〉のミスター・サミュエルズの発言内容をまとめた。記事を書き上げたギャビーはその出来に満足した。どちらの側の意見も尊重し、可能なかぎり中立の立場にそった内容だ。それでもやはり〈バイオアグ〉寄りになってしまい、これが発行されたときのボウイの反応を想像してギャビーは顔をしかめた。でも自分の判断基準に従って偏った記事を書いたわけではない。ギャビー個人の立場は、今はどちらかというとあいまいになっていた。プロジェクトに好奇心がわいていたが、組織が真の目的をわざと隠しているような気もした。

ギャビーは農業や農家に対して敬意を持っている。他人に食べさせるために身を粉にして働く人口の数パーセントを思えば、このプロジェクトに反対するのは賢明ではない。いっぽう、減り続ける地下水をどこよりも多く使っているのが農業だ。飲用やシャワーの水がなくなるというときに、農業が優先的に水を使って当然だと言えるだろうか？　ギャビーはうめいた。それに働き口も大事だ。〈バイオアグ〉は職をもたらしてくれる。そのあとで、未来のこと、砂漠で手に入る水が減っていること、このプロジェクトが壮大な詐欺かもしれない可能性について考えた。ここで調査を終わらせるわけにはいかない。もっと深く探らなければ――〈バイオアグ〉に票を投じる前に、証拠がほしい。地域と自分の良心を守るために。

アギーは、カサ・リオをボウイとギャビーに譲るのに必要な書類にサインしていた。発効は数週間後だ。そして、ボウイがツーソンに行っている間に飛行機に乗ってナッソーに旅だった。ボウイは傷つくだろうが、自分には息子とギャビーに腹をたてる理由がある。今こんなに悲しいのは二人が邪魔したからだと、アギーはかたくなに思いこんでいた。

ギャビーのほうはミスター・コートランドが詐欺師だと思っていたわけではないが、今さらそんな心配をしてもしかたがない。今はほかに目を向けなければいけない問題がたくさんある。出発前のアギーにカサ・リオに住み続けてもかまわないかたずねると、アギーはただ笑った。そして、この家はあなたとボウイのものになったとやさしく言った。もちろん住んでいてかまわない、ときどき訪ねてくる権利をくれるなら、と。その言葉で涙があふれ、ギャビーは子どものように泣いた。アギーはすべてを失おうとしている。悲しむアギーを見るのも、自分にその悲しみの一因があると思うのもつらかった。

母が別れの挨拶もせずに行ってしまったことを知ったあと、ボウイは考えこんだ。ギャビーのせいで二の次にされた長年の記憶がよみがえり、頭から離れなくなったのだ。もう少し努力すれば仲のいい親子になれたかもしれない。今となっては手遅れかもしれないが、そうでないことをボウイは祈った。

ボウイは新聞社を辞めるギャビーをフェニックスまで送っていった。車中でギャビーはあたりさわりのない話ばかりをし、編集長に置きみやげとして渡すバッグの中の記事については触れなかった。ボウイが激怒するのがわかっていたからだ。心のどこかでは、この記事にどれほど力を注いだか、両サイドの言い分をどれほど公平に扱ったか、ボウイに話したい気持ちがあったが、二人の間の平和を乱したくなかった。

三年続けた仕事を辞めるのは悲しかった。編集長は、〈バイオアグ〉の件の進展を連絡するという条件ですんなり退職を認めてくれた。きっとここのあわただしい日々がなつかしくなるだろう。でもラシターの新聞社も魅力的で、ギャビーは新しい職場を好きになる自信があった。ハービー・リッターはさておき、ボブ・チャーマーズはギャビーの決断に大喜びだった。

その週のギャビーに心残りがあるとすれば、それは市議会の取材を逃したことだ。ボブはハービーを取材にあたらせた。もしギャビーが担当になればボウイが同行すると言い張っただろうから、それでよかったのかもしれない。例のプロジェクトについてはいつでもハービーから情報をもらえるだろう。

しかし、月曜に新しい職場へ出勤する準備をしながら、ギャビーは不安な思いにとらわれた。ボウイはプロポーズを後悔しているかもしれない。最近、いつになく口数が少なく、考えこんでいる。アギーの件で動揺しているのはわかるけれど、まったくわたしに触れようとしない。週末はいっしょに過ごし、日曜には教会にも行った。それでも二人の間にはこれまでなかった距離があった。冷たさや怒りではない。まるでじょじょに壁ができて二人を切り離したようだった。一度だけボウイにそのことを口にしたが、話し合いたくないときにそうするように、口を閉ざして歩き去った。ボウイがプロポーズしたのは、やはりカサ・リオの所有権を確実に手に入れるためだったのだろうか？　アギーがボウイを動揺させるようなことを言ったのかもしれないが、それがなんなのかはわからなかった。

ギャビーはデニムスカートとレースのブラウス、ハイヒールでドレスアップして、八時半前に職場に着いた。ジーンズにTシャツ姿のスタッフは、眉を上げ値踏みするように横目で見ただけでまた仕事に戻った。

「着飾りすぎたかしら？」ギャビーはこっそりボブにたずねた。

「フェニックスじゃ普通だろう」ボブはいたずらっぽく言った。「インタビューに行くならそれでいい。だがこの町で働くなら――そうだな、ちょっとやりすぎかもしれないな」

「わかったわ」ギャビーは笑った。「今度は気をつけます。わたしの担当は？」

ボブは仕事の概要を説明し、ギャビーにハービー・リッターの隣の個室を与えた。ハービーはこちらを見もせず歓迎の挨拶もしなかった。彼は何年もここのたった一人の記者だったから、わたしを疎ましがっているのだろうとギャビーは理解した。

「これがこの町の連絡先一覧だ」ボブは電話のそばの紙を指さした。「警察や消防をまとめてある。今日は、明日の昼までに印刷にまわす記事を集めなきゃいけないから余裕がないが、時間のあるときにいろんな機関に出向いて自己紹介しておくといい。みんないい奴《やつ》らだよ。きみも気に入るだろう」

「わかったわ。それまでは何をすればいい？」

「ハービーは町にできたばかりの店の記事を書いてる。そのあとは警察からのニュースだ。きみはこの週末に起きた火事を調べて、麻薬の摘発についても誰か話ができる者がいないか確認してくれ」ボブは声を落とした。「ハービーは調べないようだが、大物が関わってると噂《うわさ》で聞いたんだ」

「警察に行って逮捕記録を調べる必要があるわね」

ボブは驚いた。「怖くないのか？」

「もちろん」

彼はにやりとした。「ラシターを代表して歓迎するよ」

ギャビーは各所を走りまわった。一つのニュースの断片がどんどん次につながっていく。麻薬の摘発の真実を突き止めるためには丸一日かかったが、それでも終業時間までに情報を手に入れ、あとは家に持ち帰って書くだけになった。

家に戻ったギャビーがボウイにパソコンを借りたいと言うと、彼は顔をしかめた。「家に仕事を持ち帰る必要はないはずだ」

「ふだんならそうだけれど、今は新入りだし、週刊紙のルーティーンを覚えるのに時間がかかっているの。もとからいる記者は物議をかもすようなテーマを扱いたがらないのよ」

「だがきみは違う」ボウイは疑わしげに目を細くした。「きみはところかまわず全力でたくからな」

ギャビーは赤くなった。大規模農業プロジェクトについて書いた記事が載ったフェニックス新聞が昨日出たばかりだったからだ。ボウイはきっとそれを読んだに違いない。

「どちらの言い分も尊重したわ」

「そうだな。きみの言い分と奴らの言い分だ」

「ボウイ……」

「きみが何を書こうと関係ない。おれは一歩も引かない」ボウイは静かに答えた。「おれの立場を理解できなくても、尊重することはできるはずだ」

「実際尊重してるわ」ギャビーはすがるように言った。「あなたは一人じゃない。少なくとも二つの環境団体と一部の地元の人たちがあなたを支持してる。わたしは見た通りのことを書くしかないのよ」

「こんなことを言い合ってもしかたがない。きみは仕事が好きなんだろう?」ボウイの言い方は、疫病にかかった人間でも相手にしているようだった。

「アドレナリン中毒なのかもしれないわ。この記事を書きたいの」

「パソコンを使うといい。おれは図書室で電話してくる」ボウイはそれ以上何も言わず、ギャビーを残して出ていった。そして間もなくすると、どこに行くとも言わずに出かけて、ギャビーがベッドに入る頃になっても戻らなかった。

記事はとてもうまくいった。ギャビーは翌朝記事のデータを持っていき、ボブに見せた。彼は無言で首を振った。「すばらしい。ほんとにすごいよ。全段抜きの見出しで、四段組の記事にしよう。写真がないのが残念だな。もしかしたらハービーがページのバランスをとるのに使えるものを持ってるかもしれない」

ギャビーは自分のデスクに戻り、入ってきた最新の情報をまとめた。ほとんどが郵送されたり持ちこまれたりした、地元のちょっとしたニュースだ。そして、公告欄、訃報欄、求人欄の作成で忙しいジュディを助けた。広告欄はどうやらボブとハービーが写植室で作るようだ。

明くる日の火曜は一週間でいちばん忙しい日だ。記事をレイアウトする手伝いをしたり、電話の受け答えを助けたり、広告を出したい顧客やニュースを持ちこむ人間と話したりで、座る暇もなかった。

「これはなんだ?」昼休みのあと、写植室の手伝いに来たハービーが声をあげた。一面を読んだ彼の顔が真っ赤になる。「誰がこれを書いた? おれが来週書こうと思ってたネタだ!」

「来週じゃ古い話になってしまうわ」ギャビーが説明した。「わたしには時間があって、あなたにはなかった。誰が取材したかは関係ないんじゃない? わたしたちはチームでしょう?」

「その通りだぞ、ハービー」新しくセットした求人欄を注意深くはさみで切りながらボブが言った。「礼を言えとまでは言わないが」

ハービーは記事に添えられたギャビーの署名をにらみ、今度はギャビーをにらんだ。

「こんな小さな町には、記者二人が書くほどのニュースはないと思うがね」

「きみが驚くほどあるぞ」ボブが答えた。「さあ、もうふくれるな。おれがギャビーを雇ったからってきみを追い出すつもりなんかない。ギャビーはきみがいやがるような仕事を山ほどしてくれるんだ。物議をかもすような事件についてね」

ハービーはいらだたしげに身じろぎした。「おれは一生訃報欄と政治欄だけやってろってことか」

「そんなわけないだろう」ボブは彼をなだめた。「スポーツ欄を増やそうと思ってるんだ。フットボールの試合を取材するのはどうだ？」

ハービーは顔を赤くした。「スポーツは嫌いだ」

「ただの提案だよ」ボブはにっこりしてハービーを見つめた。

やがてハービーは謝罪するような言葉をぶつぶつつぶやき、作業に戻った。

新しい職場での出だしは最悪だったが、その後さらに悪くなった。どんなニュースも争わないと手に入らなかったのだ。ハービーはいつもギャビーの出方を知っていて、先手を打った。町のことも公的機関の担当者のこともよく知っているのだから、有利なのは当然だ。ギャビーは警察まわりぐらいしかやることがなかった。週刊紙は大手の新聞のような担当を持っているわけではない。それに仕事の幅は広かった――自分で版を組み、ジュディの仕事量が多くなれば手伝い、購読申し込みの処理をし、電話で広告掲載の依頼を受け、写真が必要になれば出かけることもあった。ギャビーが撮ったのは大きな野菜や事故車で、いっぽうハービーは町を訪れた著名人、美人コンテストの優勝者、火事を撮影した。ギャビーはだんだんハービーにいらだち始めた。

「きみに慣れようとしてるんだよ」二週間が経《た》ち、ギャビーがとうとうボブに苦情を言うと、彼は静かに答えた。「時間をやってくれ」

「いちいちわたしと競争する必要があるの？」ギャビーはみじめな気持ちだった。「この仕事が好きなのに、あの人のせいで何もできないわ。仕事の範囲をはっきりさせるために、担当を決めたらどうかと思うんだけれど」

ボブは眉を上げた。「それはいいアイデアだ。よし、考えてみるから数日待ってくれ」

「助かるわ、ありがとう」

それから二人の仕事ははっきり担当が分かれた。ハービーはいっそういらだたしい存在になり、ギャビーは何度か、彼女の出自やマケイド家とのつながりについてハービーが質問をしているのを耳にした。彼は執念深いタイプで、いつか自分を困らせるようなことをしでかすのではないかとギャビーは心配になった。

家の雰囲気もたいしてよくなかった。アギーが家を出てから、ボウイは平日はツーソンに行き、週末はどこかに出かけた。きっと以前からの習慣なのだろう。婚約に関して歩み寄ることもしないのに、例の新聞記事が出て以来、ギャビーに対して冷たくなった。将来の話もまったくしていない――婚約指輪の話さえ出ない。ギャビーは、アギーが言っていた結婚の動機は正しかったのかもしれないと思い始めた。

ギャビーはその日、夕食の席で言った。「明日の夜、市議会の集会が開かれるの」

「またか」モントヤがテーブルに食事を並べるのをよそに、ボウイは読んでいる書類から目を上げもしなかった。

「前回から一カ月ぶりよ」

ボウイは目を上げ、探るようにギャビーの顔を見た。痩せたようだし、目の下にはくまができている。この一カ月、仕事に忙殺されていたのと、ギャビーが敵側につくと公言した記事にいらだっていたせいで、ボウイはあえて彼女に近寄らないようにしていた。今こうして数週間ぶりにちゃんと彼女を見て、ボウイはその姿に罪悪感を抱いた。ギャビーは婚約にもっと違うものを期待していたのかもしれない。それはボウイも同じだったが、一度だけギャビーに触れようとしたとき、彼女は避けた。まるでキスされるのすらいやだと言わんばかりに。ギャビーは初恋にのぼせ上がっているだけだというアギーの言葉が頭にこびりつき、ボウイを支配した。実際その通りかもしれない。熱に浮かされて何も見えなくなっているのではなく、彼女には本当に愛情があるということをたしかめようとしたが、うまくいかなかった。仕事に関して一歩も引かないギャビーの姿勢、肉体的な触れ合いを避けようとする態度さえも、ボウイの怒りに火をつけた。彼はギャビーと距離を置いていたが、今になってうしろめたさを感じた。この冷たさがギャビーをやつれさせたのだ。ギャビーを傷つけたいなんて思ってもいなかったのに。そのときボウイは、指輪さえ買っていなかったことを思い出した。

「きみをほったらかしにしていた」ボウイは静かに言った。

「ええ、そうね」ギャビーは彼の目を見つめた。「心配事があったんでしょう」

「山ほどね。大規模農業プロジェクトに関するきみの記事もその一つだ。本当に偏見のない記事だと思ってるのか?」

「偏っているかもしれないわ」ギャビーは正直に言った。「でもわたしは両方の言い分を取り入れる義務があるの。客観的でなければいけないのよ」

「おれには無理だ。あのやり方すべてに、後ろ暗い何かを感じる。説明にも抜けが多い」

「わたしだって目が見えないわけじゃないわ。抜けがあるのには気づいたし、それを放っておくつもりもない。ボウイ、わたしはジャーナリストなの」ギャビーは彼の目を見つめてしっかりと言った。「どちらかに味方したくても、そんなわけにはいかない。新聞社に対して、ジャーナリストの良心に対して、責任があるからよ。仕事のミスで人が傷つくことになったら、それを受け入れるしかない。できるだけ深く、できるだけ早く事実を掘り起こすつもりよ。あのプロジェクトに少しでも怪しいところがあるなら、それを記事にするわ。ボブ・チャーマーズも同じ。あなたが彼を嫌ってるのは知ってるけれど、あの人は優秀な記者よ」

ボウイは肩の力を抜いた。「わかったよ。疑わしきは罰せず、だな」

「あなたが本当に心配してるのはアギーのことなんでしょう?」

ボウイは顔をしかめた。「アギーは別れの挨拶もしなかった。怒ってるのは知っていたが、そこまでだったとはな。守ろうとしただけなのに。おれは自分の感情を表すのが苦手だが、傷つける気なんてなかった。たぶん手遅れになるまで放っておいたせいだ」

「アギーにゆっくり考える時間ができれば、戻ってくるわ。戻ってきたら誤解を解くこともできる」

「そう思うか？」ボウイはため息をつき、話題を変えた。「この請願っていうのはなんなんだ？」

急に別の話をされて、ギャビーはまばたきした。「〈バイオアグ〉の請願のこと？　ええ、書類を見たわ。集会でプレゼンするそうよ。ホワイト市長から、わたしも出るのか訊《き》かれたわ」ギャビーは顔をしかめた。「過去最高の出席者数を期待してるそうよ」

「当然そうなるだろう。人は流血沙汰を見たがるからな」

ギャビーは、ボウイが殺すと脅されていることは知っていた。ボウイはいっさい口にしなかったが、モントヤから聞いたのだ。電話でぞっとするような低い声がボウイを撃つと脅し、返事をする前に切れたという。ボウイは三十分ほど怒りくるっていたが、そのあと牧童頭といっしょに柵のチェックに出かけた。ボウイは柵のチェックが嫌いで、めったにしない。アリゾナでは決して広くない八千ヘクタールの牧場の管理は、ほとんど牧童頭のジェフ・ダンバーズにまかせていた。土地を心から大事にしているとはいえ、ボウイは牧場より建設会社の仕事で忙しかった。

「この件で誰かに撃たれそうになったらどうするの？」ギャビーは緊張気味にたずねた。

「もちろん撃ち返すさ」ボウイはけだるげに答えた。そして椅子の背にもたれ、ギャビーを見た。「ピックアップトラックにはライフルをのせてるし、夜外に出るときは38口径の拳銃を持ち歩いている。許可も得てるからな。きみも知ってるだろう」

ギャビーはボウイの射撃の腕前を知っていたが、待ち伏せされたら役にはたたない。ここは信じられないほど殺風景な広大な土地で、何キロにもわたって誰にも会わないほどだ。夜、どこかに隠れて車を待ち伏せし、ひそかに狙うのは簡単だ。

「あなたに怪我《けが》してほしくないの」

「そう思っているくせにああいうことを書くんだな」ボウイは冷たくほほえんだ。

ギャビーの目はハンサムな顔の輪郭をたどり、豊かな金髪と深くくぼんだ目をとらえた。こちらを求める気持ちを持っていたとしても、最近の彼はそれを表に出さない。

「エレナに手伝いがいるかどうか見てくるわ」ギャビーは気落ちしながら立ち上がった。

「座れよ」ボウイはそっけなく言った。「おれが部屋に入ってくるたび、きみがうさぎみたいに走りまわるのにはうんざりなんだ」

ギャビーは目を丸くした。「そんなことしてないわ。そもそもあなたはここにいなかったじゃない」

「いたってしょうがないじゃないか」ボウイは目にかすかなあこがれをにじませてギャビ

ーの体を眺めた。「きみはおれを求めてない。求めたこともないし、これからも求めない。きみの心は死んでいるようなものだ」

ギャビーもそれを知っていたが、そんなふうにボウイに言葉にされたのはショックだった。

怒りと傷心をのみこみ、こわばった口調で言った。「結婚してくれと言った朝以来、あなたは触れようともしないし、触れていいか訊こうともしないわ。一度だけあったけれど、それはわたしがそうしたがったと思ったせい。あなたは口に出してそう言ったわ」ギャビーは目を伏せた。「わたしだって努力した。でもむずかしいの。婚約はアギーが言った通り、あなたがカサ・リオの所有権を守るための方便だったんだわ」

いっきに言い終えるとギャビーは背を向け、背中をこわばらせて部屋を出ていった。胸が鉛のように重かった。

自分の部屋に入ると、ベッドの上に仰向けに寝そべって長いため息をついた。これでおしまいだ。ボウイはもう結婚したがっているふりをしなくてすむ。彼は自由だ。

ドアが開き、ボウイが入ってきてベッドに座った。

「おれが間違っていた」彼は静かに言った。「触れようとするたびにあとずさりする女性と関係を築くのが男にとってどんなにむずかしいか、きみにはわからないのかもしれない。何も始めようとしないのは、すぐにきみから離れないといけなくなるのが苦しいからだ」

ボウイの視線がギャビーの体に落ちた。「きみがほしい気持ちは前と変わらない。だがきみがおれを求めていないのはわかってる。そうなると、おれたちの関係をどうにかしようと考える気がそがれるんだ」

「わたしも努力するわ」ギャビーの声は震えていた。

ボウイは眉根を寄せて彼女の目を見た。「それは誘っているのか?」

「きっと時間がかかるだろうし、あなたが……自制心を失ったら、抵抗するかもしれない……」ギャビーは目を閉じた。「それでもやってみるわ」

「そしておれを苦しめるんだな?」ボウイは冷たく言い、笑顔を作った。

「あなたにはわからないわ」ギャビーはぽつりと言った。

「わかるわけがない。何があったのか、きみが教えてくれないんだから」ボウイは彼女をにらんだ。「人の心は読めない。以前、きみの恋人が自制心を失って怖い思いをしたんだろう? それがなんだ? そういう目にあう子はたくさんいるが、だからといって氷みたいにはならない」

ギャビーは目を閉じた。「そう思っていてかまわないわ。でも事実は違う」ギャビーは彼に打ち明けたくなかったし、全部話せるとも思えなかったが、理解してもらわなくてはならない。「わかったわ、ボウイ。話すわ」彼が微動だにしないのを感じながら、ギャビーはゆっくり深呼吸した。「その男は、父の雇い主の息子だった。ずっと前から目をつけられていたから、なるべく近寄らないようにしていたの。でもある日バスが故障したせいでわたしは学校から帰るのが遅くなった。幹線道路から歩いて帰るしかなかったせいよ。あの男はわたしを待ち受けていて、納屋に引っ張りこまれたの」あのときのことを思い出して、ギャビーの顔から血の気が引いた。「あの男はわたしを床に押し倒した。暗かったけれど、息がウイスキー臭いのがわかったわ。ずっと飲んでいたのよ。あの男はあなたぐらい大柄だった」ギャビーは声を震わせて続けた。「それに強かったわ。わたしは抵抗したけれど、逃げられなかった」青ざめた冷たい頬に涙が流れ落ちる。「服を破られて、触られて……」ギャビーは目を閉じ、体を震わせた。「地面に押しつけられたの。そのとき思ったわ、抵抗しても無駄だ、これからひどいことをされるんだ、って。わたしは叫び続けた……」

「なんてことだ」ボウイは気分が悪くなった。まさかそんなことがあったなんて。相手は大人の男だったのだ。

「結局、男は途中でやめたの」ギャビーはその瞬間に飛び散った血のことを忘れようとしながら、かすれ声で言った。「でもそのあと何年も悪夢を見たし、男性に触られたり抱きしめられたりするのに耐えられなくなったわ。それは今も同じ……あなたをのぞいて」静けさの中でギャビーの濡《ぬ》れた目がボウイの目を求めた。「あなたに触れられても鳥肌はたたないし、キスするのはとても気持ちがいい。誰かとキスできるようになるなんて思っていなかったけれど、あなたとなら自然に思えるの」

ギャビーの話を聞いてボウイは恥じ入った――彼女への態度を、自分自身の理解のなさを。

ボウイは手を伸ばして彼女を引き寄せ、そっと抱きしめた。「どうしてもっと早く教えてくれなかったんだ?」

「誰にも言ったことがないの……話はそれだけじゃないし」襟元を開けたボウイの白いシルクシャツに頬をのせながら、ギャビーは途切れ途切れに言った。「そこから先は話せないわ」突然わっと泣き出す。「あのときは……死にたかった!」

ボウイは頭を彼女の頭にのせながら、その痛みを感じ取って息をのんだ。「大丈夫だ。今はおれがいる。おれが生きているかぎり、誰にもきみに手出しはさせない」

ボウイは本気で言っている、とギャビーはぼんやりと考えた。それに、もう怒っていないみたいだ。ギャビーは目を閉じ、こぶしで涙を拭いた。

「ほら」ボウイがハンカチを取り出した。「きみのお父さんは何もしてくれなかったのか? どうして一人で逃げるはめになった?」

「父は何もできなかったの」ギャビーはみじめな気持ちだった。

ギャビーの父は娘になけなしの所持金を与え、別々に逃げようと言った。そうすれば逃げ切れるかもしれないから、と。ギャビーはいっしょに行きたいとすがったが、父はだめだと言い張った。父は泣きながら〝万が一に備えよう。おまえが安全に逃げたとわかれば、どんなことも我慢できる〟と説得した。〝アリゾナにいとこがいるから、とにかくここから逃げるしかない〟と言った父の最後の姿は、涙でぼやけていた。周りにはすでに誰かがやってくる気配があったし、間もなくサイレンの音も聞こえてきた。抵抗して時間を無駄にしている場合ではなかった。父は煙草畑《たばこばたけ》を抜けて必死に走っていき、ギャビーは背の高い草の間を反対方向に走り出した。学校から持って帰ってきたバッグを残したまま。警察が来たとき教科書が見つかるだろうと思い、ギャビーは震えた――。

ボウイはやさしく彼女の髪に触れ、顔から払った。彼は静かに言った。「てっきりボーイフレンドがはめをはずしたんだと思いこんでいたよ。まさかそんなことがあったなんて……」

「いやらしい男だった」ギャビーはすすり泣いた。「ひどく酔っ払ってバス停をうろついていないときは、いつも若い女の子のあとを追いかけていたわ。あいつのことはみんな知ってたし、気をつけろとも言われていた。でもまさか、誰かが自分にあんなことをするなんて思わなかったの――たとえあんな男でもね。わたしは美人じゃなかったし」

「そういう男は女の顔なんか見ない」ギャビーがどんなに絶望したかを思うと、ボウイの心の中で怒りが燃え上がった。「撃ち殺せばよかったんだ！　きみが逃げてからその男がどうなったかは知っているか？　そいつの家族と連絡をとらないといけないな」

「やめて！」ギャビーは真っ青になって彼の膝の上で座り直した。「そんなことはしないで！　あの男の正体も、あのことが起きた場所も言うつもりはないわ。絶対に――」

「落ち着いてくれ」ボウイは探るようにギャビーを見ながら、指先で彼女の唇に触れた。「大丈夫だ、ギャビー。きみがいやがるようなことは何一つしない。ただ、そんなことをしでかした男が罰も受けずにのうのうと生きてるのは不公平だと思っただけだ」

「十年も前の話よ」ギャビーはおびえたように目を伏せた。「手遅れだわ」

そう、実際に手遅れだったが、それはボウイが考えているような理由からではない。ギャビーは身を震わせ、ハンカチを目にあてた。

「きみがそんなふうに生きてきたのも当然だ」ボウイの声は落ち着いていてやさしかった。「ずっと不思議だったんだ――服装や、恋人がいないことなんかの理由がこれでわかった」

「一度カウンセリングを受けようと思ったことがあったけれど、打ち明けられるほど信用できる人なんか一人もいなかった。結局、ずっと独身でいようって決心したの」

「そんなときにおれが夕食に誘ったわけだ」ボウイはほほえみ、彼女をこちらに向かせた。「そして世界が少し変わった」

「あなたに惹《ひ》きつけられたわ」ギャビーは彼の顔を見つめた。「あなたのすべてに。昔からそうだったけれど、最近はとくに」ギャビーは目をそらした。「ここに戻ってきてから、あなたの夢を見るようになったの」

ボウイは彼女の頬が色づいているのに気づいた。ギャビーが自分の中に引き起こす感情の強さに驚きながら、彼はその頬をやさしく撫《な》でた。「エロティックな夢？」

ギャビーはうなずいた。「生まれて初めてだった。それから、アギーが婚約を発表したあの夜、あなたを捜しに行ったとき……」

「おれはきみをおびえさせた」

ギャビーは目を上げた。「ええ。でもあのときでさえ、わたしは何かを感じていたの。目新しくて、少し怖い何か。体から力が抜けて、胸の奥に変な感じがした」ギャビーは穏やかにほほえんだ。「それから脚も」

ボウイは身動きしなかった。その目はじっと彼女を見ている。「とても重たくなるような感覚だな？」

「そう……そうだった」ギャビーは好奇心にかられた。

ボウイの目の奥が輝き始めた。「きみの胸のそばを触ったときだろう」

ギャビーは彼の襟に視線を落とした。「あなたに柵に押しつけられたときも」彼女は笑おうとした。「あんなにおびえたのは、力で圧倒されたからだけじゃなかったわ」

「今はタイミングが悪いのはわかっているが――」ボウイは両手を彼女のウエストへとすべり下ろした。「その重い感覚の正体がなんなのか、教えられると思う」

ギャビーはよくわからずに彼を見上げたが、親指が胸の脇にあたるのを感じ、体を硬くした。しかし、ボウイが彼女の目を見つめたままゆっくりと首を振ったので、ギャビーは落ち着きを取り戻した。

ボウイは顔から目を離さなかった。その手はゆっくりとしていて巧みで、分別をわきまえていた。まるでそよ風のように、軽くじらすように、胸の外側から先端近くまでをたどっていく。同時にその手は強烈な刺激を生み出し、ギャビーはたちまち別の意味で体を硬くした。手がボウイの腕をつかんだが、それは抗議ではなく支えを求めたためだ。

ギャビーの息づかいが変わり始めた。見上げたその目に浮かんだ感情で、ボウイは自分が男であることを強く意識した。

手の向きが変わり、今度は親指が肌をたどり始めた。唇を求めて鼻と鼻がこすれ合う。ボウイは唇を触れ合わせ、けだるげに、巧みに押しつけて、ギャビーをリラックスさせると同時に昂《たか》ぶらせた。ボウイの手は彼女の体に魔法をかけ、ふいに固くなった先端に親指がどんどん近づいていった。

「いったいこれは……何?」

「唇を開いてくれ」ボウイはささやいた。

ギャビーがその通りにすると、口の中でボウイの唇と舌が動いた。舌が深く入りこんだ瞬間、手が胸をおおった。

ギャビーはうめいた。夢の中でしか経験したことのない感覚に、体が震えた。

「ほら、気に入っただろう?」ボウイは口元でささやき、柔らかな唇を刺激しながらかすかにほほえんだ。「噛《か》んでくれ」

ボウイは下唇で彼女の歯を誘い、そっと重みをかけることを教えた。親指が先端を愛撫《あいぶ》するざらついた感覚がたまらない。親指が引き起こす快楽の波を受けて、ギャビーは体を震わせた。ボウイの唇のもとで息が荒くなり、体はどうしようもなく彼の手に引き寄せられてしまう。

ギャビーは彼に爪を食いこませているのにも気づかなかった。

その子猫のような動きに、ボウイの血はいっそう熱くなった。

息が苦しい。しゃべるのもむずかしい。「ボウイ、なんだか……力が入らないわ」震える声でギャビーは言った。

「おれもだ、ベイビー」

「ベイビーって呼ぶのね……キスするときだけは」

唇を重ねたままボウイがほほえみ、その手がボタンにかかったので、ギャビーは無言で見上げた。

「上を脱がせたい」ボウイは目を見つめたまま言った。「かまわないか?」

ギャビーの体が震えた。「え……ええ」

ギャビーが本心からそうしたがっていることを知って、ボウイは頭がくらくらした。ギャビーもまた自分と同じ情熱にとらわれている。

ブラウスを脱がせ、胸をおおうレースのブラを静かに見つめるボウイを見守りながら、その視線の強烈さは怖いほどだとギャビーは思った。固くなった先端が薄いレースの上に浮き出ている。ギャビーの背中に手をまわし、手慣れた仕草で留め具をはずしてゆるめながらも、ボウイの目はそこから離れなかった。

ストラップを下ろされ、ギャビーはとっさに両手を胸にやった。震える体を隠そうとする彼女の目に、不安とわずかな恐怖がきざした。

14

きっとボウイは激怒するだろう、とギャビーは思った。そして目を閉じ、彼が爆発するのを覚悟した。

しかしボウイは怒らなかった。ブラから手を離すとやさしく彼女の手をとらえ、辛抱強くほほえんだ。「安心していい。おれたちは結婚する。おれがきみの裸を見たってなんの問題もない。それに、今は最初の部分に少し踏みこむだけだ。小さな一歩だよ」

ボウイは簡単なことのように言ったが、実際その通りだった。ギャビーの手を脇によけると、ブラウスをそばに放り、ゆっくりとブラをはずした。その間中、目は彼女の目から離れなかった。ブラがベッドに置かれ、静かな部屋の中でギャビーはウエストまであらわになった。

そのときになってようやく、ボウイは少しこわばった顔で視線を落とした。その目が光ったが、怖くはなかった。

「女神みたいだ」柔らかなピンクの曲線ととがった先端の濃い色が、肌と美しいコントラストを織りなしている。

「おかしくない？」ギャビーは不安げに言った。

「完璧だ」ボウイは目を上げて彼女を見つめた。「すばらしくきれいだよ」

ギャビーは唇を開き、そのときようやく自分が息を詰めていたことに気づいた。あの暗い納屋の中の男でさえ見たことのない場所を、昼の日差しの中でボウイに見せている。それは新しい、めくるめくような経験だった。

「まだおれが怖いか？」かすかなほほえみが、ボウイの険しい顔立ちをやわらげている。

「そんな目で見られて、怖いわけがないわ」ギャビーはかすれ声でささやいた。「ああ、ボウイ。あなたといると自分が本当にきれいになったような気がする」

「そんなに驚くことじゃない。実際にそうなんだから」

「あのことがあったあと……汚れてしまった気持ちになったの」ギャビーは目を合わせて言った。「ここまで見られなかったとはいえ、あの男に物扱いされて、鏡を見るたびに恥ずかしい気持ちになった」

ボウイは、十五歳の少女にそんなことをした獣に怒りがこみ上げるのを感じた。「恥ずかしがるべきなのはきみじゃなくその男だ。もう終わったことだよ」彼は静かに言った。

「まだよ……あの男の手の感覚が残っている間は」ギャビーは顔を赤らめ、思いを伝えようとした。視線が恥ずかしげに彼の胸に落ちた。「あの……触ってくれる？」

「きみがそう言うなら」小声の願いに、それを口に出すのに必要だった勇気にプライドを刺激され、ボウイはささやいた。

ギャビーは身を寄せた。「いやな気持ちにならない？」

ボウイはほほえんだ。「きみに負けないぐらいおれもそうしたい」

その言葉はギャビーに希望を与えた。ボウイはまだわたしを求めてくれる。あきらめたわけではなかった。抵抗したり逃げたりするのはもうやめよう――そう強く心に決めた。

実際、抵抗する必要はなかった。ボウイが手で触れなかったからだ。彼はうつむき、唇でそっと胸のカーブをかすめた。太陽のぬくもりか、夏の風かと思うほどやさしく。

ギャビーは息をのんだ。これは予想していなかった。たとえようもない快感に体が震えたが、ボウイはその震えを感じ取って顔を上げ、静かにギャビーの目を見つめた。

「そんなことをするなんて思っていなかった」

「やさしくするつもりだ。きみを傷つけたりはしない」

ギャビーはこんなにもエロティックなことは想像すらしたことがなかった。ボウイの唇がなめらかな肌の上をすべるのを呆然《ぼうぜん》と見守っていたが、その唇が開き、固くなった先端に近づくのを見て、突き刺すような快感にギャビーはまた息をのんだ。

ボウイの片手が背中を支え、もう片方の手は脇腹に添えられて、ゆっくりと円を描いている。その間も唇はけだるげに官能的に前後にすべり、なめらかな曲線を味わいながら固い先端に近づいていった。唇が近づくたびに先端はどんどん感じやすくなっていく。

ギャビーは金髪の中に冷たい指を差し入れた。自分が何をしているかわからなかったが、何をほしいかはわかった。彼女はゆっくりとボウイの頭を引き寄せた。

ボウイは顔を上げ、彼女の目がうっとりとかすんでいるのを見て歓喜した。恐怖ではなく興奮がにじむ表情だ。

「きみのほしいものはわかっている。だが急ぐのはやめよう。時間をかければかけるほど、快感はもっと強くなる」

ギャビーの息が乱れた。「とっても……すてきだわ」なんとか気持ちを伝えようとして、彼女はそう言った。

ボウイは〝すてき〟という言葉を引き出したいわけではなかったが、ギャビーにとって情熱を感じることがむずかしいのはわかっていた。彼はまた唇での愛撫《あいぶ》に戻り、ギャビーを少し引き寄せたが、彼女が何よりも望むものをまだ与えようとはしなかった。

ギャビーはうめき声をあげそうになって噛《か》み殺した。彼の髪は冷たくて柔らかく、それをつかむ指に力が入った。そして体の奥で何かがあふれ始めた――以前ボウイにむさぼるようにキスされたとき一度だけ感じた、震えるような感覚だ。

濡《ぬ》れて官能的なボウイの唇が開き、今度は舌が肌に触れ、ゆっくりと目的の場所へと動いていく。

ギャビーは自分でも理解できない何かを求めて、すがるように胸を突き出した。

ボウイはすべてわかっているようだ。突然彼の唇がうずく先端をとらえ、口の中に入れられたとき、ギャビーの体を炎のように熱いものが貫いた。指が彼の髪をつかみ、自分のほうへと引き寄せる。ギャビーは息をのみ、髪の上でその唇がやさしく動いて、ボウイを勇気づけた。

ギャビーは体を持ち上げられ、枕の上にもたれかからせられたのがわかったが、目を開かなかった。肌に触れる唇のぬくもり以外、何も感じられない。その唇はやさしく巧みにギャビーの体を学び、うずきと震えを残し、心の奥深くに埋もれていた新しい快感を引き出していく。

ボウイはようやく甘やかな胸から唇を引き離して座り直した。枕の上に無防備に横たわっている女性はまるで見知らぬ他人のようだ。顔は上気し、目はうっとりと曇り、唇はかすかに腫れている。

ボウイはその上に身を乗り出した。体重をかけておびえさせないようバランスをとりながら、探るようにギャビーを見た。

ギャビーは生まれて初めて欲望のかけらを味わった。一瞬のひらめきにすぎなかったが、その衝撃は圧倒的だった。彼女は震える手を伸ばし、ボウイのシャツのボタンをはずし始めた。

「ごめんなさい……あなたにも触れたくて」ギャビーはためらいながら言った。

「謝ることなんかない」ボウイは彼女の頭の両脇に置いた手を握りしめ、なかなかボタンをはずせないもどかしい指の動きにうめき声をあげそうになるのをこらえた。ようやくボタンが全部はずれ、ギャビーはシャツを引っ張って押し広げた。ボウイは彼女の手の感触に毒づきそうになるのを我慢し、身を震わせた。何も知らないはずなのに、その柔らかな指は彼の欲望を熱くかき立てた。

触れ合いたくて、知らず知らずギャビーが体を起こすと、同じものを求めていたボウイは、火をつけられた激しい欲望以外のすべてを忘れた。彼はギャビーにのしかかり、毛でざらついた胸を痛いほどやさしく動かし、彼女の胸の上に円を描いた。ギャビーは目を丸くしたが、もっと近づこうと胸を突き上げた。

「体重をかけたら悲鳴をあげるか?」ボウイは荒っぽくささやいた。

「いいえ……」ギャビーは不安げに答えた。ボウイに今されていることのせいで、なぜか体に力が入らなかったからだ。

荒々しい声をあげてボウイは彼女におおいかぶさり、脚と脚をからめた。体重といっしょに猛々《たけだけ》しい興奮のしるしを感じ、ギャビーは落ち着かなくなった。唇が唇を探しあてて開き、ボウイは正気も駆け引きも何もかも頭から追い払ってギャビーを抱きしめた。

獣のような動きと、重く硬い筋肉質の体に走る震えを感じて、ギャビーは息をのんだ。

彼はあまりに大きく、動きは激しくなり、腰を腰に押しつけながらギャビーに理解できないものを要求している。突然彼が腿をつかみ、下半身を重ね合わせるのを感じて、ギャビーは恐怖に襲われた。

「ボウイ！」ギャビーは体をこわばらせ、叫んだ。

その声の中に恐怖を聞きつけ、ボウイは渾身《こんしん》の力を振り絞って動きを止めた。体の下のギャビーは柔らかく、間を邪魔するのは薄い生地一枚だ。それを取り去れば、彼女の中に溺れることができる。自制心はなくなる寸前だった。やがて理性が戻ってきて、今日はここまでだと悟った。やめなければならない。やめなければ……。

ボウイはなんとかギャビーから離れたが、ベッドから出ることはできなかった。表すことも満たすこともできない欲望に顔をゆがめ、うずく体を持てあまし、欲望に震えたまま、ただ苦しみの中に横たわっていた。彼は頭の下の枕を握りしめ、苦しげにうめいた。

ギャビーは男性がこんなふうになる姿を見たことがなかった。触ろうとして手を伸ばし、やめた。どうしていいかわからない。女性にできることがあるのは知っているけれど、やり方がわからなかったし、恥ずかしくて訊《き》くこともできなかった。ここまで許してしまった自分に罪悪感がこみ上げた。でもあんなふうに抱かれ、触れられ、キスされるのはとてもすばらしかった。こんなにもあっけなく男性が自制心を失ってしまうなんて、夢にも思わなかった。

「わたしに何かできる？」ギャビーは起き上がり、不安げにたずねた。困惑してボウイを見つめる彼女の体はまだ震えている。

「何もない」その声はいつもと違っていた。ボウイは歯を食いしばっている。

「ボウイ」涙がこみ上げてきた。男性がこれほど無力で無防備になるなんて。彼は見るからに苦しんでいるのに、わたしができることは何もない。

ボウイは体を起こし、ベッドを出て足を引きずるようにバスルームに向かった。ドアがばたんと閉まり、ギャビーはショックで着替えることもできないまま、ただ震えていた。

彼女は上掛けを引っ張り、胸を隠して待った。

しばらくするとボウイが戻ってきた。彼は血の気のない顔でどさりとベッドの隣に腰を下ろした。

「拳銃で自分の頭を撃って終わりにしようかと思った」ギャビーは涙声でつぶやいた。

「あなたを傷つけてしまったわね」

ボウイは喉が苦しくて言葉が出なかった。ギャビーに触れられたら欲望を抑えつけることなどできないと、無意識のうちにわかっていた。ギャビーは真実を知っておいたほうがいい。

「だから距離をとっていたんだ。いつか理性を失うのは間違いない。今だって危ないところだった」ボウイはものうげに言うと、彼女の目を見た。「ギャビー、きみの願いに反するようなことをしでかしたら、おれは自分が許せない。だが結婚というのは……」

「すべてを託すこと」ギャビーは言葉を続けた。「肉体的にも精神的にもね。ええ、わかってる」そっと目を伏せた。最後の最後になっていつも引き返してしまうのはなぜなのか、ボウイに話せればいいのに。力で押さえつけられるのが何よりも怖いのだ。「ボウイ、わたしたち……婚約を破棄したほうがいいと思うの」

ボウイはどう答えていいかわからず、彼女を見つめた。まさかこんな言葉が出るとは予想していなかった。「破棄？」

「ええ」ギャビーは涙を拭いた。「わたしが尻込みすることであなたがこんなに傷つくとは思わなかった。この状況は悪くなるだけよ。どうしても自分を変えられないの」傷ついた大きな目に謝罪と恐怖が浮かび、ギャビーは目をそらした。「それがいちばんだってあなたもわかるはずよ。こんなことは続けられない。あなたにはわたしが与えられる以上のものがふさわしいわ」

ボウイはこんなに自分を無力に感じたことはなかった。ギャビーが自分を愛しているのはわかっている。彼女は秘密を抱えている。打ち明けてもいいと思えるほど信用してほしいと思ったが、それはギャビー自身が決めることだ。おれにはどうすることもできない。これ以上ギャビーを追いつめるのもいやだった。

「本当にそれでいいのか？」ボウイは静かにたずねた。

「いいえ。でもそうするしかないと思うの」

ギャビーは自分が女性として半人前に思えた。過去を乗り越えることさえできれば……。でも問題なのは、自分の身に起きたことではなく、そのあとのことだ。全部ボウイに打ち明けられればどんなにいいだろう。でも、きっと嫌われる。それどころか、ひどいスキャンダルになってしまう――ただでさえ今カサ・リオは落ち着かない状況にあるのに。

「婚約発表もしていないし、指輪も買っていないからちょうどいいんじゃないかしら」彼女はおずおずと言った。

「そうだな」ボウイは汗ばんだ髪をかき上げた。「譲歩ならできると思っていた――きみがそういう関係になる準備ができるまで待てると。だがおれはもうずっと女性と付き合っていないし、体はどこまでも男だ」彼は目を上げた。「率直に言う――おれには女が必要だ。プラトニックな愛や友情では我慢できない」

ギャビーはやさしく言った。「あなたを責めたりしないわ。これはずっと昔に定まっていたことなの。運命を変えられればと思っていたけれど、無理みたい」ギャビーはシーツを握りしめる自分の手を見つめた。「フェニックスに行って、辞めた仕事をまたできないか訊いてみるわ」

「そんな必要はない。こっちで働いていたってかまわないさ。おれは平日はツーソンにいるし、自分の仕事で忙しい。きみがカサ・リオにいちゃいけない理由なんかないんだ。ここの持ち分も持っているんだから、いるべきだよ」

「そんなものはほしくない」ギャビーは冷たく言った。

「それがアギーの望みだ」ボウイはゆっくり立ち上がった。胸板がため息とともに上下する。

ボウイはシャツのボタンを留めたが、まだ胸に彼女の手の感触が、乳房の柔らかさが残っている気がした。彼はひそかにうめいた。

「モントヤとエレナにはどう言えばいい？」ギャビーがたずねた。

「おれが話す」ボウイはドアまで行き、抑えきれない欲望をたたえた目でギャビーのほうに振り返った。「本当に惜しいよ。きみは男の愛のために作られたような女性なのに」

「夢の中ではあなたを愛せるのに」ギャビーは悲しげにささやいた。

ボウイは歯を食いしばり、うめき声をこらえた。「血の通った男は夢では満足できないんだ。きみへの思いを止めることはできない」

「あなたは別の誰かを見つけるわ」そう言いながらも、ギャビーは自分の言葉に息が止まりそうになった。

ボウイは疑わしげに目を細くした。「おれが？」そして冷たく笑うと、外に出てドアを閉めた。

そのあとのギャビーは仕事に打ちこんだ。仕事は楽しかったし、その週、いろいろな事件で忙しくなったのは天の恵みだった。ギャビーには砕かれた未来を考えてくよくよする時間はなかった。

先週、急遽《きゆうきよ》延期されることになった集会まであと三日という月曜日、〈バイオアグ〉がラシターで記者会見をおこなうと発表した。地元の土地所有者から土地の売却を拒絶されているという主張が州規模でニュースになり、町の人たちはこの問題で対立していた。ハービーは都合よく忙しかったため、ギャビーがこの件の取材に行くことになった。例のプロジェクトに関わるのはギャビーにとってかなりきつい仕事になることを、ハービーは知っていたのだ。彼は仕事を使ってギャビーにいやがらせをしようとするが、これもその一つだった。

それでも彼女は取材におもむき、まったく偏見のない記事を仕上げた。ボブ・チャーマーズはその記事を絶賛した。もちろん第一面だ。フェニックス新聞も署名つきで自紙に掲載した。ブレイク編集長はじきじきにギャビーに連絡し、事態の推移を記事にしてほしいと頼んだ。ボブは彼を知っていて尊敬もしていたので、ギャビーに取材させることに同意した。

見出しを読んだボウイは、真っ昼間、火を噴く勢いで帰宅した。

ボウイを一目見て、ギャビーは悟った。彼と今同じ国にいてはいけない。

ボウイはフェニックス新聞を彼女の目の前にたたきつけた。ギャビーはソファに座ってニュースを見ながら手早くランチを食べていたところだった。ボウイの大きな体は、抑えた怒りで震えているように見えた。

「いったい何をしようっていうんだ？　ここで暴動でも起こすつもりか？」ボウイは殺気に満ちた静かな声で言った。

「ボブに取材を頼まれて、ブレイク編集長にも記事を渡していいと言われたの。フェニックス新聞のほうがうちよりも先に出せるから」ギャビーはつややかなベージュのブーツに目を向けた。淡いベージュのスーツとよく合っている。「わたしが書かなければハービーが書いたでしょうね。わたしは両サイドの意見を公平に書いたつもりよ」

「きみはいつも公平公平と言うが、寝た子を起こしたも同然だぞ！」

「記者会見を開いたのはわたしじゃない」ギャビーは食べかけのサンドウィッチの皿をボウイのほうへ押しやった。

ボウイは食欲どころではなかった。「あれは記者会見じゃない、誹謗中傷《ひぼうちゅうしょう》だ。これでおれは開発を邪魔する悪者だよ。ガラガラヘビとドクトカゲを仲間にした、たった一人の反対派だ！」

「環境保護派はあなたをヒーローだと思ってる」ギャビーはやさしく言った。「この午前中ずっと、あなたをほめたたえていたわよ」そして恥ずかしげにほほえんだ。「わたしは彼らの視点から記事を書いたの」

「ありがたいことだ。急進派から応援してもらえるとはな」

「あの人たちは急進派じゃないわ。動物の生息環境とエコロジーに関心があるだけよ」

ボウイはギャビーをにらんだ。「きみは何に関心があるんだ?」

ギャビーは攻撃されているのを感じた。ボウイの目が記者失格だと責めているのがつらかった。

このところずっとギャビーは沈んでいた。ボウイがあんなふうに苦しんでいるのを見て、セックスは男性だけが快楽を得る苦しみの儀式ではなく、男女の自然な営みだとじょじょに思えるようになってきた。ボウイの弱さを目にして男性への恐怖がやわらいだが、今さらそう告げても手遅れだろう。それに、実際その先に進んでみなければ自分がどんな反応を示すかわからないし、またボウイを傷つけてしまう。もう二度と彼にあんな苦しみを味わわせたくなかった。

「わたしが関心があるのはわたしの仕事よ。それだけだわ」

「あと数週間で、きみはカサ・リオの半分以上の所有権を手にする」ボウイはぎこちなく言った。「きみが土地の持ち分を売れば、例の大企業は満足するだろう」

ギャビーは反論しようとした。そんな残酷なやり方で彼の土地を切り売りしようなんて夢にも思ったことはなかった。けれどもボウイはこちらにそれができると信じており、言葉が出なくなった。彼を愛していると言わずにそれを否定することはできない。ボウイは信じないだろう。もし愛しているなら触れ合いを拒絶しないはずだ、と言って。

ギャビーは床に目を落とした。「アギーがあんなことをしなければよかったのに。ミスター・コートランドのことであなたが傷つけなければ、アギーは持ち分をわたしに譲ったりしなかったはずよ」

「ミスター・コートランドか。もし見つけたら、あいつには言ってやりたいことがある。私立探偵を雇って捜させているが、まだ見つからない」

「わたしたち、アギーの居場所も知らないのよ」ギャビーはふいにそう言って顔を上げた。

「どういう意味だ？　アギーはナッソーのセブリル家にいるんだろう？」

ギャビーは首を振った。「昨日の晩電話をかけてみたの。アギーは先週、誰にも行き先を言わずに出ていったそうよ。連絡先もわからない、って」

ボウイは荒っぽく息を吸いこんだ。「まいったな。悪いときには悪いことが重なるものだ。私立探偵にアギーも捜させることにしよう。コートランドのおかげでうちはめちゃくちゃだ」

「彼へのあなたの反応のせいで、よ。もしあなたが手出ししなければ……」

ボウイは目に怒りを燃え上がらせてギャビーを見た。「母親のしあわせはおれにも関係がある」

「あなたにとってはなんでもそうなのね」ギャビーは悲しげに言った。「仕事はあなたの人生のすべてよ――それからカサ・リオも。もっと年をとったらあなたもお父さんと同じになるわ。冷たい仕事人間に」

「少なくともおれの血は青くない」ボウイは冷たいほほえみを浮かべた。

ギャビーはひるむまいと、わざと明るく言った。「あなたの言う通りよ。そして少なくともわたしはいい記者だわ。たとえ女性としては失格でも」ギャビーは立ち上がってバッグをとった。「仕事に戻らなきゃ」

ところが、ボウイのそばを通り過ぎようとしたときに腕をつかまれ、引き留められた。

「そんなつもりで言ったんじゃない」ボウイの胸がゆっくりと上下した。「……さびしかったんだ」

消え入りそうな声でギャビーは言った。「わたしも」

ボウイの手がギャビーをやさしく胸へと引き寄せ、抱きしめた。

ボウイは目を閉じ、ギャビーの高くまとめた髪に頬をのせ、久しぶりの穏やかさを味わった。ギャビーといっしょにいるだけで天国にいる気分だ。生まれてからこれほどみじめで落ち着かない日々はなかった。オフィスでもたびたび癇癪《かんしゃく》を起こしてしまった――ギャビーがベッドで自分を求めてくれないばかりに。

「これからどうすればいい？」ボウイは重い口調で言った。

「あなたには誰か別の人が見つかるわ」ギャビーは勇気を振り絞って言った。

ボウイは苦々しそうに笑っただけだった。「別の誰かなんかほしくない。そばにいてほしいとも思わない」

ボウイが手を下にすべらせてやさしく引き寄せてきたので、ギャビーには彼の体がたちまち反応したのがわかった。

「きみが相手じゃないとこうならないんだ」

ギャビーは彼に腕をまわしてそっと抱きしめた。「愛してるわ、ボウイ」ギャビーは静かに言い、涙の浮かぶ目を閉じた。「ごめんなさい、最後までできなくて……」

ボウイは顔を上げ、涙にかすむギャビーの目を見下ろした。「もう一度言ってくれ」

「愛してるって？」ギャビーは顔を赤くした。「知らなかったの？」

ボウイはうなずいた。息を吐き出すと、片手を彼女の頬にあてて柔らかな唇をたどった。

「でもわたしのことは気にしないで」ギャビーはささやいた。「いつか乗り越えるわ。あなたには、求めるものを与えてくれる女性が必要よ。もっと……もっとちゃんとした人が」

ボウイは両手で彼女の顔を包んでゆっくりと探るように目を見つめた。「それで楽になれると思うか？　毎晩痛いほどきみのことを思ってベッドに入るのに」

ギャビーはつらくなって目を閉じた。「わたしも同じよ。わたしは情熱を知らないけれど、愛するのがどういうことかわかった気がする。あなたにあんなことをした自分をどんなに憎んでいるか、きっとわからないでしょうね」

ボウイは顔を寄せてそっと唇を重ねた。ギャビーの唇が自分のために開き、受け入れ、触れ合いを慈しむのがうれしかった。

ギャビーの声に、顔に、唇に宿る愛に、ボウイは息が止まりそうになった。ギャビーが愛してくれるならまだ希望はある。いつかこのおれを受け入れてくれるかもしれない。忍耐と自制心を磨けば、いつか……。

「週末には家に帰ってこようと思っていた」ボウイは顔を上げた。「いっしょに出かけよう。コーチース砦《とりで》のそばにいい場所がある。春と秋には家畜を放牧するんだが、今は誰も行かない」

心が軽くなるのを感じて、ギャビーは彼のいかめしい顔を見た。「わたしがそばにいても平気なの？」

ボウイは指でその言葉を封じた。「ピクニックに行こうじゃないか。日曜には教会だ」

「わたしを哀れんでる？」

「おれたち二人を哀れんでる」ボウイは静かに答えた。「男にとって愛は行動で示すものだ。だがきみが友情しか差し出せないというなら、それでもかまわないと思うほどおれは追いつめられてる」ボウイは苦いほほえみを浮かべた。「おれの気持ちがわからないか？

痛いほどはっきりしてるだろう?」

　ギャビーの心臓は早鐘を打っていた。彼の顔に浮かぶやさしさに溺れそうになる。「わたしを……ほしいと思ってる」

「欲望しか感じてない男なら、求める女に何もしないで背を向けるなんていう拷問を耐えたりはしないだろう。おれは作業員から殺されそうになるぐらいきつくあたってしまった──現場監督に喧嘩《けんか》をしかけたこともあった。そいつは当然ながらこう言った。女のことでそんなに悩んでるなら、その女に会ってこい、とね」ボウイは少しほほえんだ。「だからそうしたんだ。記事はただの口実だ」ボウイの肩が上下した。「会いたかった」

　ギャビーは天にも昇る気持ちだった。その言葉は魔法のように体を貫き、まばたきもせずにボウイを見つめた。「わたしも死にそうだった」ギャビーはほほえもうとした。しかしほほえみは涙に変わり、唇が震えた。

　ボウイはその唇をやさしくふさぐと彼女を抱き上げ、いっしょにソファに座った。

「何があってもおれたちは変わらない」ボウイは彼女の頬にささやいた。その唇が閉じたまぶたに触れ、涙を拭った。「これから死ぬまで座って手を握ることしかできなくても、それでいいんだ」

　これを聞いてギャビーは泣き出し、彼の腕に包まれる苦しいほどの喜びに震えながら首にしがみついた。たくましい体のぬくもりが感じられる。刺激的なコロンの香りが鼻を満たし、五感を酔わせるいっぽう、彼は唇を開いて驚くほどのやさしさでキスを始めた。

「泣かないでくれ」

「すっかり嫌われたと思ったわ」ギャビーは涙声で言った。「崖から車ごと身を投げようかって……」

「おれも同じだったよ。きみなしで生きていけなんて言わないでくれ。そんなことは考えただけで耐えられない」

ギャビーはもう、ゆっくりと求めてくる温かい唇の感触以外何も考えられなかった。両腕を上げて彼の首にまわし、ぎこちなく抱きしめた。

ボウイはわたしを大事に思っている。それがわかっただけですべては元通りになり、世界に色彩が戻った。ボウイはわたしの世界のすべてだ。

ギャビーは彼の手を握り、そっと自分の胸へと持っていった。その手を広げて柔らかな丸みの上にのせると、彼の全身がこわばるのがわかった。

「わたし、試してみたいの」ボウイの手を胸にあてたまま、ギャビーは目を見つめて言った。「これから一生このままでいたくないから」

ボウイは、ブラウスの上の自分の手を見下ろした。「この前の夜みたいなことはできない。危なすぎる」

「じゃあ、あなたが言っている通り、一度に一歩ずつよ」

ボウイは、彼女の目に輝く愛を見て謙虚な気持ちになった。「ギャビー……最後まで行ったとしても許してくれるか？」

ギャビーは彼の硬い唇に手で触れた。「愛してる。もちろん許すわ」ひたいを彼の顎にすり寄せた。彼の手のやさしい感触と、肌に服がすれる音が心地よかった。今味わっているすばらしい感覚で、もう恐怖は消えていた。ギャビーはにっこりした。「ボウイ……あのときは傷つけてごめんなさい。でもそのせいで考えが変わったわ」

ボウイは彼女のひたいにキスした。「どんなふうに？」

「ああいうときは男の人も無防備になるって知らなかったの」

ボウイは顔を上げ、しかめた。「無防備？」

「わたしはいつも、男性が自制心を失ってしまうのが怖かった。でもなぜ自分を抑えられなくなるのかわかったとき、物事を違った角度で見られるようになったわ。あなたもわたしと同じぐらい無力だったでしょう？」

「認めたくはないが」ボウイはいらだたしそうに言った。「その通りだ。あそこまで興奮すると、男は無力になる」

「それを知って、あまり怖くなくなったの。わかる？　威圧感を感じなくなったのよ」

「きみが知らないこともある」ボウイは静かに答えた。

「あなたのことで？」

「きみ自身のことだ。ある程度興奮すると、女性は考えられなくなってしまう」ボウイの声は深く落ち着いていた。「痛みのことも、力で圧倒されることも、満たされること以外のすべてをね」

「満たされるって？」ギャビーは不思議そうに訊いた。

ボウイは息を吐き出し、意外にも笑った。「おれがもう少し落ち着いているときに訊いてくれ。そうしたら説明しよう。もうツーソンに戻らないといけない。きみも仕事がある」

ボウイは立ち上がり、ギャビーを立たせた。その姿は一時間前に怒鳴りこんできた男とは別人だった。

「たとえあなたと意見が食い違っても、あのプロジェクトの有利になるような記事は書かないわ」

「わかってる。自分が正しいと信じることをすればいい。きみに怒ってはいない——怒れないんだ。土地のことは大事だが、最近優先順位を少し変えた」ボウイはギャビーの顎を引き上げた。「きみを自分のものにできるなら、カサ・リオがどうなったってかまわない」

ギャビーの顔がぱっと明るくなった。「本当に？」

ボウイは笑った。「全部がどうなってもいいってわけじゃない。この土地のためならおれはやっぱり闘うだろう。だがきみより優先しようとは思わない。きみの持ち分は好きにすればいい。おれはなんの条件もつけない。八つ当たりした部下のところにこれから行って、給料を上げると言ってくるよ」

「今夜はこっちに戻るの?」ギャビーは希望を込めて言った。

ボウイは首を振った。「今夜は食事会があるし、そのあとは会議だ。明日はテキサスに行って、私立探偵にアギー捜しを頼まなきゃいけない」彼は顔をしかめた。「コートランドはアギーの居場所を知ってるはずなんだが」

「アギーは出ていくときずいぶん怒ってたわ」ギャビーはため息をついた。「彼も同じかもしれない」

ボウイはギャビーの鼻を撫《な》でた。その目は落ち着いていた。「あの二人がおれみたいに感じていたとしたら、そんなことはないはずだ。アギーがおれに、きみよりカサ・リオを優先するのはやめろと言ったとき、その年齢で愛を失うのは苦しいと教えてくれた。今になってその意味がわかったよ」

「いずれ解決するわ。アギーは大丈夫だと思う?」

ボウイはため息をついた。「わからないが、どんなことをしてでも見つけ出すつもりだ。木曜の夜の集会はきみが取材するのか、それともきみの相棒か?」

「ハービーは相棒じゃないわ。もしわたしが火あぶりの刑になったら、あの人はせっせと薪《まき》を切るでしょうね」

ボウイは眉を上げた。「いつか味方になるさ。集会にはおれが連れていく」彼は静かに言った。「夜、一人であの道を走るのは危ない」

「でもあなたが行くわけにはいかないわ」ギャビーは不安げに言った。「リンチされてしまう」

「おれは行きたいところに行くさ。少しぐらい反対派がいたって怖くはない」

「でも……」

「仕事に行ってくれ、ハニー。おれは木曜に戻ってきて、週末をここで過ごす。お願いだから夜一人で車を出すのはやめてくれ」

「わかったわ。あなたも気をつけて」

「キスしてくれ」

有無を言わさないその口調と、そこににじむ軽いユーモアに刺激され、ギャビーは爪先立ちになった。ボウイと仲直りしたのがうれしくて、口元でそっとほほえんだ。

ボウイはむさぼるようにキスを返すと、ギャビーを離し、一度も振り返らずに行ってしまった。ギャビーは目を輝かせてその後ろ姿をずっと見つめていたが、無理やり足を動かして車に向かった。問題はいろいろあったけれど、今日はいい一日になりそうだ。

15

市議会の集会は七時半にならないと始まらないが、ギャビーは五時には着替えを終えた。デニムのたっぷりしたフレアスカートと白いシルクのキャミソールにブーツを合わせたファッショナブルな姿で、彼女は部屋を歩きまわった。髪はまとめずに下ろし、つやが出るまでブラッシングして、いちばんいい青いイヤリングをつけた。時間に余裕があったのでメイクもいろいろ試してみた。ボウイのために、最高にきれいな自分を見せたかった。

昨日とおとといの晩はボウイから連絡があるかもしれないと期待したが、何もなかった。仕事に没頭していてわたしのことなど忘れていたのだろう。しかし彼の言葉とまなざしを思い出すと、そんなさびしさも消えてしまった。

着替えて間もなく、ボウイが入ってきた。疲労と怒りに沈む顔が、ギャビーを見るとぱっと明るくなり、目にほほえみが浮かんだ。

「きれいだ」彼はつぶやくように言った。

ギャビーはにっこりして顔を赤らめた。「ありがとう。あなたはそのまま行くの？」

ボウイはグレーのスラックスに白いシルクシャツ、ベージュのジャケット、茶色のネクタイという姿だった。帽子はかぶっておらず、とてもハンサムだ。「おかしいか?」

「あなたならジャガイモ袋をかぶっているだけでもすてきよ」ギャビーはため息をついた。

ボウイは笑った。そしていきなりギャビーのウエストに手をやり、ぶつけるように唇を重ねた。

口紅が落ちてしまったが、ギャビーは気にしなかった。両手を彼の首にまわし、同じように激しくキスを返した。直後、背後で咳払《せきばら》いがされたのがなんとなくわかった。

ボウイはしぶしぶ顔を上げてギャビーを下ろし、モントヤをにらんだ。「なんだ?」

モントヤはにやりとした。「夕食です。ラシターに行く前に食事の時間はあるんでしょう?」

「今食べていたところだったのに、邪魔が入って台無しだ」

「おやおや」モントヤはなだめるように言うと、ギャビーの輝く顔を見て目を光らせた。

「エレナがあなたのために、特別にレバーと玉ねぎのソテーを作ったんですよ」

ボウイは唇をすぼめた。「そうか、そういうことならギャビーはデザートにとっておこう」そしてギャビーにやさしいほほえみを向けた。

ギャビーは彼の手に自分の手をすべりこませた。「これから二人でリンチされに行くのよ」

「ああ、知ってます」モントヤはじっとボウイを見つめた。「ライフルが必要ならきれいにして弾も込めてあるし、拳銃とホルスターは寝室のたんすのいちばん上の引き出しに入ってますよ」

うなずくボウイの顔は険しく、ユーモアは消えていた。

「許可があっても、人の集まる場所に拳銃を持っていくのは法律で禁じられているわ」銃が必要な事態になるかもしれないと思うと、ギャビーの背筋に冷たいものが走った。

「わかってる。入り口にいる誰かにあずけるつもりだ」ボウイは探るようにギャビーを見やった。「警察署長と巡査部長も来るらしいな」

ギャビーは恥ずかしげにほほえんだ。「わたしが頼んだの」

ボウイはただ首を振った。二人は手早く夕食を食べ、ボウイは拳銃を持って、いっしょに車に向かった。あたりは暗くなりかけていた。

牧場のスタッフが乗ったピックアップトラックが前から近づいてきたので、ギャビーは手を振った。と、何かが頭の横をかすめ、頭上のパロベルデの木にあたった。静けさの中にはじけるような大きな音が響き、ギャビーは突然ボウイの隣に引き倒された。

ボウイは毒づき、脇の下のホルスターから銃を取り出した。撃鉄を起こし、真っ青な顔で震えているギャビーから転がって離れると、銃を構え、白っぽい何かに向かって二発撃った。砂の上でタイヤがきしる音がし、白い車がほこりを巻き上げて猛スピードで走り出した。

「つかまえろ！」ボウイはピックアップトラックのカウボーイたちに言った。「撃ってきたら撃ち返せ！」

「了解、ボス！」一人はすでにうしろからショットガンを取り出していた。もう一人はトラックをUターンさせ、逃げていった車の方向に猛然と走り出した。

ギャビーは別の銃撃戦を思い出した――自分も軽い怪我《けが》をしたあの銃撃戦だ。そのせいでいやな記憶がよみがえり、体の震えが止まらなくなった。ボウイのたくましい腕が体にまわったのがわかった。その手もかすかに震えていた。

「大丈夫か？」彼は血走った目で心配そうにたずねた。

「ええ、平気よ」ギャビーはほほえもうとした。「少し震えてるだけ。あなたは？」そしておずおずとボウイに触れ、怪我がないか見まわした。その瞬間ようやく、どんなに危ないところだったかに気づいた。ボウイは自分の意見を変えなかったせいで、撃たれかけたのだ。この広大な土地のせいで殺されていたかもしれない！　人の命に比べたら、土と水がなんだというのだろう？

ボウイはギャビーを助け起こし、ぎゅっと抱きしめた。彼女の美しい髪のすぐそばを銃弾がかすめたと思うとあらためて恐怖を感じ、ボウイは身を震わせた。

モントヤとエレナが動揺と恐怖のあまり、スペイン語でわけのわからないことをまくし立てながら家から走り出てきた。ギャビーを抱く腕はかすかに震えていたが、ボウイはそれにしっかりした言葉で答えた。

「ああ、神さま！」モントヤは十字を切った。「あの木を見てくださいよ」モントヤは、銃弾の衝撃で幹が裂けたパロベルデの木のそばに近寄った。

ボウイはギャビーを抱き寄せたまま木を見に行った。「このままにしておこう。保安官に見てもらいたいんだ。きっと銃弾を掘り出して弾道検査をしてくれるはずだ。今ごろうちのカウボーイたちは逃げていった臆病者に追いついているだろう」

「集会の時間だわ」ギャビーはかすれ声で言い、血の気の戻らない険しい顔でボウイを見上げた。「行かなきゃ」

「ああ、もちろんだ」ボウイの恐怖はギャビーと同じように怒りに変わった。「今引き下がるのはありえない」

「だめ」ギャビーはうめいた。「ボウイ、あなたは行かないで！　あいつらの狙いはあなたの命だったのよ。命がけでやるようなことじゃない」

ボウイはやさしくギャビーを揺すった。「やめてくれ。怖がってばかりじゃ生きていけないし、おれの土地をどうするかを決める権利は誰にも奪わせない――言葉でも、銃弾でもだ。きみは震えていても根性があるし、どちらにしても集会には行くんだろう？」

「もちろんよ」ギャビーは不安げに答えた。「それが仕事だから」

ボウイは青ざめた彼女の顔を見つめた。「本当に大丈夫か？」

ギャビーはうなずいた。

「それなら行こう。奴《やつ》らに追いつけるかもしれない」

ボウイがギャビーを車に乗せ、自分も隣に座るのを見守りながら、モントヤが声をかけた。「気をつけて！」

ボウイは片手を上げ、ハイウェイに続く長い砂利道を走り出した。

遠くに土ぼこりが舞い上がっているのが見えて、ギャビーは震えながらそれを見守った。襲撃者に追いつきたくなかった――ボウイが怪我をするかもしれない。ラシターの状況がどんなに危うくなっているか、わたしはまったく気づいていなかった。記事をたくさんの人に読んでもらいたいという決意が、きっとこの事件を呼び寄せたのだ。賛成派と反対派に分かれる問題を広く報道すると、一部の暴走をあおってしまう。もしボウイに何かあったら、たとえ善意からであっても、自分もそれに手を貸したという罪悪感から一生逃れられないだろう。

ギャビーは運転するボウイを見やった。ハンドルを握る手はたのもしく、目をじっと道に向けている。わたしの世界のすべてを一発の銃弾で失うところだった。恐ろしくなってギャビーは目を閉じた。これから二人で向かう集会は、彼を血祭りに上げようとする人が大勢来る。ボウイはわたしを守るために危険を冒しているのだ。これが愛でないならなんだろう。それなのに、肉体の触れ合いに抵抗があるというだけの理由で婚約を破棄してしまった。ギャビーはうめき声をあげそうになった。

ボウイはわたしを愛している。わたしのためにすべてを賭けている。こちらも違うやり方で、同じように危険を冒すべきではないだろうか？　過去の傷を乗り越えなければいけない――絶対に。

ボウイの足がアクセルを踏みこみ、広い道にいっそう大きな土ぼこりが舞い上がった。このあたりは舗装されていない田舎道が多いが、丁寧にメンテナンスされていて、信じられないぐらい広くて走りやすい。もうすぐラシターというところで牧場のピックアップトラックに追いついた。

「見失いました、ボス」助手席の男が言った。「でもスペアタイヤに一発ぶちこんでやりました。乗っていたのは白の四輪駆動です。また見たらすぐにわかりますよ！」

「そうだな。助かったよ。次の振り込みにはおれの感謝を上乗せする」ボウイはにやりとした。

「そりゃありがたい！」

ボウイは車を出し、ラシターに入った。市庁舎は人であふれていた。駐車場はもう満杯だったが、そこに白の四輪駆動車はなかった。

二人は中に入って席を見つけた。見ただけで彼がボウイ・マケイドだと気づく者はほとんどいなかったが、未婚の女性から、そして既婚の女性からも温かい歓迎を受けた。ボウイはよけいな注目を浴びたことで怒ったようにため息をついたが、ギャビーが彼の手に手をすべりこませてほほえむと、魔法のように落ち着いた。

ホワイト市長が集会の始まりを告げると、周囲の話し声はようやくやんだ。広い部屋に大勢集まっているせいで中はひどく暑かった。

ギャビーはレコーダーとペンとノートを取り出し、怒れる群衆の多さを示す写真をカメラで手早く数枚撮影した。感情が高ぶり、憎悪が生まれやすいこういった集会がギャビーは嫌いだった。

最前列にアルビン・バリーが座っていた――〈バイオアグ〉の代理人をしている不動産仲介業者だ。いっしょにいるのは〈バイオアグ〉の土地取得を担当するジェス・ローガンで、その隣にいる男はなぜか見覚えがあった。いや、間違いなく会ったことのある顔だと、ギャビーは確信した。

「最初にご紹介したいのは、ラシターで新しい事業を立ち上げようという、ある企業です――もっとも、まだ確定ではありませんが」ホワイト市長はボウイをじろりと見た。「紹介しましょう。〈バリー不動産〉のミスター・バリー。〈バイオアグ〉の土地取得担当、ミスター・ローガン、それから〈バイオアグ〉の副社長ミスター・サミュエルズ。今日はわざわざロサンゼルスから、この地に展開したいという大規模プロジェクトについて説明するために駆けつけてくれました」

「ありがとう」サミュエルズは大きくほほえんでみせた。そして立ち上がり、市長がいた演壇に上がった。「わたしどもはここラシターで、皆さんといっしょに大きな事業を始めたいと思っています。うちの技術者もいっしょに来るはずだったんですが、立ち上げたばかりのテキサスの事業で問題が持ち上がり、その対処で手が離せなくなってしまいました。ここにグラフと地図、それから見積もりを持ってきたので、これから配りたいと思います」

ホワイト市長は笑顔でうなずいた。〈バイオアグ〉がこの地に狙いをつけた背景には、市長の働きかけがあったに違いないとギャビーはぴんときた。市長は企業の誘致に熱心なことで有名だ。ほんの二年前、市長は核廃棄物処理施設を近くに作ろうとしたが、環境保護派の反対にあってあきらめた。市長は環境より税収源を作ることを重視している。

「サミュエルズという名前は聞いたことがある」ボウイが冷たい声で言った。「牧畜業者の会報であいつを取り上げていたんだ。好意的な記事じゃなかったと思う」

これはおもしろい情報だ。ギャビーは手早くメモしたが、ボウイには見せなかった。彼女はミスター・ローガンの説明に注意を戻した。

ミスター・ローガンは説得力のある統計を見せたが、事業の水源については何も言わないことにギャビーは気づいた。環境に与える影響についてはもちろん、どんな作物を栽培するつもりなのかにもいっさい触れなかった。

プレゼンテーションの最後にミスター・ローガンは質問をつのったが、誰も手を上げなかった。

ボウイは一見けだるげに椅子に寄りかかり、片手を上げた。

「どうぞ」ミスター・ローガンはボウイが誰なのか知らず、笑顔で言った。

「ここで何を栽培するつもりだ？——土地が手に入ったと仮定してだが。こういう砂漠地帯では水が大きな問題になる。ラシター近辺では、百五十メートルまで掘らないと地下水が出ないのは知っているはずだ」

「ああ、我々が注目している土地では、三十メートル掘れば水が出ます。土地の所有者との話し合いもうまくいくでしょう。必要なのはねばり強く交渉することと……」

「銃弾か？」ボウイが立ち上がると、周囲に低いささやき声が広がった。「あんたが話してる土地はおれの土地だ。今からほんの一時間前、白い四輪駆動車に乗った奴が、ギャビー・ケインの頭すれすれに二発の銃弾を撃ってきた」

集まった人々の間から息をのむ音と怒りの声があがった。市長は凍りついた。

「そんなのは嘘だ」市長は言った。「ボウイ、ギャビーを撃とうとする人間なんか一人も……」

「おれを狙ったんだよ。だがギャビーにあたりそうになった」ボウイは冷たく落ち着いた目で言い返した。コブラみたいな目だ、とギャビーはひそかにおもしろく思った。にらまれて市長はもぞもぞと身じろぎした。「銃弾は家のすぐ外の木の幹にあたった。警官が弾を取り出して調べている」ボウイは小さくほほえんだ。「射撃の下手なそいつが誰だか突き止めたら、おれとおれの弁護士から言ってやりたいことがある。殺人未遂は犯罪だそうだ」

ギャビーも知っている失業中の農夫が青い顔で立ち上がった。「白の四輪駆動って言ったな？」

ボウイはその男を見つめた。「そうだ、マクヘイニー。あんたの長男が運転してるようなやつだよ。その車に積んでるスペアタイヤにショットガンで撃ち抜かれた跡があったら、あんたの息子は厄介なことになるぞ」

「ライリーはそんなことはしない。絶対にな！」男は重々しく言った。

「ライリーの奴、やるじゃないか」若い男がはやし立てた。「ラシターには働き口が必要なんだ。もう砂漠なんかいらねえ！」

「だからって人を殺してもいいの？」そばで静かな女性の声がした。「答えなさいよ、ジェイク・マーロウ。どうなの？」

若い男は女性をにらみつけて座った。

「泥仕合はやめよう」市長が口を開いた。「この町がどうサポートできるか話し合うために集まったんだ」

ボウイは言い返した。「土地所有者に無理やり土地を売らせるようなことに手を貸さないのがいちばんのサポートだ。一つ質問させてくれ。あんたたちはおれの土地の水について何も言わないが、地下水は涸《か》れつつある。大量の水を使う巨大プロジェクトのせいで地下水がどんどん減ってしまったらどうするつもりだ？　なけなしの水源が除草剤や農薬で汚染されたら？」

「その通りよ」ミセス・ロペスが立ち上がった。「この写真を見ればわかるわ」彼女は写真を持って説明し始めた。

援護射撃はミセス・ロペスだけで終わらなかった。出席していた環境保護団体の代表も口を開き、会場に一触即発の空気が流れた。その後警官が場を落ち着かせ、市長は閉会を宣言した。市長は水道料金の値上げとパトカーの新車購入契約についてもごもご話したが、〈バイオアグ〉に関することはそれ以上何も言わなかった。

集会が終わって外に出ると、ミスター・ローガンがボウイのところに来た。「銃撃のことは本当に気の毒に思っています」彼は心からそう言っているように見えた。「人の命よりプロジェクトのほうが大事だなんて考えてはいませんよ。地元経済の支えになりたいと本気で思ってるんです。我々に説明するチャンスをもらいたい。ミス・ケインはわたしの話で気を変えたようだし」

ボウイはギャビーに目をやり、ミスター・ローガンを見やった。「ギャビーはあと数週間でカサ・リオの持ち分の過半数を手に入れる。彼女を説得して持ち分を買い上げるのは自由だが、水はおれのものだ。おれは売らない。ミスター・サミュエルズの噂《うわさ》は知ってるよ。これでよけいに水利権を守る気になった。おれがそう言っていたと奴に伝えてくれ」

ミスター・ローガンは顔をしかめた。「どういうことです？」

「あんたはいつから〈バイオアグ〉で働いてる？」

「かれこれ半年前から……」

「少しは雇い主のことを調べたほうがいいぞ、ミスター・ローガン。なんのために闘っているか、知っておくべきだ。そこで質問だが、ここでなんの作物を作るつもりだ？　教えてくれないなら、この話をマスコミに持ちこませてもらう」

ミスター・ローガンは息をのんだ。「わたしは知りません。ミスター・サミュエルズが教えてくれないんです。あの人は土壌検査と研究のことしか言わない」

「あいつが綿花を栽培しようとしていることに賭けてもいい」これを聞いてギャビーまで驚いた。「綿花は最悪だ。水はよけいに必要だし、土地を疲弊させる。信じないなら南東部でおこなわれた研究を調べるといい。手っ取り早く儲《もう》けられる作物だが、長い目で見たら最低だよ。世話するのは五人ほどで足りる。わかるか？　コンバインが一台か二台とトラック——必要なのはそれだけだ。地元経済には、ここでクリーニング店を一軒開くぐらいの影響しかない」

「ミスター・サミュエルズには考えがあるはずです。彼と話してもらえば……ああ、帰ってしまった」ミスター・ローガンはため息をつき、駐車場から出て遠ざかっていくグレーのメルセデスのほうにうなずいてみせた。

「おれとは話さないだろう。おれが何を言うかわかっているからな。それじゃあまた、ミスター・ローガン」ボウイはギャビーの腕をつかみ、車に向かった。

「ちょっと待って」ギャビーは言った。「あの人と話したかったのに」

「あとで話せばいい。あの銃弾を調べたいんだ。もしあれがマクヘイニーの息子のなら、たたきのめしてやる！　きみにあたったかもしれないんだぞ」

ギャビーはボウイの反応に恐怖と喜びの両方を感じた。「わたしは大丈夫。心配なのはあなたよ。状況はどんどん悪くなってる」

ボウイの顔は決然としていた。「銃弾で縮み上がると思ったら大間違いだ。気持ちは変わらない」

ギャビーはヘッドレストにもたれかかってため息をついた。

警察は銃撃犯を見つけ出した。マクヘイニーの長男で、すぐかっとなる荒くれ者の少年ライリーだった。ギャビーは父親を気の毒に思った——彼は真面目に働く男性だ。それでも少年は、そんなばかなことをしてはいけないと学ぶべきだろう。よりによってボウイを相手にして。

翌日出勤したギャビーは来週号に載せる記事を決め、電話をかけ始めた。〈バイオアグ〉の取材についてはボブから内容を一任されていた。考えつくかぎりの情報源をあたったギャビーは、最後にフェニックス新聞のブレイク編集長に直接あたってみることにした。ギャビーが懸念事項を話すと、編集長は何かわかったら連絡すると請け合ってくれた。ボウイは昨夜遅く、不安に顔をしかめながらしぶしぶツーソンに戻っていった。彼はギャビーにおやすみのキスをしながら、週末に自分が戻るまでは暗くなってから外に出るなと言い残した。フェニックスで早朝の会議がなければ、ボウイがそばを離れなかったのはわかっていた。それに、二人の間にあらたに芽生えた絆《きずな》が恐怖を消していた。

昼休憩の三時間後、ギャビーは〈バイオアグ〉について集めたすべての情報を前にして、電話の折り返しを待った。金曜だったので、週末で各所が閉まる前に間に合わせないといけない。そのとき、よりによってハービーがハムサンドウィッチを半分持ってデスクの前に立っているのを見て、驚いた。

「まだ食べてないだろう?」彼はそっけなく言い、サンドウィッチを置くと何も言わずに行ってしまった。

ギャビーはひどく感動した。自分を困らせるためにありとあらゆる罠《わな》をしかけてきたハービーがこんなことをしてくれるなんて。毒きのこでも入っているのだろうかといぶかしみながらサンドウィッチを見つめたが、結局空腹に負け、ぬるいコーヒーで流しこんだ。

帰り際、ギャビーは彼のオフィスで足を止めた。「サンドウィッチをありがとう」彼女はおずおずと言った。「わたしが邪魔なのは知ってるし、悪いと思っているけれど、あなたの仕事をとるつもりはないの。ボウイと婚約したからそばにいたかっただけよ。婚約の話はなくなったけれど、ボウイのお母さんがわたしたちに家を渡すつもりでいるから、自分の持ち分のためにここにいる必要があるの。フェニックスに帰る道は自分で断ったから、もう戻る場所はないわ」

ハービーはもぞもぞと身動きした。「きみを邪魔に思ってるわけじゃない」しばらくして彼は言い、その頬が赤くなった。「ボブがきみに惚《ほ》れこんでるから、おれは追い出されるんじゃないかと思ったんだ」

「ありえないわ。あなたは有能な記者よ。政治ネタに強いし、行政の担当者とも親しいわ。わたしの耳には入らないことも、あなたは知ってる」

ハービーはうなずいた。「ときどきはね」そして唇をすぼめた。「例の農業プロジェクトのことだが、ボウイの言うことにも一理あると思わないか？」

「最近そう思うようになってきたの。とくに彼が撃たれそうになってからは。今、できるかぎり徹底的に調べようとしているわ。コロラドの情報源から、よく似た名前の会社が地元でトラブルを起こした記録があるという情報が入っている。ほかにも、テキサス南部でわたしの代わりに調査にあたってくれている人がいるわ。でもあまり時間がなくて」

ハービーは顔をしかめた。「おれにも情報源がある。手伝おうか？」

ギャビーはほほえんだ。「本当に？　だとしたらとても助かるわ」

「できることをするよ。じつはその……おれはボウイの意見に賛成なんだ。山向こうの土壌水質保全局にいる友だちと話してみたよ」ハービーはノートを引き寄せ、その内容をギャビーに説明し始めた。

数年前、その地域で大規模な綿花栽培がおこなわれていたが、水の使用量が増えたせいで、井戸の水位が一年で一メートル半も下がったらしい。栽培に必要な水は川などから工面できないため、井戸を使うしかなかった。

「これが突破口になるかもしれない」ハービーが言った。「反対派は井戸の使用許可が出されたことに抗議できる可能性がある」

「カサ・リオの敷地には井戸がたくさんあるわ――ボウイは家畜に対してしか使わないけれど。でも大規模栽培のためには、ボウイが使っている以上の水量が必要になるかもしれない。そもそも、どうしてあの人たちは土地をほしがるの？　水利権のため？　それともほかに、もっと後ろ暗い目的があるの？」

「有害廃棄物の処分場として土地を買ってる会社がある。公害をもたらすビジネスの隠れみのとして土地を買う者もいる。綿花を栽培すると称して政府から補助金をせしめ、実際には何もしない会社も」

ギャビーは口笛を吹いた。「怪しいわね」

「その通りだ。これからどうする？」

ギャビーはにやりとした。「各所へ電話」

「そうだな」ハービーも不穏な笑みを浮かべた。

ギャビーは自分のオフィスに戻り、電話をかけ始めた。どうやらハービーとチームを組めたようだ。

16

終業時間が迫る頃、ギャビーはもどかしさのあまり唇を噛《か》みすぎて、唇の感覚を失っていた。まだ何も突き止められない。テキサスの情報源は疑わしい事例を挙げてくれたが、裁判記録をくわしくたしかめる必要がある。それには郡庁舎まで行って、午前中いっぱい古い新聞記事に目を通さないといけない。

コロラドの情報源からは何も情報がなく、残念なことにハービーも空振りだった。もし今週末時間があれば、頼みの綱となる一件の連絡先にあたってみるつもりだった。〈バイオアグ〉が前回土地を買い取ったという、テキサスの小さな町に住む検察官の連絡先を入手することができたのだ。現在の担当者は知らなくても、当時の検察官なら知っているかもしれない。そこに連絡してみると、その人は日曜まで出かけているという。いい手がかりが得られることを期待して、そのときにまた連絡してみるしかない。

ボウイは金曜の夜遅くに帰ってきた。ギャビーは〈バイオアグ〉とそのプロジェクトで真っ二つに分かれた町のことを考え、眠れないままベッドに横たわっていたところだった。

本人は心配するなと言っていたけれど、ボウイのことが心配だった。心配はアギーについてもおよんだ。出ていくときアギーはやつれて見えたし、今もまだ行方がつかめない。アギーが滞在していたナッソーの友人宅に電話してみたが、そちらにもアギーから連絡はないという。

悩みの種は尽きなかった——婚約破棄。ギャビーを恐怖でがんじがらめにする過去の記憶。ボウイを失うはめになった、親密な関係になることへの恐れ。銃撃事件。土地使用に関する論争。ただの哀れみかもしれない、ボウイの最近のやさしさ。行方不明のアギー。胃潰瘍にならないのが不思議なくらいだ。

ドアをそっとノックする音がしてボウイが入ってきた。淡いブルーのガウンを着てベッドに座り、買ったばかりの小説のページをぼんやりと眺めるギャビーを見て、ボウイはほほえんだ。

ボウイのほうはグレーのスラックスに前を開けた白いシャツという姿で、帰宅してこれから寝ようとしているところに見えた。

「おやすみを言おうと思ったんだ。部屋に入ってほしくないなら外から言うが」

ギャビーは恥ずかしげにほほえんだ。「いいえ、大丈夫よ」

ボウイは彼女の隣に腰を下ろし、本に目をやると、それをとってベッドの上に置いた。

「今日は大変だった?」

ギャビーは首を振った。「そうでもないわ。マクヘイニーの息子は逮捕されたそうよ。保釈金額はまだ決まっていないけれど」

「逮捕してほしくなかったよ。ただおれと十分、二人きりにしてほしかった」

「弾ははずれたわ」

「あと数センチのところでな」ボウイは重いため息をついた。「アギーから連絡は?」

「ないの。あなたには?」

ボウイはやさしく笑った。「アギーがおれに連絡すると思うか? 全部おれのせいなのに」

「そういうわけじゃなくて、アギーとネッドの意見が合わなかっただけよ」ギャビーはベッドの上に置かれたボウイの手に触れた。大きくてたくましいその手が、彼女は好きだった。「愛し合っていてもうまくいかないことってあるから」

「おれたちみたいに?」ボウイはため息をつき、ギャビーの手を握った。愛撫《あいぶ》するようにその顔を眺めると、ボウイは手をそっと口元に運んだ。「時間を巻き戻せればどんなにいいだろう。もしきみのお父さんが働いていたのがうちだったら。相手は酔っ払いの男じゃなくて、きみがひそかに愛していたおれだったら。もちろんそれなら十五歳じゃなくて、三、四歳は年上じゃないと困るが」ボウイが唇で手のひらをかすめると、快感でギャビーの指が閉じた。「きみを空いている囲いに連れていくんだ――そこにはきれいな新しい干し草がある。ああ、これはあくまで想像だ」ボウイはにやりとした。「そこできみの服をゆっくり脱がせる」ほほえみは消え、鋭い視線がギャビーの目を貫いた。「そして時間をかけてきみに体の快楽を教え、今度は自分の服を脱ぐ。それから――」ボウイは唇へと顔を寄せた。「きみを干し草に寝かせ、声をあげて体をよじり始め、満たされたくてたまらなくなるまで口で愛する」彼の唇が震えるギャビーの唇に重なった。静寂の中でその声は深くゆっくりとやさしく響いた。「それが終わったらまた唇を重ねるんだ。ちょうど今と同じように。そして今度は……」

ボウイの舌がゆっくりと口の中に入るのを感じ、ギャビーは声をもらした。言葉も刺激的だったが、舌が何度も出入りする感触が生々しく、まるで自分のものだと主張しているかのようだ。突然ひらめいた快感にギャビーの体はこわばった。ボウイの手が肩のストラップの下にすべりこみ、体を浮かせるようにしてガウンを脱がせた。胸にそっと手があたる。ボウイはギャビーの肌に、心に火をつけていった。

理性を奪われ、ギャビーはひんやりした髪に指を差し入れた。ボウイの手に体を押しつけ、やさしく巧みな愛撫を味わう。舌をいっそう深く迎え入れるために唇を開くと、ボウイが低くうめくのがわかった。

ギャビーは彼の名をささやいた。初めて本当の欲望を感じるうち、かつての恐怖は消えていった。今回はただの火花では終わらない。せっぱつまった欲望に襲われ、ギャビーはやさしい愛撫の下で思わず体をよじった。手がガウンを腰から脚へと押し下げるのがわかったが、恐怖はなかった。ほてった肌に冷たい空気が触れ、彼の手が肌を撫《な》でるのを感じるのがうれしかった。

「きみはとても甘い」腫れた唇の上でボウイがそうささやいた。

ギャビーは彼の唇をむさぼるように引き寄せた。ボウイの指がお腹をすべり下りるまでその意図に気づかなかったが、気づいたときはもう手遅れだった。

ボウイの唇が驚きの叫びをのみこみ、けだるくふさいだ。彼の手はすばやく、目的を知っている。

ボウイは共鳴するように動くギャビーを感じ、彼女の顔を見つめた。「怖がらなくていい」ギャビーの体はどうしようもなく震え、喉からはあえぎ声がもれていたが、その目に恐怖の名残を見つけて彼はささやいた。「これを感じてほしい」開いた唇に顔を寄せてそっと唇を重ねると、興奮の震えを感じ取れた。「体に炎のように燃え広がるものを感じてほしいんだ」

ギャビーはショックに襲われて彼の肩に爪を食いこませた。体の中で何かがかすかに暴れ始め、耐えがたい苦しみに全身がこわばった。息ができない。ボウイはそれを知っている……。彼は唇を離して手で魔法を紡ぎ出しながら、やさしく愛撫した。

ギャビーが突然体をこわばらせ、小さな叫びを喉からもらしたとき、ボウイは胸に唇をつけたままほほえんだ。ギャビーの顔を見たかったが、恥ずかしがらせてしまうかもしれない。

ギャビーは頬に涙がこぼれ落ちるのを感じながらボウイにしがみついた。彼の唇が涙を拭い、ほてった頬と首を愛撫し、慰めた。

「ああ……ボウイ」ギャビーは涙声でささやいた。彼と目を合わせられなかった。喉元に顔を埋《うず》めて、隣に横たわる大きな体と、抱き寄せる腕を感じた。

「これがきみが怖がっていたものだ。もうそんなに怖くないだろう？」

「でもまだ……最後まで行ったわけじゃないわ」

「最後まで行くのも似たようなものだよ。ただ、最初のときはきみを少し傷つけることになる。きみはヴァージンだから」

「痛みを感じるかしら？」たった今経験したことにとらわれ、ギャビーはそうつぶやいた。

「弾丸だって気づかないぐらいだったのに」

「そうだな」ボウイは重いため息をついて仰向けになり、ギャビーをそっと脇に引き寄せた。「きみを驚かせるつもりはなかったが、愛し合うのがどんなことかわかったら、きみの助けになるだろうと思ったんだ」

ギャビーは息もできなかった。「ああいう感じなのね？」

「そのうちそうなる。きみに嘘はつかない。最初は不愉快な思いをするだろうし、快感もそれほど感じないかもしれない」

ギャビーは毛でざらつく彼の胸に頬をのせた。「教えてみて」積極的な言葉に、ギャビーは自分でも驚いた。

ボウイは低く笑った。「いや、今夜はだめだ。愛撫とセックスは話が別だ」

ギャビーは顔を上げて彼の顔を見た。「そうかしら」

「今は何も持ってない。きみを妊娠させてしまうかもしれない」

肌がざわつき、何度もさざ波が立った。ギャビーは金髪と黒い目をした男の子を――笑いながらその子とふざけ合うボウイを想像した。わたしにまともな子ども時代はなかったし、それはボウイも同じだけれど、二人の子どもは求められ愛されるだろう。

「息子が生まれるかもしれないわ」ギャビーは静かに言ってほほえんだ。「それから娘も。わたしたちが親からもらえなかった愛をあげられる」

ボウイは立ち上がってギャビーをそっと寝かせ、その姿をじっと見つめた。「おれに自分を与えてもいいと思うほど子どもがほしいんだな？」

「そうなのかもしれない」

ボウイの理性が揺らいだ。どうしてもギャビーがほしかった。だが彼女自身がどう思っているかに関係なく、最後の最後でおびえてしまうかもしれない。最初はうまくいかないだろうし、もしギャビーがおれを止め切れなかったら、いっそう傷つくだろう。ボウイは自分の限界がどこまでなのかをわかっていた。ギャビーへの欲望が燃えているとはいえ、あえて危険を冒す気にはなれなかった。

「今夜はだめだ。ゆっくり行こう」

ギャビーは、自分がほっとしたのかがっかりしたのかよくわからなかった。困惑しながらボウイを見上げると、彼はほほえんでやさしくキスし、立ち上がった。そして愛《いと》おしげな目で見下ろされた瞬間、自分が一糸まとわぬ姿なのに気がついて息をのみ、ガウンをつかんで体を隠した。

「恥ずかしがり屋だな。あんなことをしたあとなのに」

ギャビーは顔を赤くした。「そんな言い方はやめて」

「きみは気に入っていた」ボウイは意地悪く言うと、腰をかがめて荒っぽくキスした。「その先にあるものも気に入るだろうが、しばらく間を空けるつもりだ。明日は観光に出かけるから、もう寝よう」

「観光？」

「砦《とりで》の廃墟《はいきよ》を見に行くんだ」ボウイは目を輝かせた。「あそこの巨石の上で愛し合ってもいい」

「人に見られるわ」ギャビーは真っ赤になった。

「あそこは誰もいない」ボウイは笑った。「夏の間は閑散としてるからな。それにあそこはうちの土地だから、観光客は〝私有地〟の札を無視して入ってきたりはしない」

ボウイが本気で言っているのかどうかギャビーにはわからなかったが、訊《き》こうとはしなかった。彼にされたことで体はまだうずいているし、彼と自分について新しく知ったことが全身を支配している。ギャビーは部屋を出ていくボウイに笑顔を向けた。ただの一度も過去の記憶がよみがえらなかったことがうれしかった。

「ボウイ？」

ボウイはドアノブを握ったまま足を止めた。「なんだ？」

「あなたは……大丈夫なの？」ギャビーはおずおずとたずねた。

「平気だ」彼は笑ってみせた。「もう寝るといい」

彼が行ってしまうとギャビーはガウンを着た。ボウイに自分の体を自由に扱うことを許した恥ずかしさはあったものの、女性としての喜びのきざしを感じて明るい気持ちになった。あんな感覚を味わえるなんて想像もしていなかったが、ボウイが味わわせてくれた快感が希望をくれた。あれが愛の営みなら、怖がることは何もない――やみつきになってしまう心配をのぞいて。

翌朝、モントヤが用意してくれたランチボックスを持って二人は峡谷に向かった。

「アギーは大丈夫かしら？」ギャビーは心配そうに訊いた。今日はジーンズとグレーの二ット、ウエスタン風のストローハットとブーツという服装だ。

ボウイは笑顔で彼女のほうを見た。ジーンズとクリーム色のウエスタンシャツ、帽子とブーツという格好で、いかにも西部風だった。「いずれ見つかるさ。私立探偵はまだコートランドの尻尾をつかめないみたいだが、アギーのほうは楽観視してる。一つわかったのは、コートランドが別の名でクルーズ船に登録していたことだ。次は乗客リストをチェックすればいい。あいつの年はわかってるから、かなり絞りこめるはずだ」

「アギーが見つかるといいんだけれど。ミスター・コートランドの正体も気になるし」

「ああ」ボウイはラジオをつけた。

切り立った深い峡谷を何キロも運転し続ける間、ボウイは何か考えこんでいたが、ギャビーは以前になかったものを見つけた。峡谷に入る狭い小道をふさぐようにチェーンが渡してある。ボウイはゲートを開け、車を中に入れると、ゲートの鍵を閉めた。

「廃墟によけいなことをしてほしくないんだ。ギャビー、ここがきみの〈バイオアグ〉が破壊して畑にしようとしている場所だよ」

砂漠の大地から低い山の連なりに続く平地を車は走っていった。進むにつれ木立が鬱蒼《うっそう》としていく。車は、表面のなめらかな巨石が集まっている場所で停《と》まった。

「テキサスの峡谷を思い出すわ。ここからは遠いけれど」

ボウイは彼女を車から降ろした。「砦跡はもうすぐそこだ」

ボウイはギャビーの手をとり、古い要塞の廃墟に向かって岩場を歩いていった。「当時のものがたくさん残ってるわけじゃない」ボウイは日干しれんがの壁や散らばった遺物などを指し示した。「自分でも掘ってみたし、考古学者に発掘してもらったこともあるが、ここから何か持ち出すのは許さない」

ギャビーはほほえみ、壁に触った。「以前、あなたがここの司祭の話をするのを聞いたことがあるわ――〝白い風〟が吹く場所に住む男たちのことを。詩的な人たちだったのね」

「そうだ。彼らの哲学はシンプルだった――いかなる理由があっても、いかなるやり方でも兄弟を傷つけてはならない。人生が織りなす布を、怒りや悪意で乱してはいけない」ボウイはにっこりした。「それに、とても民主的だった。裕福な権力者の家も、ほかの者たちの家より少し大きいだけで、そう変わらなかった。ここは私有地に残された数少ない廃墟の一つだ。綿花畑に変えられてしまうなんて耐えられない」

「わかるわ」ギャビーは〈バイオアグ〉については触れないようにした。

「あそこにパロベルデの大木が二本ある。あれは昔、おれの曾曾祖父《そうそうそふ》が牛泥棒をこらしめるために使ったんだ。アパッチ族とともにこの地を荒らしていたメキシコの盗賊と戦ったとき、和平の取り決めを結んだ場所でもある」

「歴史的な場所なのね」ギャビーは同意した。「でも、もうほとんど何も残っていないわ

「……」

「そうかな？」ボウイは彼女を振り向かせ、そのウエストに両手を置いてうしろに立った。「目を閉じて耳を澄ませてみてくれ」

ギャビーは言う通りにしたが、聞こえてくるのは自然の音だけだ。「風の音がする。それから鳥の声も。梢《こずえ》がこすれ合う音も……」

「おれが言いたいのはそれだ。ここには文明は届かない。百年前と同じ手つかずの自然があるだけだ。山の湧き水は混じりけがなく汚染されていない。地下水も同じだ」ボウイはギャビーの体を自分のほうに向けた。「これはおれたちの子どもが受け継ぐ財産だ。手っ取り早く儲《もう》けられるからといって、ここを破壊してしまっていいと思うか？」腕で美しい自然を示す。

それはむずかしい質問だった。ギャビーは彼から離れて、大きな岩に腰を下ろした。岩の表面はなめらかでとても座り心地がよく、日があたって温かかった。

「この岩は好きよ」ボウイと言い争いたくなくてギャビーはそうはぐらかした。カサ・リオの自分の持ち分を〈バイオアグ〉に売ることはたぶんないだろう。日に日にあの企業を怪しむ気持ちが増しているからだ。でも今日は〈バイオアグ〉の話をしたくない――ただボウイといっしょにいたいだけだ。

ギャビーは目を閉じて空気を吸いこみ、また目を開けて静けさを味わった。さっき車で走った道は切り立った峡谷に続いていて、ちょろちょろと流れる小川を深い木立が囲っている。山から流れ出てきた水がたまる場所は大きくてなめらかな岩に縁取られている。

「きれいね」

「アパッチ族が砦を築くにもいい場所だった」ボウイはギャビーが座っている岩の上に腰を下ろした。「馬や人が飲む水もあるし、平らな場所があるから小屋を建てるにも便利だ」彼はギャビーにほほえみかけた。「岩にへこみがあるだろう？　ここで女たちはとうもろこしを粉に挽《ひ》いたんだ」

「すてきね」ギャビーが身を乗り出してそのへこみを撫でていると、ふいにボウイが動き、彼女を温かい岩の上に寝かせた。背中は痛くなかったし、岩は背筋に合わせてカーブしている。ギャビーは彼を見上げた。頭が太陽を隠し、髪が金色に輝いている。

「とうもろこしを挽いたり服を洗ったり、生皮を干したりしていないときは――」ボウイは腕に体重をのせてバランスをとった。「ここで愛し合ったらしい」

ギャビーはぽかんと口を開けた。「ここで？」

ボウイが腿の間にゆっくりと脚を割りこませてきたので、ギャビーは抵抗することもできなかった。ボウイの顔が近づいてきて、唇を開けるよううながした。

日差しが降り注ぎ、風がそばでささやいている。ギャビーは腕を彼の首にまわし、硬い胸板を柔らかな胸の上へと引き寄せた。ブラをしていなくてよかった。胸の温かい筋肉をじかに感じられる。二枚の薄い生地などないも同じだ。

ボウイは華奢《きやしや》なギャビーを気遣い、全体重がかからないように腕で支えた。手をタンクトップの下にすべりこませて脇腹を撫でる。顔を上げてギャビーの目を見た。「ゆうべはこれ以上のことをしたな。またああいうふうにきみに触りたくてたまらない」

「ええ、わたしも」

それは本心だった。ギャビーは彼のこと、彼がしてくれたことを一晩中夢に見た。そして、あのなじみのない甘い感覚をもう一度感じたくて、午前中はずっと落ち着かない気持ちでいた。すでに呼吸は乱れていたが、やめてほしくない。

ギャビーは彼の目を見つめた。「あなたのことを夢に見たわ」

「おれもだ」ボウイはほほえんだ。そしてギャビーをじっと見つめながら片手でやさしくタンクトップをまくり上げた。手がウエストに戻り、まずベルトを、次にジーンズのスナップボタンをはずす。

ボウイがジーンズを脱がせる間、ギャビーは何もできずに横たわったまま彼を見守っていた。激しいあらたな欲望にとらわれ、それに屈することしかできなかった。

ボウイの手が目的の場所を見つけると、ギャビーは息をのんでたちまちその手にすべてをゆだねた。ボウイに魅せられるあまり、抵抗の言葉などまったく出なかった。

「大丈夫だ」ボウイはやさしく言い、触れながら、それを受け入れて体を動かすまいとしているギャビーを見つめた。「誰にも見られない」

「ああ……ボウイ」体が慣れたのか、今度はたちまち快感がこみ上げてきて、ギャビーは目を強くつぶった。

ボウイはふいに指を動かした。ギャビーの反応にまぶたを重くする。「わかってる」そして片腕を頭の下にすべりこませて枕代わりにし、ギャビーが息をのむまでもう片方の手でやさしくじらした。「じっとして」唇で唇をかすめ、かすかな吐息を味わう間も、手でじりじりと緊張を高めていく。ギャビーが震えたとき、彼は顔を上げてその表情を見守った。顔がゆがみ、声が大きくなっていくと、ボウイは身を乗り出し、そっと体の重みをかけた。ギャビーは目を見開き、身動きを止めて、静寂の中で鋭く叫んだ。その体が浮き上がったかと思うと、満たされた喜びの中に沈んでいく。

ボウイは彼女を抱き寄せ、服の生地越しに柔らかな胸を感じてほほえみながら揺すった。だがこれでは足りない。ギャビーが震えながら現実に戻ってくる間、ボウイはゆっくりとシャツのボタンをはずして彼女を中に引き寄せ、胸板にあたる柔らかな丸みの感触を味わった。

「ボウイ?」ギャビーは恥ずかしげな目にショックを浮かべて彼を見やった。

「おれはもっとほしい」そう言って唇で唇をかすめると、ボウイはギャビーを岩に押しつけ、体をゆっくりとキスでたどっていった。そして服を脱がせてすべてをあらわにしながら、唇と手で味わった。

ボウイはブーツとシャツを放り投げ、ギャビーが驚きの目で見つめる前でジーンズとその下のすべてを取り去った。振り返ってすべてをさらけ出し、体を見つめるギャビーの視線を楽しむ。

「きれい……」ギャビーは目を体から顔へと向けた。彼の昂《たか》ぶりを見ても恐怖がなかったのが驚きだった。

「きみにはかなわない」ボウイはギャビーの隣に横になり、そっと彼女を引き寄せた。

体がぴったりと密着したせいで二人の違いがあらわになり、ギャビーは息をのんだ。

「ボウイ！」ボウイにしがみつき、顔を胸板に押しつけると、初めて裸で抱き合ったうずくような快感に身を震わせた。胸にそっとキスすると、ボウイも震えるのがわかった。ギャビーは少し怖くなった——ボウイが自制心を失うかもしれない。体重をかけられたら、自分がどうなってしまうかわからない……。

考えこむギャビーをよそに、ボウイは彼女の手をとって体の下へとすべらせた。

ギャビーがためらうと、ボウイは驚くほどのやさしさで唇を触れ合わせてきた。そのあとはボウイのなすがままだった。

ボウイがささやき、導いているうち、やがてギャビーの中に灯《とも》したのと同じぐらい熱いものが自身の中にも燃え上がった。もう自制できない。残った最後の理性が、ギャビーに触れさせたのは間違いだと告げていたが、欲望はあまりに大きく、禁欲はあまりに長く、柔らかな体はすぐ目の前にあった。

「おれを受け入れてくれ」ボウイはかすれ声でささやいた。そしてなんの警告もなくギャビーの上にのしかかり、その手を腰にまわさせ、ショッキングなほどの親密さで体を触れ合わせた。唇は激しく重なり、呼吸はランナーのように荒く浅く震えている。「ああ、ギャビー……頼む……！」

ギャビーは動けなかった。彼の険しい顔を見上げると、その目はかすみ、顎はこわばり、顔はゆがんでいる。

ボウイは彼女の目を見つめた。「すまない」ギャビーの腰をつかみながら吐き出すように言う。「ああ、ギャビー」そして息をのんだ。「愛してる……許してくれ！」

ギャビーは燃えるように激しく突かれるまで、起きたことが理解できなかった。思わず叫んだが、ボウイには届かなかった。背中が硬い岩にあたり、肌がこすれるのがわかる。ボウイは絶頂を目指して激しく腰を動かしている。その両手は腰に食いこみ、体は完全に自分を押しつぶし、支配している。

ギャビーはかすれ声で叫び、体をこわばらせた。直後、ボウイが震え始め、喉元でうめき、隠すこともコントロールすることもできない快感で体をわななかせるのがわかった。

それが永遠に続くかと思えたとき、ボウイはギャビーの上に崩れ落ち、汗ばんだ体を震わせた。

ギャビーは汗で濡《ぬ》れたその肌を見つめた。本当はこういうものなのだ。快感は幻にすぎず、すぐに現実がやってくる。ボウイが言っていたように、楽しむどころではなかった。それでもギャビーは、過去もあのときの恐怖も思い出さなかったことに気づいた。目の前にいるのはボウイで、自制心を失っていてもわたしへの愛は変わらないし、わたしも彼を愛している。ギャビーはおずおずと彼の髪に触れ、今起きたことに圧倒されながら、その顔を胸へと引き寄せた。ボウイはわたしの恋人で、二人は愛し合ったのだ。

「最低だ」ボウイはうめいた。仰向けになり、後悔に顔をゆがめ、体を二つ折りにして汗ばんだ髪をいらいらとかき上げる。ボウイはギャビーの顔を見る勇気がなかった。その顔には嫌悪と恐怖が浮かんでいるに違いない。「おれは自分が許せない……死ぬまで許せない」

ギャビーは彼をじっと見た。まるで崖から身を投げたがっているかのようだ。

「大丈夫よ」ギャビーはささやきかけ、彼の顔に触れようとしたが、ボウイは身をすくめるようにして避けた。「ボウイ？」

ボウイはジーンズとブーツを身に着けたが、その動きは怒りを抑えているかのようにぎこちなく荒っぽかった。彼はギャビーを見やると顔をしかめた。裸を見るだけでどこかが痛くなるとでもいうように。「服を着てくれ、スウィートハート」

少なくともボウイの怒りは直接自分に向けられているわけではないようだ。ギャビーは起き上がり、背中に手をやって息をのんだ。

ボウイが振り返り、ギャビーを見つめる目が苦しげに細くなった。「車に救急箱がある。服を着たら、おれが擦り傷に薬を塗るよ」

ギャビーは服を着ておとなしく座った。ボウイは車から戻ってくるとニットをまくり上げ、広がっている擦り傷に消毒薬を塗った。傷にしみたがギャビーは身動きしなかった。ボウイを今以上に苦しめたくなかったからだ。

「わたし……赤ちゃんができるかしら？」ギャビーはその可能性を思い浮かべ、ささやくように言った。

そして思った。わたしは女で、抵抗もせず叫びもしなかった。自分をまるごと差し出した。悪夢から日差しの中へと踏み出す一歩だったが、ボウイはそれがどんなに大きな意味を持つかわかっていない。彼は自制心をなくした自分を責めている。こちらは責めていないのに。わたしはハードルを越えたのだ。

ボウイの手が止まった。「なぜだろう。おれは何もためらわなかった。きみもそうだったように思える」

ギャビーはそっとほほえんだ。「ええ」

ボウイの息が止まったように見えた。「ギャビー……おれたちが婚約破棄をしたのは、きみがおれと肉体関係を持つのを怖がったからだ」

「あなたと、じゃないわ」ギャビーは訂正した。「男の人と、よ。これまでほしいと思った男性は……あなただけだもの」

「今はほしくないだろうな。おれが無理強いしたから」

「まさか」ギャビーは振り向き、彼の唇に触れた。「あなたが触れたのも、キスしたのも……わたしの体にいろいろなことをしたのも、わたしが許したからよ」そのときの快感を思い出し、顔を赤らめて目をそむけた。「わたしは抵抗しなかった。何かを無理強いされたわけでもない。わたしが持っているものはなんでもあげるわ、ボウイ。わたしはあなたのものだから」

ボウイの腕が震え、顔をしかめた。「この背中のことは忘れられそうにない」

「いいのよ。わかってる」

「本当に？」ボウイは探るようにギャビーの目を見た。「きみを自分のものにできるなら、人殺しをしたっていいと思うこのおれが理解できるのか？　体があまりにもうずくせいで、自分が何をしているかさえわからなかった。きみにそんな情熱が想像できるか？」

ギャビーにはわからなかった。彼女の中にある何かが、ボウイに対してさえも激しい感情を持つことをためらわせていた。快感を体験したものの、その与え方はわからない。ボウイが言っているのはそのことかもしれない。ギャビーはボウイのシャツに目を落とした。

「あなたに求められているのは知っていたわ」

「これでその気持ちがどんなに強いかわかっただろう」ボウイは立ち上がり、怒ったように髪をかき上げた。「これで後戻りはできない。行こう」ボウイは彼女の手をとって引っ張り、髪を撫でた。「白いドレスは持っているか?」

ギャビーは彼を見つめた。「え?」

「白いドレスは持っているだろうな?」ボウイの目には炎が荒れくるっていた。

「ええ、あるわ。どうしてそんなことを訊くの?」

17

数時間後、メキシコ人の役人の前にボウイと並んで立ったギャビーは、そこで初めて、ボウイが白いドレスのことをたずねた理由を知った。何が起きているのかよくわからないまま、ギャビーはボウイと結婚した。ボウイは花売りからデイジーのブーケを買い、金庫にしまってあった指輪を使った。彼の祖母のもので、ルビーとダイヤをちりばめた繊細な指輪だった。

「まだ信じられないわ」ボウイにキスされ、必要な書類にサインして車で帰宅する途中、ギャビーは言った。

「信じたほうがいい。写真が新聞に載ったらきっと信じられるさ」

「そうね」ギャビーは黙りこんだ。

小さなメキシコの町に、結婚写真を撮るアメリカ人カメラマンがいたのだ。ボウイとギャビーが誰なのかわかると、彼は自分の記事に添える写真をぜひ撮りたいと言った。ボウイは楽しんでいるようだったが、ギャビーはパニックになり、顔全体が写らないようにした。ボウイは地元の名士だから、結婚式のことは報道されるだろう。写真が通信社の目に留まって、東部の新聞に掲載されることが怖かった。

　彼女はしおれたブーケを握りしめた。「ボウイ、これはあなたが本当にしたかったこと？」

「おれはきみと愛し合った」ボウイは静かに言った。「あれはおれが表したかった愛とは違う。でも心からきみを愛してるんだ。質問の答えはイエスだよ――死ぬまでずっときみといっしょにいたい」

「義務感から結婚してほしくはないわ」

「おれたちは毎週日曜に教会に通ってる」ボウイはギャビーを見やった。「今日結婚しなければ、これからどんな顔で教会に行けばいい？」

　ギャビーは頬を赤らめ、見るともなく車窓の外に目をやった。

「おれたちは考え方が古風で、結婚もせずに体の関係を持ってはいけないと信じている。婚約したんだから、次は結婚して、二人で問題を解決していこう」ボウイはため息をついた。「初体験があんな乱暴なものになってすまない――きみが十代の頃に受けた傷を思えばなおさらだ」

　苦しみのにじむ深い声を聞いて、ギャビーはうしろめたく思った。「いつかはああなったわ。わたしはあなたを愛してる」そこまで言うと目をそらした。「あなた以外の人なら、決して触らせようとは思わなかったわ」

ボウイはギャビーを見た。その落ち着いた表情に不安が薄れる。それでも罪悪感で苦しいのは変わらなかった。ボウイはラジオをつけ、座り直した。話は家に帰ってからにしよう。このことについてはあとでゆっくり話せばいい。

しかしカサ・リオの正面に車を停《と》めると、玄関のドアが開き、ボウイがギャビー側のドアを開ける間もなくアギーが二人を出迎えた。

ギャビーは目を輝かせ、心からの安堵《あんど》と喜びの声をあげて、両手を広げてアギーに駆け寄った。

「心配したのよ！」ギャビーは責めるように言って、うれしそうにアギーを抱きしめた。

「どこにいたの？　どうして連絡してくれなかったの？」

アギーもギャビーを抱きしめ、その肩越しにボウイと目を合わせた。「ちょっと忙しかったの。久しぶりね、ボウイ」

「おかえり」ボウイは探るように母の目を見た。「どんなに心配したか……夜も眠れなかった」

その言葉はアギーの心を癒やした。息子は自分を心底嫌い、父親と同じく金がすべてという考え方をしていると思っていたからだ。けれどもボウイの顔は本当に心配そうで、声にも真心が表れていた。

「連絡しなくてごめんなさい」アギーはギャビーから離れ、ボウイのハグを受けた。「心配していると思わなかったの」

「母親だぞ」ボウイは強い口調で言った。「意見が衝突することもあるし、頼まれてもいないのに首を突っこむこともある——愛しているからな。姿を消したら心配するのはあたりまえだ」

アギーは気まずそうに身じろぎした。「ごめんなさい。ちょっと用があったの」そして期待を込めて顔を上げた。「ネッドから連絡はあった?」

ボウイは首を振った。

アギーの顔が暗くなった。「そう。もしかしてと思ったんだけど……つまりそういうことね」

アギーが涙をこらえるのを見てギャビーは顔をしかめた。アギーのグレーのスラックスもトップスもぶかぶかだ。痩せたようだが、それがいっそうスタイルのよさを際立たせていた。

「モントヤから聞いたけど、あなたとギャビーは今日メキシコで結婚したそうね」アギーはたった今思い出したように言った。「カサ・リオのギャビーの持ち分を手に入れようと決めたの? それともギャビーを誘惑して、うしろめたくなったの?」その声は落ち着いていた。

ボウイは反応するまいとした。まばたき一つしてはいけない。「ギャビーを愛しているんだ」それは本心だった。視線はアギーからギャビーのやさしい顔に移り、むさぼるように見つめた。「ギャビーをあきらめるぐらいならカサ・リオを手放すほうがいい」感情が高ぶり、声がかすれた。

ギャビーはその言葉にこもったかすかな欲望に顔を赤らめ、ボウイにほほえんだ。

「あらあら」アギーはため息をつき、ボウイの顔を見つめた。「やっとわかったのね」

「ああ、母さんが思ってるよりずっと深いところで理解した。あの男を追い出したのはすまなかったと思ってる」ボウイはしぶしぶ謝罪した。「あの男が母さんに対してこういう気持ちを持っていたのなら、奴《やつ》は今ごろ銃に弾を詰めて自分の頭を吹き飛ばそうと考えているだろう。あの男と母さんのことについては、これからもずっと罪悪感から逃げられないだろうな」

アギーは目に涙を浮かべて息子を抱きしめた。「あの人を見つけられないの。船の乗客名簿を見れば住所がわかると思ったのに、ネッド・コートランドという名前の人はいないと言われたのよ！　せっかくテキサスのデル・リオに行って、乳搾りの仕方を習ってきたのに」

ボウイはアギーの頭越しにギャビーと目を見合わせた。「乳搾り？」二人は同時に声をあげた。

アギーは体を離した。「ええ、乳搾りよ！」その声にはいらだちがあった。「いとこのアグネスの家にいたの――アグネスのこと、覚えてる？　小さな農場をやっているのよ。干し草をかき集めたり、庭の雑草を抜いたり、それ以外のあまり楽しくないことや、信じられないほど汚い作業も手伝ったわ。わたしは小さな牧場でもやっていけるし、働くのだってかまわない」アギーの下唇が震えた。「ネッドがくれるもので満足して暮らしていくためにあんな思いをしたのに、本人が見つからないなんて！」

「今、私立探偵に捜させてるんだ。いつ連絡が来てもおかしくない。母さんのことも捜させていた」ボウイは言った。「心配していたから」

「電話すればよかったけど、疲れててそれどころじゃなかったの」アギーは弱々しくほほえんだ。「体を使う仕事があんなに大変だとは知らなかったわ。コープランドが亡くなってから、わたしは自分の人生がどんなにむなしいか気づかずパーティを渡り歩いていたの。でも今はちゃんとした道を歩いていると思うわ」

「もちろんよ」ギャビーはアギーを温かく抱きしめた。「ミスター・コートランドのことはみんなで捜しましょう」

アギーは疲れた様子のギャビーを見やった。「顔色が悪いわよ」

「砦《とりで》の跡でおれがキスしたせいで、岩で肩をこすったんだ」ボウイがすまなそうにギャビーを見ると、ギャビーは真っ赤になった。

「岩の上でキスするなんてみっともない」

「砂漠にはソファなんてないからな」

「言い訳にならないわ。あなたたち、本当に結婚したのね」アギーはため息をつき、ギャビーにやさしくほほえみかけた。「なんてうれしいニュースなの。子どもはたくさん作るつもり？」

「ええ」ギャビーは夢見るように言った。

今日のなりゆきにまだ罪悪感を持っていたボウイは背を向けた。「ちょっと電話してくる。まず私立探偵からだ」

ボウイが離れるとアギーは言った。「あの子、ずいぶん怖い顔をしてるのね」

「結婚するのが初めてだから」

ギャビーはボウイの冷たい顔つきを無視しようとした。まだ結婚したくなかったのに、義務感でしてしまったのだろう。こんなに先に進んでしまったのは間違いだった。でもこうなってしまったからこそ、以前ほど体の関係を怖いと思わなくなった。自制心を失う前にボウイが見せたやさしさを思い出すだけで、全身が熱くなるほどだ。わたしもあんなふうに理性をなくすのだろうか？　そしてボウイが欲望に目が見えなくなったのは、最近女性との付き合いがなかったから――ボウイを満足させたのなら、今度は事情が変わってくるかもしれない。

ギャビーはアギーと二人で座って話しこみ、夕食をとった。ボウイは書斎から出てこなかった。アギーが寝室に引き取ってしまうと、ギャビーは新婚の夫を捜しに行った。ボウイは回転椅子に座り、大きなオーク材のデスクにブーツを履いた足をのせていた。シャツのボタンははずしてあり、いつもきれいに整えている髪は乱れて目にかかっている。ギャビーがドアを開けると、ボウイは上の空で笑顔を向けた。

「お腹がすいたでしょう？」ギャビーはおずおずと言った。

ボウイはウイスキーのグラスを掲げてみせた。「これがあるから平気だ」

ギャビーはどう言っていいかわからなかった。ボウイはふだんほとんどお酒を飲まない。ときどきブランデーをたしなむことはあったが、強いものにはめったに手を出さない。ゆっくりドアを閉めて彼に近づいた。「どれぐらい飲んだの？」ギャビーはやさしく訊《き》いた。

ボウイはため息をついた。「まだ足りないぐらいだ」

ギャビーはグラスを握っている彼の手に触れた。「もう寝ましょう」

ボウイの顎がこわばった。「それこそ、今まさにきみがしたくないことだろう？　自分勝手な男に苦しい目にあわされて、心の傷を増やすことになる」

「そんな言い方はやめて」ギャビーは手からグラスをとった。「わたしはヴァージンだったから、もちろん痛かったわ――それはしかたのないことよ。だからほら、ベッドに来て」

　ギャビーが手を引っ張るとボウイはそのまま立ち上がったが、まるで目の前の相手がおかしくなったかのように見つめてきた。「おれが怖くないのか?」

「あなたが倒れてきて下敷きになるのは怖いわ」ボウイがよろめいたので、ギャビーは脇の下に入って支えようとした。「あなたっていったい何キロあるの?」

「百キロちょっとだ、たぶん。今朝あんなことがあったのに、おれが怖くないんだな?」

　ギャビーは彼をドアのほうに引っ張っていった。「今朝何があったか、わたしたちの記憶が食い違っているみたいね」

　ボウイは探るようにその顔を見まわした。「きみを傷つけたくなかった」

「わかってるわ」ギャビーはやさしくほほえんだ。「あなたも普通の人間よ。でも、わたしたちより自分に厳しい基準を作ってる。久しぶりだったのは知ってるわ。それに、そんなには痛くなかったし」ギャビーは顔を赤くしながら言った。「怖くもなかったわ。ただ……濃密な体験だっただけ」

　ボウイは両手で彼女の顔を包み、ウイスキーの香りのする唇で軽くキスした。「ボトルを開けなきゃよかった。だがきみにしたことを考えると、自分を許せなかったんだ」

「頭の中で自分を火あぶりにしているのはあなただけよ。わたしは違うわ。あなたはとても辛抱強くてやさしかった。最初のキスのあとであなたをひどく苦しめたことは、今でも忘れられないのに」

「きみがおれのもとに残るなんて思えなかった。出ていこうとするだろうって」

「わたしはあなたがほしいの。あなたがわたしをほしがる理由とは違うかもしれないけれど――わたしは抵抗しなかったし、叫びもしなかったわ」ギャビーは愛情を込めてほほえんだ。「ボウイ、わたしが怖がっていないって気づかなかった?」

「ああ」ボウイは残念そうに言った。「すっかり頭に血がのぼっていた。終わったあとは自分がしたことが恥ずかしくて、まともにきみの顔を見られなかった」

ギャビーは彼の体に腕をまわして抱きしめた。「愛してくれているのね」むき出しの胸に頬を寄せる。「あなたは何度もそう言ってくれた」

ボウイはおずおずとギャビーの肩に触れた。「覚えていない」

「わたしは覚えてる」ギャビーは顔を上げた。「初体験は普通、気持ちのよくないものだと聞いていたわ。何より大事なのは、わたしが恐怖と過去の記憶を乗り越えたことよ。今も少し体に違和感はあるけれど、あと数日もすれば、わたしたち……」ギャビーは咳払《せきばら》いした。「もしあなたもその気なら、ね」

ボウイは両手をギャビーのウエストにまわし、抱き上げて視線を合わせた。「やり直すチャンスをくれるのか?」

「ここから始めるチャンスよ。ずっとあなたと生きていきたい。子どもを産んで、あなたを大事にしたいの」ギャビーは身を乗り出して、唇でやさしく彼の目をふさいだ。「愛しているわ、ボウイ――この世界の何よりも」

　ボウイは苦痛に耐えるようなうめき声をあげ、ギャビーを抱き寄せた。そして体を震わせながら、柔らかでかぐわしいギャビーの首元に顔を埋《うず》めた。「きみは世界のすべてだ。

おれがほしいのは――きみだけだ」

　ギャビーは彼をぎゅっと抱きしめた。ボウイと同じ欲望にとらわれ、激しい抱擁の快感に溺れ、互いにくるおしいほど相手を愛していることを知った。

　ただ、ボウイはウイスキーを飲みすぎたせいでまたよろめいた。

「だめだ、酔っ払ってる」

「さっきからわかっていたわ。寝室に行ったほうがいいわね」ボウイに床に下ろされ、ギャビーは言った。

「どうやっておれを連れていくつもりだったんだ?」ボウイはかすかにほほえみを浮かべた。「肩に担いで運ぶのか?　正しい方向を教えてくれれば一人で歩けるさ。大丈夫だ、転んだりしない」

　実際転ばなかったが、危ないところだった。ギャビーがなんとか寝室に連れていくと、ボウイはため息をついてキングサイズのベッドに仰向けになった。

「まだ寝ちゃだめ。服を脱がすのを手伝って」

　ボウイは片目を開けておもしろそうにギャビーを見た。「いや、無理だ。きみが脱がせてくれ」その声が低くなり、追いつめられて顔を赤くしているギャビーを挑発した。「さあ」

「ぬ……脱がせられないわ」ギャビーはつっかえつっかえ言った。

「どうして？　夫婦だろう？」

ギャビーは彼を見つめた。片手を上げ、左手の薬指に輝くエレガントな指輪を見て笑顔になる。「そうだったわね」

「今朝はおれが脱がせた。昨日の晩もだ」ボウイは顔をしかめた。「それ以外にもたしか一度脱がせたことがあったな」

「もう、じっとしてて」

ギャビーは彼のシャツを脱がせ、次に手こずりながらブーツを脱がせた。けれどもベルトの大きなバックルと、スナップボタン、ファスナーを見ると手が動かなくなり、ただじっとボウイを見下ろした。

「おれの体はもう見ただろう。一糸まとわぬ姿を」

「ええ。でも脱がせるとなると話は別よ……無理だわ」

ボウイは笑って起き上がり、ギャビーを引き寄せて隣に仰向けに寝かせた。「臆病者め。ファスナーを下ろすことの何が大変なんだ？」そしてギャビーの手をとり、恥ずかしそうにおずおずとファスナーを下ろす彼女をおもしろがった。「しらふのとき、別のやり方を教えるよ」ジーンズが床に落ちると、黒い下着一枚でベッドに寝そべった。「いつかきみも恥ずかしがらなくなる。だがその日はそんなに早く来なくてもいい――その様子を楽しみたいから」

「でしょうね」ギャビーは彼をにらんだが、ボウイの顔つきを見てたちまち笑い出した。「ナイトガウンを持って戻ってきたらどうだ?」ボウイはにやりとした。「大丈夫、結婚してるんだ。一晩中おれといっしょに寝てもいいし、そのことを家族にどう思われるか心配しなくてもいい」

「一度見つかったけれど、誰も何も言わなかったわね。それなら、ガウンをとってくることにする」

ボウイはギャビーの変化に驚きながら後ろ姿を見送った――いっそうやさしく、素直になり、怖がらなくなった。ギャビーに痛みを味わわせたことは後悔していたが、最後まで行ったことにうしろめたさはなかった。ギャビーはもう妻だ。おれを愛している。ギャビーがこの腕の中でわずかに味わっただけのエクスタシーを、すぐにも教えたかった。すべてをしのぐ方法で愛を証明したかった。

ボウイの腕の中で心地よく眠っていたギャビーは、電話の音で起こされ、体を硬くした。ボウイは電話に出ようとして、うめき声をあげながら痛む頭を上げた。「モントヤはどこだ？」ボウイは時計をにらんだが、もう九時過ぎだった。「もしもし――どこの誰だって？　ちょっと待ってくれ」

「誰から？」ギャビーは眠そうにたずねた。

ボウイは立ち上がり、引き出しの中からペンと紙を捜した。「もう一度名前と住所を言ってくれ。ああ、そうだ。いや、アギーのことはもういい。帰ってきたんだ。請求書はカサ・リオ宛てに送ってくれ。ああ、感謝するよ」そして電話を切るとベッドにどさりと腰を下ろし、手に持った紙を魅せられたように見つめた。

「それは何？」ギャビーは彼のむき出しの肩に触れた。

ボウイはぼんやりと言った。「あいつはミスター・コートランドじゃなかった。テッド・キングマンっていう名前に聞き覚えは？」

「ええ、もちろんあるわ」昔からロデオのファンだったギャビーは答えた。「鞍《くら》つきの暴れ馬を乗りこなす〝サドル・ブロンコ・ライディング〟では二年連続世界チャンピオンだったし、総合ベストカウボーイ賞も二年連続でとってるわ。有名な賞金王だけれど、それも当然よね。キングマン家といえば、テキサスでも指折りの由緒ある牧畜一族だから」

「その通りだ。ネッド・コートランドは誰だったと思う？」

ギャビーの眉が跳ね上がった。「でもテッド・キングマンは何年も前にロデオを辞めているわ。大会をまわって大金を稼いで、それを競走馬に投資したそうよ。何百万ドルも利益を手にしたあと、それも数年前に辞めて、クォーターホース専門の牧場の仕事に戻ったって聞いたわ。牧畜業に使う馬の訓練について本も書いたとか。……だからあんなにロープ使いがうまくて、馬のことをよく知っていたのね！　早くアギーに教えてあげなきゃ」

ボウイはギャビーの腕をつかんで引き留めた。「だめだ」

「でも、乳搾りをしなくていいのよ――あの人は億万長者なんだから」

「あいつがここに来たのは、アギーが財産狙いの人間じゃないかどうかたしかめるためだ。カサ・リオのアギー・マケイドが、小さな牧場持ちのしがないネッド・コートランドと結婚するかどうか見極めたかったんだ。わからないか？　あいつはジゴロじゃなかった。警戒されてたのはアギーだよ。こんな状況じゃなければ笑い話にするところだ」ボウイは頭を抱えた。「首を突っこんだのが間違いだった。カサ・リオを守ることだけにとらわれて、おれはみんなを不幸にしたんだ」

「どうするつもり？」

「ワイオミングに行ってくる」ボウイは充血した目でほほえんだ。「パパを連れ戻すよ」

「でもアギーは……」

「アギーに知らせちゃだめだ。コートランドは、財産のことを嗅ぎつけたアギーが金目当てで追いかけてきたと思うだろう。アギーにはコートランドが貧乏だと思わせておかないといけない――当面は。モントヤにも何も言うな。アギーに伝わるからな」ボウイは少しよろめきながら立ち上がった。「くそっ、ひどい頭痛だ」

ギャビーも立ち上がり、ボウイに寄り添った。「アスピリンをのむ？」

「二錠にしてくれ。それからブラックコーヒーも」ボウイは淡いブルーのガウンを着たギャビーを見下ろし、少しほほえんだ。「セクシーだ」

「気に入ってくれてよかった。アギーから借りたの。わたしのガウンは地味なのばかりだから」ギャビーは顔を赤らめた。「これなら女らしいと思って」

「どんなに女らしく見えるか、体で示したいところだ」ボウイはため息をついた。「だが時間がない」彼はゆっくりと唇を重ねた。「いいにおいだ」

ギャビーはボウイの手を体に引き寄せ、彼が驚いているのを見て笑った。「わたしはこれが好き」

「おれもだ。だがきみがそういうことをすると、ワイオミングに行けなくなる。それに、おれがしたいことをするには、まだ体がもとに戻ってない」

ギャビーは体を離し、ため息をついた。

ボウイはガウンの肩部分を下ろし、獲物を狙う猛禽《もうきん》のようにほほえみながら、布地をウエストまで押し下げた。

柔らかな場所に飢えたようにキスされ、快楽の記憶がよみがえる。ギャビーはあえいで彼の唇を引き寄せた。二人でベッドに戻ろうと考える間もなく、ボウイに抱き上げられベッドに投げ出される。

ボウイは自分があらわにした宝をゆっくりと満足げに眺めていた。「セクシーだ。ガウンなんかどうでもいい」

ギャビーはため息をつき、心からのほほえみを浮かべて彼を見上げた。「その言葉を覚えておくわ。向こうにはどのくらいいるの？」

ボウイはまだじっと胸を見つめている。「わからない。一晩かな――コートランドがおれを納屋で縛り上げて、部下に撃たせなければ。もしコートランドがアギーの半分でも落ちこんでいたら、おれは撃たれて当然だ」

「撃たれないわ」ギャビーはきっぱりと言った。

「きみがそう言っていたとコートランドに伝えよう」ボウイは官能的にささやいた。「ブラックコーヒーを頼む」そしてギャビーを巧みに引っ張り上げた。「アスピリン二錠も。モントヤに、ワイオミング行きの飛行機をすぐに押さえるよう言ってくれ」

「わかったわ」ギャビーはため息をついた。「あなたが帰るまで、なんとか持ちこたえる」

ボウイはうれしそうに笑った。「驚いたな。初めはあんなふうだったのに」

「初めより、この先のほうに興味があるの」ギャビーはいたずらっぽくそう言うと、愛情を込めてボウイに笑顔を向け、ガウンを着て階下に向かった。

ワイオミングまでの機内でボウイは自分の考えをまとめ、未来の義父にどう話を切り出すか決めようとした。謝罪ではうまくいかないだろう——自分の言ったこと、したことを考えれば当然だ。あのキングマンをジゴロと決めつけたことを思い出し、ボウイは身をすくませた。彼の資産を考えればお笑いぐさだ。カサ・リオは広大だが、キングマンは二つの州と、おそらく海外にも土地を持っている。家畜以外の分野でもすぐれたビジネスマンだ。ボウイは彼の写真を見たことがなかったが、牧畜業者の噂話《うわさばなし》で名前は何度も耳にした。

空港でタクシーに乗りこみ、テッド・キングマンの名前を言うと、住所を告げる前に運転手は駐車場から車を出した。

「キングマンを知ってるんだな」ボウイはさりげなく探りを入れた。

「知らない奴はいませんよ」運転手は笑った。「ミスター・キングマンはまっすぐな人ですね。もちろん嫌ってる者もいます——その気になりゃ頑固な人ですからね。だがみんな尊敬してます。ロデオ大会で二度も優勝してるんですよ。あの人がここを故郷と呼んでることを、みんな自慢に思ってるんです」

「なるほどね」ボウイはシートにもたれ、どうやってキングマンに言葉をかけようか考えた。どこから始めればいいか、まだ何も頭に浮かばなかった。

車は、両側に飾り文字の〝K〟がついたロートアイアンの大きなゲートをくぐり、舗装された長い私道を走っていった。その先の丘の上には、町を見晴らす二階建ての大邸宅が立っていた。石造りで、片翼にカサ・リオを入れてもまだ馬を乗りまわせるぐらいの広さがある。ボウイは、謎めいた客人を誤解していた自分を後悔して笑った。

「念のために十分ほど待っていてくれないか?」彼は運転手に頼んだ。「たたきのめされてドアから出てくることになるかもしれないし、そんな状態でジャクソンまで歩いて帰りたくないんだ」

「いいですよ」運転手はエンジンを切り、帽子を目まで引き下げた。ゆっくり昼寝するつもりらしい。

ボウイは幅の広い階段を上がってドアベルを鳴らした。広々とした玄関ホールにその音が響き、足音が聞こえた。

ドアが開き、中年の女性が出てきた。「はい?」ボウイの顔を見て彼女は目を丸くし、何も言わずにただ見つめ続けた。

たぶん五十歳にはなっているだろう、とボウイは思った。黒髪と黒い目をした痩せた女性で、髪を一つにまとめ、飾りけがなかった。

「ミスター・キングマンに会いたいんですが」ボウイはおずおずと言った。じろじろ見られて落ち着かなかった。

「なんですって? ああ、ごめんなさい」女性はほほえんだ。「ええ、テッドはいますよ。

わたしは妹のアイリーン。どうぞ、ミスター……？」

名乗ったら素性がばれるだろうか？「ボウイ・マケイドです」そう言って女性の顔を見つめた。

険しい顔がいっそう険しくなった。目が細くなり、彼女の兄が一度か二度見せたのと同じ鋭い目つきでじっとこちらを見つめている。「アギーの息子さんね」アイリーンはようやくそう言った。

「母の足元にもおよばない息子ですが、お兄さんが母と同じように悩んでいないといいと思っています。もし悩んでいるなら、おれはここから無事に帰れそうにない」

険しい顔がやわらいだ。「兄の正体を知ったのね。それで考えが変わった？」

「それほどは。だが母が死にそうなほどやつれて、苦労して乳搾りを習ったのを見ると、いてもたってもいられなくて」

アイリーンは顔をしかめた。「なんの話？」

「母はお兄さんの正体を知らないんです。ただワイオミングに小さな牧場を持っていて、二十四時間仕事を手伝う妻が必要だと思っている。でもやり方を知らないから、デル・リオの親戚の家に滞在して教わったんです。で、意気揚々と家に帰ってきたのはいいが、今度は自分の腕前を見せる相手が見つからなかった」

アイリーンはあっけにとられた。「まあ」

「そこでおれがここまでお兄さんに会いに来たんです。カサ・リオまで来て、母の乳搾りを見てくれって頼むために」

アイリーンは笑い出した。失礼と言って別の部屋の入り口に駆けていき、何度も手招きすると、アイリーンを全体的にずっしりさせた感じの年上の女性が出てきて話に耳を澄ませ、驚いたかと思うと笑い出した。

「こちらはジョアン」アイリーンは年上の女性を紹介した。「ジョアン、アギーの息子よ」

ジョアンはため息をつき、ボウイが差し出した手を握った。「アギーがあなたに似てるなら、気の毒なテッドが一日中座って考えこんでいるのも当然ね」

ボウイは気まずい思いで身じろぎした。「アギーは小柄で色黒です。おれは父のほうに似ているから」

「うちはみんな父に似てるの」アイリーンが言った。「母は小柄で金髪だったわ。父は母をあがめてた。わたしを産んだときに母は亡くなって、わたしたちはみんなそれぞれ苦しんだの。でもそれは関係ない話ね。どうぞテッドに会って。あの……生命保険には入っている？」

ボウイは笑った。「大丈夫です。あの人はおれを縛り上げて、部下の射撃練習の的にするかもしれないと妻に言ってあるので、覚悟はできていますよ」

「結婚してるのね、ミスター・マケイド」

「したばかりです。ああ、外にタクシーを待たせています。中で危ない目にあわないかはっきりするまで待っていてくれと頼んだので」

「もう大丈夫だと伝えておくわ。さあ、どうぞ」アイリーンは書斎のドアをノックして開けた。「テッド、お客さまよ」

顔を上げてボウイを見た男の目に炎が燃え上がった。

18

「ひどい顔だな」ボウイはくだけた口調で言った。キングマンをよく見ると、その険しい顔には皺《しわ》が増え、黒髪にはあらたに白いものがまじっている。

「きみのおかげだよ」テッド・キングマンは冷たく言い、立ち上がった。

スラックスと柄物の緑のシルクシャツを着た姿には品があり、まさに成功したビジネスマンといった風貌だ。アギーといっしょにジャマイカからやってきた貧しいカウボーイの面影はまったくなかった。

「ここまで来るとは、いい度胸だ」

ボウイは肩をすくめた。「この数週間、間違いばかりしでかしているせいで、もう度胸が残ってない」彼は一歩も引かなかった。「おれを殴って気がすむなら殴ってくれ」

実際キングマンは殴りたそうに見え、近づいてきたその体は張りつめていた。しかしその一瞬が過ぎると彼は重いため息をつき、酒の並ぶキャビネットの前に立った。「一杯飲むか?」

「いや、けっこう」ボウイは顔をしかめた。「ゆうべ飲みすぎたんだ」

「大酒飲みじゃなかったはずだ」キングマンは疑わしげに目を細め、ブランデーグラスにブランデーを注いでデスクに戻った。「アギーがそう言っていた」

「アギーはおれが結婚前にギャビーに何をしたか知らないからな」ボウイはデスクの正面にある革張りの椅子にゆったりと腰を下ろし、脚を組んだ。

「ギャビーと結婚？　急な話じゃないか」

「その通り」ボウイはぴかぴかに磨き上げたタンレザーのブーツを見つめた。「アギーはデル・リオから帰ったばかりだ」

キングマンは眉を上げた。「テキサスのデル・リオか？」

「向こうにいとこがいるんだ。アギーはそこで牧場の仕事を勉強していた」

「なんだって？」

「牧場の仕事の勉強だ。干し草をまとめたり、乳搾りをしたり、汚れ仕事をしたり」ボウイは皮肉っぽくほほえんだ。「で、あんたを捜すために帰ってきたんだ。自分がどんなに牧場の仕事がうまくなったか見せようとしてね。だがもちろん見つけられなかった。ワイオミングで細々と牧畜業を営むネッド・コートランドを捜していたからだ」

「それで思い出したが、どうやってわたしを見つけた？」

「私立探偵を雇った。それはあんたも予想してただろう？」

「そうだな、わたしがきみの立場ならそうしただろう。わたしを疑ったことを責めてはいない。疑って当然だ」キングマンはため息をついて椅子の背にもたれた。「わたしは妻を亡くして以来九年間、追いかけられる立場だった。きみも知ってる通り、わたしは金持ちだ」キングマンはブランデーグラスを見つめた。「金をかけた服装をしていたわけじゃないが、アギーも何か感じていただろう。だが大事なのは、アギーが本当はどんな女性なのか、どこに住んで、どんな生活をしているのかを知ることだったんだ」

「財産狙いの女と結婚せずにすむように、だな」

キングマンは悲しげにほほえんだ。「そんなところだ。アギーとならやっていけると思っていたが、アギーは最初のテストでつまずいた。一文なしのネッド・コートランドと結婚できるなら、愛があるに違いないとわたしは考えたんだ」キングマンは肩をすくめた。

「だが結果は違った」

「アギーは贅沢《ぜいたく》な生活に慣れてる。あんたが望むような妻になれるかどうか自信がなかったんだ。だが考えを変えたみたいだな。ナッソーの大豪邸をあとにして、デル・リオの厩舎《きゅうしゃ》の掃除をしていたんだから」

キングマンはまだブランデーグラスを見つめていた。「プライドが邪魔してアギーに連絡することができなかった。真実を知って彼女がどう反応するかわからなかったんだ」彼は静かに言い、目を上げた。「わたしの正体を告げたとき、アギーはなんと言っていた?」

「まだ言っていない」

キングマンは椅子に座り直した。「言ってない？　じゃあ、きみがここにいるのも知らないのか？」

「そうだ。アギーは幽霊みたいにカサ・リオをさまよってる。人の言うことも耳に入らず、死人みたいな顔だ。真実を話してもしょうがないとギャビーと二人で話したんだ」

「まさかそんなことになっていたとは」キングマンはボウイを見つめた。「じゃあどうしてここに来た？」

「あんたがカサ・リオに来て、母の乳搾りを見たいんじゃないかと思ったんだ」

キングマンは頭でも殴られたようにボウイを見つめ、ブランデーを飲んだ。「そんなことをして何になる？　アギーはネッド・コートランドには用がないんだ」

「よく考えてほしい。あんたはアギーにチャンスを与えなかった。それはおれも同じだが」キングマンが口を開きそうになったのを見て、ボウイは言った。「求められてもいないし必要でもないところに口をはさんだおれが悪かったんだ」彼はぎこちなく続けた。「親父《おやじ》はおれに無関心で、仕事しか見ていなかった。おれにも、アギーにさえも関心はなかった。親父が死んだあと、アギーはギャビーにすべてを注ぎこんだが、おれにはもう母親は必要ないと考えたらしい」ボウイは苦々しげに笑った。「おれは愛情をたっぷり感じたことがない。アギーがギャビーに向ける目に嫉妬してたんだろうな。そのあとどこからともなくあんたが現れてアギーに目をつけたせいで、その気持ちはよけい強くなった」

キングマンはブランデーを飲み干した。彼は空のグラスをじっと見つめていたが、やがて口を開いた。「九年間、わたしは仕事に慰めを見いだしてきた。そんなときにアギーと出会って、会議にも経理にも、週末まで働く生活にもすっかり興味がなくなったんだ」

「アギーのほうは贅沢な生活に興味をなくしたらしい。でも気になるのは、アギーがすっかりやつれたことだ」ボウイは目をそらした。「絶望のあまりとんでもないことをしでかしそうな気がする」

キングマンの動きが止まった。「どういう意味だね？」

「別に。ただアギーはあんたを見つけられないせいで進む道を見失ってる。生きていてもしょうがないとまで言い出した」これは真実ではなかったが、愛と戦争は手段を問わない。以前から言われていることだ。

キングマンは詰めていた息を吐き出した。「そんなにも思いつめていたとは知らなかったよ。別れたときはほっとしたように見えたから」

「アギーに、おれたちの年代の失恋は苦しいと言われた」ボウイの胸が呼吸に合わせて上下した。「その通りだった。もし今ギャビーを失ったら、自分でも何をしでかすかわからない」

キングマンはしばらくじっとボウイを見つめていた。「一日だけきみといっしょに戻ってもいい。アギーに会う、それだけだ」

「充分だ」ボウイはそう言ってにやりとした。

キングマンは彼をにらんだ。「縁結びはやめてくれ。ちょっと顔を出すだけだ」

「もちろんだよ」

キングマンは電話をかけた。「フランクか？　ナバホをチェックして、離陸準備してくれ。三十分で行く」

「自家用機か。うちにも社用機はあるが、パイロットの操縦が怖いからおれは民間機を使ってる」

「出発前に妹たちに行き先を言っておかないと」

その後キングマンとボウイが玄関から出て階段を下り、ダークブルーのメルセデスに乗りこむのを、キングマンの妹たちは満足げにほほえみながら見送った。

ボウイは彼女たちと同じような顔をするまいとした。まだアギーがしあわせになると決まったわけではない。

カサ・リオではギャビーが、ボウイの情熱が張りめぐらせた官能の蜘蛛《くも》の巣を払いのけながら〈バイオアグ〉の過去を探っていた。調査どころではない気分だったが、これも仕事だ。ボウイの命はこの調査の結果にかかっているかもしれないのだから。

それでも教会に行く時間はとった。ギャビーは胸がいっぱいで、顔からはしあわせがあふれ出ていた。アギーからボウイの行き先を訊《き》かれたが、ギャビーは教えなかった。ただほほえんでアギーを教会に連れていき、しつこい質問をかわした。

そのあと書斎でテキサス州キャラハンの地方検事に電話してみると、在宅だった。簡単に自己紹介し、連絡した理由を告げて、本題に入った。

「〈バイオアグ〉という企業がこちらで事業を始めようとしています。マスコミ用資料しかなく、説明にも穴があって、本当の姿が見えてきません。あなたならこの企業のことを何かご存じじゃないかと思ったんです。たしか二、三年前にそちらでこの企業が事業を立ち上げたはずなんですが」

少し間があった。「〈バイオアグ〉？　すまないが、わたしの記憶にあるのはそういう社名じゃなかったな。このあたりで家畜の農薬中毒について何件か告訴したことはあったが……」

「相手は〈バイオアグ〉じゃなかったんですね？」

「ああ、そうだ。そういう名前は忘れないものだよ」

ギャビーはため息をついた。自信があったのに。「そうですか、お忙しいところ失礼しました」ギャビーは言葉を止めた。「すみません、その会社の責任者の名前は覚えていませんか？　サミュエルズとか、ローガンとか」

「サミュエルズ？　サミュエルズか……」また長い沈黙があり、ギャビーは息を詰めて待った。「ああ、あの男はサミュエルズという名だった。会社の名前は〈コットン・ウエスト〉。地下水に染みこんだ農薬のせいで家畜を失った牧場主が集団訴訟を起こしたんだ。わたしはそのとき検事だった。〈コットン・ウエスト〉は罰金をくらったよ。だがわたしの覚えているかぎりではあの会社は破産宣告を受けて、牧場主たちは一セントももらえなかった。ああ、そうだ、間違いない」

「ミスター・ジェイムズ、そのお話を記事にしてもかまいませんか？」

「それなら裁判記録を送るよ。送り先を教えてくれ」

「ありがとうございます！　うちの記者がそちらまでとりに行きます」

「そうか。空港から電話してくれれば、喜んで車を手配しよう。環境汚染の張本人が野放しになってるのは腹立たしいことだ。ぜひ協力させてくれ。こっちには取材に応じてくれる環境保護の活動家もいる」

ギャビーは自分の幸運が信じられなかった。ようやく具体的な手がかりが見つかった！その場で踊り出したいぐらいだ。編集長のボブに連絡すると、今日の午後さっそくハービーを現地に向かわせて、月曜の朝に役所が開くまで待機させるとのことだった。ギャビーは達成感を覚えながら電話を切った。ボウイが聞いたら喜ぶに違いない。話す暇があれば、だけれど。もしボウイがキングマンを連れてきたら、大騒ぎになって話す時間は五分もとれないだろう。どうかアギーとその恋人のためにすべてがうまくいきますように。ギャビーは、アギーにもしあわせになってほしかった。

ボウイは、テッド・キングマンの隣の副操縦士席に大きな体を押しこめ、ヘッドフォンをつけた。キングマンが飛行前のチェックリストを確認するのを眺め、自分でも燃料タンクをチェックし機体を確認した。

キングマンはクリップボードから目を上げ、顔をしかめた。「何をしてるんだ?」

「ダブルチェックだ。念のために」

「わたしはきみが子どもの頃から飛んでる」そっけない言葉が返ってきた。

ボウイはじっと彼を見返した。「おれも免許を持っているし、飛ばせるんだ」

キングマンは目を丸くした。「それなのに民間の飛行機に乗るのか?」

「操縦が怖いパイロットっていうのは自分のことだよ」ボウイはひっそりとほほえんだ。

「離陸も飛行もできるが、着陸となるとひどくてね。どうしても横風着陸のコツがつかめない」

キングマンは低く笑った。「それなら手を貸せるかもしれないな。わたしも同じ経験をしたことがあるから」

二人はコックピットに乗りこみ、間もなく飛び立った。

キングマンはボウイを見やった。「例の水戦争はどうなってる？」

ボウイは、銃撃と集会のことをぼかして今の状況を説明したが、キングマンは鋭かった。言葉ではあまり語らなかったが、その顔つきが多くを物語っていた。

「ギャビーはカサ・リオの自分の持ち分をどうするつもりなんだね？」

ボウイはため息をついた。「売るだろうな。だが責められない。おれが歴史にこだわるのと同じぐらい、ギャビーは町の発展にこだわっているから」

「少しばかり働き口が増えたって、地下水がだめになったらおしまいだ。ギャビーは間違っているよ――手遅れにならないうちにそれがわかるといいんだが」

キングマンが自分に味方してくれたことに、ボウイは妙に感動した。肩を持ってくれるとは思わなかったからだ。「どうしてロデオを辞めたんだ？」ボウイは唐突にたずねた。

操縦桿《そうじゆうかん》を握るキングマンの手に力が入った。「暴れ馬を鞍《くら》なしで乗りこなそうとしたとき、手にロープが食いこんで、ひどく怪我《けが》をしてね。傷は治ったが、もうチャンピオンとしての手さばきを見せることはできなくなった」

「あんたがメキシコ人の子どもを暴れ馬から助けたときに、気がついて当然だった」

「気がつかなくてよかったよ。アギーに素のままのわたしを見せるのが大事だったから」

「ケチャップまみれでパンの間にはさまってたって、アギーはあんたを選ぶだろう」

キングマンは笑った。「どうかな」

ツーソン空港に着陸したあと、二人はボウイの車で牧場に向かった。カサ・リオが近づくにつれ、キングマンの口数は少なくなり、煙草《たばこ》が増えた。車が私道に入る頃にはキングマンは緊張し切っていた。

ボウイは不安そうな彼を見て笑いたくなるのをこらえた。これが愛でなければなんなのか、ボウイにはわからなかった。

先に家に入ったが、誰もいない。ダイニングルームをのぞいてみると、モントヤが食事の用意をしていた。

「アギーはどこだ?」

「リビングルームです。ギャビーはついさっき二階に行きましたよ」

ボウイは玄関からキングマンを手招きして中に入れ、先に立ってリビングルームに向かった。

アギーはソファに座ってニュースを観《み》ていたが、疲れた顔はなんの興味も示していなかった。

「ただいま」ボウイは声をかけた。

アギーはボウイを見やった。「おかえり。どこに行ってたの?」

「ちょっと飛びまわってた。で、何を見つけたと思う?」

ボウイは一歩脇によけ、テッド・キングマンを中に入らせた。

気丈なアリゾナ女であるアギーは気絶したりはしなかったものの、よろめく足で立ち上がり、緊張気味に口を開いた。「ネッド?」

「ボウイから、農場の仕事ができるようになったと聞いたよ」キングマンはあっさり答えた。「きみの乳搾りを見に来るように誘われたんだ」

アギーは息をのみ、目を愛でやさしくうるませて、むさぼるように彼の顔を見つめた。

「喜んで見せるわ」そしてほほえもうとした。「元気だった?」

「みじめだったよ。きみは?」

「わたしも同じよ。それにさびしかった」アギーの声がひび割れた。

こらえていた感情がキングマンの顔からあふれた。「アギー、わたしがどんな思いをしたと思う?」彼は噛《か》みしめるように言った。「おいで」

キングマンが腕を差し伸べると、アギーはその中に飛びこんだ。彼はアギーを半分抱き上げるようにして一瞬その目を見つめ、キスした。その抱擁を見れば、彼女は自分のものだと主張しているのが誰にでもわかっただろう。アギーがうめくと、キングマンは何かつぶやいてさらに体を引き寄せた。

ボウイはそっと部屋を出てドアを閉めた。振り向くとギャビーが階段を下りてきた。

「ミスター・コートランド?」彼女は閉まっているドアを示して言った。

ボウイはにやりとした。「ミスター・キングマンだ」そして彼女に近づいた。「さびしかったか？」

「ええ、とても」ギャビーは階段を下り切って彼の腕に飛びこみ、やさしくキスした。「撃たれなかったのね」

「最初は撃たれそうだった。コーヒーを飲みながら話すよ」ボウイは閉めたドアの前を通り過ぎながらそちらを見やり、もれてくるかすかな音を聞いてにやりとした。「アギーを年寄りだなんて思ったのは間違いだったな」

ギャビーはまだこういう冗談に慣れておらず、顔を赤くした。ボウイの手を抱くようにしていっしょにダイニングルームに入る。

「エレナと二人で、遅いランチを用意しました」ボウイがコーヒーを頼むと、モントヤは答えた。「タコサラダを持ってきますよ。何があったんです？」

ボウイは無言で彼を見つめた。

「もったいぶらないでください！」モントヤは何が起きているのか知りたいあまり地団駄を踏みそうに見えた。

「もったいぶるって、何をだ？」ボウイは素知らぬ顔で答えた。

「あの二人、何をしてるんです？」

「鍵穴からのぞけばわかる」

モントヤはボウイをにらんだ。「教えてくれないなら、エレナにあなたのシーツを糊《のり》づけするように言いますよ」

「わかったよ。ミスター・キングマンもアギーも、互いに会いたくてたまらなかったんだ」ボウイはギャビーの隣に座った。「キングマンはアギーにキスして、アギーもキスを返した。それから何をしているかは、選択肢が三つある」

モントヤはにやりとした。「サラダをとってきます」

「説得は大変だった？」やさしくボウイを見つめながら、ギャビーはたずねた。

「最初はそう思えた。だがキングマンはアギーのことしか頭になかったんだ。アギーが自殺しそうに落ちこんでいると言っただけで、それ以上何もする必要はなかったよ」ボウイはいたずらっぽく言った。

「自殺ですって？　アギーに撃ち殺されるわよ！」

「今は手が離せない」ボウイは皮肉っぽくリビングルームのほうに目をやった。「キングマンが意固地になりかけていたから、状況がせっぱつまってることをわからせたかったんだ」

「最初は彼を追い払おうとしたのにね」

ボウイはギャビーの手をとって口元に運んだ。「あのときは二人の気持ちがわかっていなかった」その目が輝いた。「今はよくわかるよ」

ボウイに握られてギャビーの手は震えた。昔の恐怖はなくなったけれど、こんなふうにボウイに見つめられるのにまだ慣れていなかった。一つだけ残っているハードルも、以前のように恐ろしいものではなくなった。

ギャビーが口を開こうとすると、ドアが開く音がして、髪を乱し息を切らした二人が手をつないでダイニングルームに入ってきた。

「お腹がぺこぺこだわ」アギーは恥ずかしげにテッド・キングマンを見やった。「ランチは何？」

「そんなことはどうでもいいんじゃないか？」ボウイはにやりとした。「今は段ボールを出されたって気づかずに食べるさ」

「やめて」アギーは気まずそうに言った。

二人は隣り合って座り、恥ずかしげに視線を交わしている。ギャビーとボウイはそれを見ながら脇役を楽しんだ。

モントヤが笑顔でタコサラダの大皿とチリコンカンの大きなボウルを持ってきた。「また会えてうれしいですよ、シニョール・コートランド」

キングマンはもぞもぞと身じろぎしてアギーを見やった。「じつはコートランドはミドルネームなんだ」

「そうなの？」

「ファーストネームはエドワードだが、いつもテッドで通ってる。生まれはテキサスのキングマン家だよ」

　アギーはまばたき一つしなかったが、キングマンを見るその顔はゆっくりと赤くなった。

「サンアントニオ近くのキングマン家？」

　キングマンはうなずいた。「まさしく」

　アギーは動かなかった。「わたしは厩舎を掃除して、干し草をまとめて、牛の乳搾りをして、水を運んだのよ……あなたが牧場で働いてほしいと言ったから」その目に炎が揺らめいた。「あなたが持ってるのは小さな牧場どころか巨大な帝国だわ！」アギーは立ち上がり、キングマンをにらんだ。「わたしが財産目当てだと思ったのね。だからわざと迷子になったと……信じられない！」

「アギー、聞いてくれ」キングマンが口を開いた。「きみは誤解してる」

「ええ、そうよ、誤解していた」アギーの声は怒りで震えていた。「ここまで来たのは、わたしの住んでいる場所を見て家族と会って、自分にふさわしい相手かどうかたしかめるためだったのね」その目から涙があふれ出した。「わざわざ戻ってきて本音を教えてくれてありがとう。さっさと自分の家畜のもとに戻って、わたしのことは放っておいて！　あなたなんか顔も見たくもない！」

「さっきリビングルームにいたときは、そんなことは思ってもいなかったじゃないか」キングマンの目も光っていた。

「その通りだ」ボウイはのんびりとギャビーに言った。「アギーはキスでキングマンを殺す気かと思ったよ」

「やめて！」アギーが声を荒らげた。

ボウイはキングマンを振り返った。「アギーはずっとろくに食事もせず、家の中をとぼとぼ歩きまわってた。あんたを嫌ってるとはとても思えない様子だったよ」

「いったいどっちの味方なの？」アギーは息子に詰め寄った。

「そっちだ」ボウイがキングマンのほうにうなずいてみせると、キングマンは眉を上げた。

「アギー、おれたち男は協力し合わなきゃいけない」

「あなたが連れてきたんだから、あなたが連れ帰って。財産目当てなんて……わたしをそんな女だと思ったなんて！」そう言うとアギーは背を向けて部屋を出ていった。

「のんびり座ってないで、追いかけたらどうだ？」ボウイはキングマンを横目で見た。

「そんなことはしない」キングマンはそっけなく答えた。「アギーがそうしたいなら、それでかまわない」

「あきらめるためにわざわざここまで来たわけじゃないだろう？」

「いいんだ」キングマンは怒りと悲しみで顔をこわばらせて立ち上がった。「アギーの言ったことを聞いただろう。家に帰してほしい」

ボウイはむっとしてため息をついた。「とんだ継父《ままちち》が来たもんだな。取り乱した母親をおれに押しつけるとは」

　キングマンは笑いを噛み殺した。「気にしないでくれ。わたしは父親になるには年をとりすぎている」

「いっしょに野球観戦に行ってもいいぞ。アクロバット飛行を見に行くのもいい」ボウイは考えこむように顔をしかめた。「それに、投げ縄のテクニックを磨きたいと思っていたんだ。どうしてもコツがつかめない」

「もうやめてくれ」

　ボウイは肩をすくめた。「わかったよ。あんたがそうしたいならかまわない。行こう。空港まで送っていく」

「さよなら、ギャビー」キングマンが気まずそうに言った。

「さようなら、ミスター・キングマン。これが最後にならないといいんだけれど」

「アギーしだいだ」キングマンは冷たく返した。

「アギーが望んでいるのは、あんたが追いかけてきて死ぬほどキスして、金目当てなんて思っていないと宣言することだ」ボウイが言った。「だが、あんたのような年齢の男には無理な注文だろうな。アギーはまだ五十六で、スペイン音楽が好きなんだ――すごく情熱的なやつが」玄関に向かって歩きながら、ボウイは隣の男のこわばった顔に目をやった。

「あんたの手に負える女じゃない」

「くそっ！」キングマンが叫んだ。そしてくるりと振り返ると、リビングルームに入っていった。

中ではアギーがソファに倒れこんで泣いていた。

「アギー、言いたいことがある」キングマンは棘々《とげとげ》しい声で言うと、ドアをばたんと閉めた。

くぐもった怒りの声が聞こえ、何かが床にぶつかる音がした。そのあと別のくぐもった音がして、沈黙が訪れた。ボウイはにやりとしてダイニングルームに戻った。

「悪い人」ギャビーは目をきらめかせて言った。「わざと挑発したのね」

「亡くした父をのぞけば、あいつはいちばん父親らしい男だ。それに、例の農業プロジェクトの件ではおれと同じ意見を持っている」彼はギャビーを見やった。「妻でさえ賛成してくれないのに」

ギャビーは彼の手に触れた。「言い争いはやめましょう。その件についてあとで話すことがたくさんあるの。いい？」

ボウイは重いため息をついてギャビーの隣に腰を下ろした。「わかった」しぶしぶなのがはっきりわかる口調だ。「さあ、サラダとワカモレを食べよう」

しばらくすると、アギーとキングマンがリビングルームから出てきた。二人が仲直りしたのは誰の目にもあきらかだった。二人はまた婚約し、アギーは来週結婚式を考えていると皆に告げた。ボウイはまばたき一つしなかったが、キングマンに向かってウインクしてみせた。

ギャビーは自分の寝室でボウイが来るのをどきどきしながら待っていた。自分から彼の寝室に行くことはさすがにできなかった――結婚したばかりで、まだ夫婦としての実感がわかない。誘うような言い方はほとんどしていないものの、ボウイがブランデーを飲みすぎた昨夜以来、二人の間には心地よい空気が流れていた。また愛し合うのは体が少しつらかったが、ボウイがいっしょに眠りたがるかもしれないという期待があった。

しかし彼は来なかった。ギャビーは明かりをつけて目を覚ましたまま、二人の間の冷たい壁が消えていることを心から願った。

キングマンは、私物をとって仕事を人にまかせるためにいったんワイオミングに帰った。また戻ってきて、結婚式前のひとときをアギーと過ごすらしい。結婚式には彼の妹たちも出席する予定だ。ところがキングマンを空港まで送っていったボウイはすぐに帰宅しなかった。マクヘイニーの息子の銃撃事件があっただけに、ギャビーもアギーも気が気ではなかった。二人が心配して歩きまわっているところへ、夜の九時になってようやくボウイが帰ってきた。

ボウイはギャビーにはほとんど話しかけず、アギーと短い言葉を交わした。寝る時間になるとボウイは失礼すると言って書斎に入り、しっかりとドアを閉めた。

アギーはギャビーと話そうとしたが、ギャビーは突然の結婚と、いつもと違うボウイの様子にショックがまだおさまらず、もう眠いからという理由をつけて自分の寝室に行った。

真夜中になってようやく足音が聞こえ、ギャビーはベッドに起き上がって上掛けを整え、ほつれ毛が出ないよう長い髪を撫《な》でつけた。ガウンは白だ——ボウイが出かけている間にアギーに頼みこんで譲ってもらった露出の多いものだった。セクシーで美しく、これを着るととても女性らしい気分になる。

重い足音がドアの前まで来て止まったのがわかった。しかしすぐにまた足音はボウイの部屋に向かい始め、ドアがばたんと閉まった。

ギャビーは一瞬、彼の部屋に飛びこんで何をしていたのか問いただそうかと思ったが、そんな勇気はなかった。ギャビーは明かりを消して横たわった。何かしでかした覚えはない——そのとき、ボウイに〈バイオアグ〉の件でなじられたことを思い出した。ボウイはこちらがカサ・リオの持ち分をあの会社に売ると思いこみ、怒っているのだ。ギャビーは売るつもりはなかった。自分はボウイの味方だ。わたしが裏切るかもしれないと思っているなら、彼は何もわかっていない。

ギャビーは寝返りを打って上掛けを頭からかぶった。まったく、男性というものは本当に女のことを理解しようとしない。ボウイもすぐには解けそうにないパズルと同じだけれど。

廊下の先ではボウイ自身も目を覚ましたまま横たわり、どうしてギャビーは自分の部屋に行ってしまったのかと考えていた。今夜はずっと情熱を抑えようとしていた。ギャビーを愛しているし、求めている。しかし彼女は、甘い数回のキスだけで燃え上がるものに耐えられる状態ではない。ギャビーの体調をいちばんに考えなくてはいけない。だから遅くまで仕事して誘惑から自分を遠ざけ、同じ理由で書斎にこもった。ギャビーを思うあまりに自分の快楽をあとまわしにしたのだ。ギャビーが自分の部屋で寝ることにしたのは、それがわかっているからだろう。

ボウイはそっとほほえんだ。ギャビーは本当に思いやりにあふれている。満足のため息をついて目を閉じた。この二日、やれることをやって本当によかった。新しい父と妻ができたし、あとはギャビーに愛し合うことがどんなにすばらしいかを教えるだけだ。ギャビーの恐怖は少しずつ取り去ってきたから、もう恐れは残っていない。体がもとに戻ったら、その恐怖がどれほど事実無根のものだったか教えよう。

そう考えたのを最後にボウイは眠りに落ちた。

19

ハービーはもうデスクにいて資料を広げ、ボブ・チャーマーズがその上にかがみこんで内容をたしかめていた。

「何かわかった？」ギャビーもそこに加わり、息を切らして言った。

「騒ぎを起こすのに充分なものがわかったよ」ハービーは静かに言った。「見てくれ」

ギャビーはボブの肩越しに、〈バイオアグ〉の二件の訴訟をまとめたメモを読んだ。危険な農薬を不注意に使用したせいで地下水が汚染され、家畜が死んだ件で訴えられている。〈コットン・ウエスト〉は、汚染の出ない排水方法はよけいな金がかかるとして拒絶した。同じくテキサスでもう一つ、政府の補助金を手に入れるために意図的に土地を確保した件で、係争中の訴訟があった。

「これを記事で証明できるか？」ボブはハービーにたずねた。

「もちろんだ。訴訟は公文書があるからね。とはいえ」ハービーはにやりと笑った。「名前を聞いたこともない小さな町の公文書だが」

「フェニックスにいるきみの友だちから電話があったよ。ジョニー・ブレイクだ」ボブはギャビーに言った。「例のミスター・サミュエルズって奴《やつ》は、土地を使って金を生み出すって噂《うわさ》があるらしい。いくつか情報源を教えてくれて、きみが集めた情報がほしいとも言われた。あいつからきみを奪った立場としては、せめてそれぐらいの恩返しはしないとな——もちろん記事にするのはこっちが先だが」ボブはいたずらっぽく笑った。

ギャビーはため息をついた。最初からボウイが正しかったのだ。彼の直感はあたっていて、自分の直感は間違っていた。ラシターの失業者に働き口を与えるなんていうおめでたい理屈はこれで成り立たなくなった。

「ミスター・バリー、ミスター・ローガン、ミスター・サミュエルズの三人にこちらの意図を伝えて、反論のチャンスを与えたほうがいいかしら？」

「いいね」ボブはにやりとした。「だが急いでくれ。ハービーと二人でいっしょに進めて、今日中に仕上げたいんだ。次の一面はすごいことになるぞ」そしてギャビーに残念そうにほほえんだ。「わたしはこれからきみの義兄をたたえる社説を書かないとな」

「夫よ」ギャビーは結婚指輪をした左手を差し出し、顔を赤らめて言った。「土曜にメキシコに行ってきたの」

「すごいじゃないか！　撮影に呼んでくれればよかったのに」

ギャビーは少し顔をしかめた。「通信社のカメラマンがいて、その人がたくさん撮ってくれたから、どこかに載るでしょうね」ケンタッキーであの写真が拡散する可能性を考えるとギャビーは不安だった。

ハービーが突然立ち上がった。「さっそく〈バイオアグ〉の奴らに連絡してみよう。ボブ、ちょっと質問がある。ああそれから――ギャビー、おめでとう」彼は温かい笑顔で言った。

ギャビーは自分のオフィスに入り、一人になれたのをありがたく思った。こちらの動揺に気づいてハービーが割って入ってくれたのが不思議だった。ハービーはわたしの過去をどれぐらいつかんだのだろう。そう考えてからギャビーは思い直した。ボウイが調べてもわからなかったのなら、ハービーだってわからないはずだ。

わたしはボウイを愛している――それは否定しようのない事実だ。でも、もし過去が明るみに出たらどうすればいい？　ボウイにすべてを打ち明けることはできない――ケンタッキーでのあの夜、本当は何があったのか。もしボウイが口をすべらせ、他人に知られてしまったら、ひどいスキャンダルになってマケイド家も無事ではすまない。キングマンとアギーまで巻きこんでしまうかもしれない。キングマンは資産家であるだけに、いっそうひどい噂がたつだろう。

ギャビーは顔から血の気が引くのを感じた。いったいどうすればいい？

「仕事にとりかかったほうがいいぞ」ハービーがドアの中をのぞきこんで言った。「時間がない」

「ええ、そうよね」ギャビーはほほえんだ。「ありがとう」

ハービーはギャビーが何に感謝しているかわかったようで、ただほほえみ返して言った。

「いいさ」

彼が行ってしまうとギャビーは電話をかけ始めた。

ミスター・バリーは驚いていた。ミスター・ローガンは、彼の関与についての記事を読み上げると怒鳴りちらした。しかしロサンゼルスのミスター・サミュエルズに連絡をとると、彼は驚くほど平然としていた。

「人間、勝つことも負けることもある」ミスター・サミュエルズはのんびりと言った。

「我々は地元経済に影響を与えるし、本当ならたくさんの働き口を用意できたはずなんだ」

「土地も地下水もひどく荒らされるみたいですが」

「ささいなことだ。我々はそんなことは心配してない。土地を利用し、利益を上げたら、さらに土地を手に入れる。大規模なビジネスだよ、ミス・ケイン。町の発展と環境保護のどちらをとるか、決めるのは地元の人々だ」

「ええ、それはわかります」ギャビーは静かに言った。「でも、会社が与えた損害のことを本当になんとも思ってないんですか？」

「もちろん気にかけている。だが気にしすぎる余裕はない――こういう時代だからね。大きな会社は土壌を守るためにいろいろ手を打っている。高価な排水設備を入れたり、塩化作用を防ぐために薬品を使ったり。だがうちにはそこまで金をかける余裕はないんだ」

「対策にお金がかかるのはわかりますが、そのおかげで土地を何度も使えるようになるんです。あなたの会社では綿花をおもに栽培していますが、綿花はあっという間に土地をだめにしてしまうんですよ」

「その通り。だが金になる。ほかのものを育てるより経済的だ」ミスター・サミュエルズはため息をついた。「きみは優秀な記者のようだね。ラシターは理想的な土地だった。だがもっと水の利がいい肥えた土地はほかにもあるし、それを見つけるつもりだよ。では」

ギャビーは電話を切ったが、その不吉な言葉は頭にこびりついて離れなかった。

「問題は、彼は彼なりに正しいということよ」あとでギャビーはハービーに語った。「感情だけでビジネスは動かせないわ。でもボウイも正しかった——歴史も環境も、一度なくなったらもとには戻らない」ギャビーは頭を抱えた。「ああ、記者なんかになるんじゃなかったわ。物事の一面だけ見ていればよかったときのほうがずっと楽だった」

「言いたいことはわかるよ」ハービーが答えた。「だが少なくともおれたちは客観的だ。そうじゃない記者だって大勢知ってる。自分たちの視点に合わせてニュースをわざとゆがめるんだ」彼は首を振った。「最近マスコミがよく攻撃されるのも当然さ。名誉が重んじられたのは昔の話だ」

「この記事にわたしの署名が入るのは公平じゃない気がする。取材したのはほとんどあなただもの」

「それは違う。土壌や地下水の汚染の話はきみが持ってきたネタだ。ちゃんとした質問ができるようになるまで、おれはかなり勉強しなきゃいけなかった」彼の大きな顔が少し赤くなった。「自力で嗅ぎつけられなかったのが恥ずかしいよ――〈バイオアグ〉の名前を聞いて正しいと信じこんでいた。ちゃんとした記者なら物事を額面通りには受け取らない。きみは記事の根回しをしてくれた――おれはただそれを利用しただけだ」

ギャビーは彼にほほえんだ。「ハービー、わたしにはあなたみたいな情報源はないし、豊富な経験もない。お互いさまよ。でも協力できてよかった」

ハービーは咳払《せきばら》いした。「きみといっしょに働くのは好きだ」彼の顔がいっそう赤くなった。「話は変わるが、きみの過去を掘り返すのはやめたよ。人は誰でも秘密があるもんだ。きみの秘密を暴き立てるつもりはもうない」

「ありがとう、ハービー」

ハービーは黙ってうなずき、去っていった。

彼は真実を知ったのだろうか。どうかそうではありませんようにとギャビーは祈った。

その日はあっという間に時間が経《た》ったが、ギャビーもハービーも締め切りに間に合わせることができた。遅くまで残って二人で校正していたせいで、ギャビーがカサ・リオに着いたとき、あたりはほとんど暗くなっていた。

ボウイはフロントポーチで歩きまわりながらギャビーの帰りを待っていた。彼の険しい顔を見てさえも、ギャビーの心は浮き立った。

「いったいどこに行ってたんだ?」ボウイの黒い目が光った。「もう暗くなっているじゃないか。きみが〈バイオアグ〉の大ファンなのは知ってるが、このあたりにはそうじゃない奴もいる。きみが誰かに撃たれるのは困るんだ」

ギャビーは目を上げた。自分とハービーがやりとおしたことをもう少しで話しそうになったが、からかうようなボウイの口調にプライドが傷ついた。ギャビーは髪をかき上げた。

「誰も撃たないわ。ミスター・キングマンは戻ってきた?」

「戻るのは明日以降だ」ボウイはそっけなく答えた。「話題を変えないでくれ。とにかく夜になってからこのあたりを車でうろつくのはやめてほしい」

「夜じゃないし、撃たれたことなら前にもあるわ」

ボウイは歯を食いしばった。「言われなくても覚えているさ」彼は両手を振り上げた。

「小さな新聞社で働けば危険な目にあわなくてすむと思ったのに」

ギャビーは眉を上げた。「最初に蜂の巣をつついたのはわたしじゃないわ」

「だが火をあおったのはきみだ」ボウイの視線は揺らがなかった。「環境も土地もどうでもいい、仕事さえたっぷりあれば、とな」

「よく言うわ」ギャビーは腰に両手を置いて言い返した。「あなたは建設会社の社長でしょう？　これまでいったい何本の木を切り倒したの？　あなたのせいでどれだけの鳥やリスが家なしになったと思う？」

「木を切らなきゃいけないときもあるさ！」

「二人とも、声を抑えてくれない？」アギーが玄関のドアにもたれて顔をしかめた。「モントヤとエレナがストライキするって脅してるわ」

「そりゃいい」ボウイがぶつぶつ言った。

「ボウイ、テッドを連れ戻してくれたことのお礼を言っていなかったわね」アギーはいらだっている息子を見上げた。

「痩せ細って消えてしまうのをただ見てるわけにもいかなかったからな。キングマンも同じぐらいやつれていたが、プライドのせいでワイオミングから動けなかったらしい」

アギーは息子を見つめた。「じゃあ、どうやってここまで引っ張ってきたの？」

「ああ、おれを野球に連れていってくれと頼んだんだ」ボウイは肩をすくめた。「それがきいたんだろう」

アギーはうれしそうに笑った。「まさか！」

「それから投げ縄を教えてくれと頼んだ。キングマンが、子牛を相手にする投げ縄競技で二年連続世界一になったのは知ってるだろう?」

アギーは目を丸くした。「そうなの? キングマンは有名人だけど、わたしはロデオ大会のことはあまりよく知らないから」

「二年連続で総合優勝しているのよ」ギャビーが口を開いた。

「あなたは彼を嫌ってると思ってたわ」アギーはボウイの険しい顔を見つめながらつぶやいた。

「新しい父親だと思うのがいやだったんだ」ボウイはやさしく答えた。「だがキングマンの言葉で、母さんはまだ老人ってわけじゃないってことに気づいた。人は何歳だって恋に落ちるものだ」

アギーはやさしくほほえんだ。「ええ、そうよ。予想もしていなかったわ――まさかこんなふうになるなんて」そしてため息をついた。「でもあの人さえいれば、ほかには何もいらないの」

「キングマンもそう思ってる。キングマンの妹たちは、兄のせいで頭がおかしくなりそうだったと言っていたよ。家を出るのを見てほっとしたんじゃないか」ボウイは笑った。

「どんな人たちだった?」アギーはおずおずとたずねた。

「キングマンそっくりだが、もっと笑顔が多い。きっと好きになるよ。おれは好きだ」

アギーはほっとした様子だった。「これ以上家族でもめたらどうしようと思っていたの。

もちろんもう彼を手放すつもりはないけど、わたしはそこまで強くないから」

「結婚式は？」ボウイが訊《き》いた。

「すぐに挙げるつもり」アギーはボウイとギャビーを見やった。「ダブル挙式にするのはどうかしら？　わたしたち、バプテスト教会で牧師に立ち会ってもらうつもりよ。メキシコでの結婚式は気が向かないの」

「おれもだ」意外にもボウイはそう答え、ギャビーを見やった。「永遠の誓いをたてるほうがいい」

その静かな目からギャビーは目を離せなかった。あふれる感情に体が震える。「ええ、わたしもよ」

「それなら血液検査をして、また許可証をとって、ちゃんとやり直そう」ボウイはギャビーを見つめたまま言った。「いいな？」

「ええ」ギャビーはかすれ声で答えた。

三人は中に入り、リラックスした雰囲気の中で夕食を共にした。しかしボウイの目は、ギャビーの体が思わず震えてしまうような何かを物語っていた。ギャビーは夜が待ち切れなかったが、食べ終わると同時にボウイに電話があり、彼はその後書斎に閉じこもってしまった。

ギャビーはアギーと式の衣装や将来の計画について話したあと、おやすみの挨拶をして、ゆっくりシャワーを浴びることにした。

疲れた肩にあたるお湯の感覚を味わっていたとき、かすかに物音が聞こえ、たくましい手にウエストをつかまれて、むき出しの男らしい体に引き寄せられた。

ギャビーは息をのんだ。「ボウイ！」

「おれが水源の保護に熱心なのは知っているはずだ」笑いのあふれる深い声がギャビーの耳元でささやいた。「こうすれば水を節約できる」

彼の手が体を這《は》い上がるのを感じて、ギャビーはギターの弦のように震えた。二人とも泡に包まれており、シルクのようななめらかな石鹸《せっけん》が肌をすべる感覚はとても刺激的だった。ギャビーがうしろにもたれて体重をあずけると、ボウイは張りつめた胸から腿へとやさしく石鹸を塗り広げた。記憶にあるのと同じように、その手は魔法を生み出していく。一度味わったすばらしい快感がはじけるのを感じ、ギャビーはうめき声をあげた。

「ずっとこうしたかった」ボウイはそう言ってギャビーを自分のほうに向かせた。シャワー室は広く、片側には大きなタイル張りの壁がある。ボウイは彼女をその壁にそっと押しつけ、滑り止めのフロアマットにしっかりと足をついた。そして頭を下げ、柔らかな唇を捜し出して自分のものにした。

彼の体毛が胸やお腹や腿にあたってこすれる感覚はすばらしかった。ギャビーはボウイに腕をまわし、激しく抱きしめた。

ボウイの唇が刺激的に動き、じらしては引き寄せ、中に入り、味わい、噛《か》んだ。ギャビーの体は、これまで経験したことがないほどどうしようもなく反応した。腰が浮き、誘うように彼の体に押しつけられるのをギャビーは止められなかった。

「オーケー、ハニー」ボウイは願いを聞き取ったかのようにささやいた。腰が少しずれ、膝が脚を割って中に入り、体が動いた。

ギャビーの小さな叫びはボウイの唇に封じられた。自分の体がやすやすと、まるでベルベットのようにボウイを受け入れるのがわかる。この前感じたような不快感はまったくなかった。ボウイがゆっくりとやさしく動くたびに快感が高まっていく。背中にあたるタイルの冷たさも、シャワーの音も気にならなかった。水を止めなければいけないのはわかっていたが、ボウイが与えてくれる快感で理性はどんどん曇っていった。

ギャビーは彼の肩に指を食いこませた。本能に導かれるように手で背中を撫《な》で下ろして腰を押さえ、畏怖に似た思いでその動きを感じ取った。初めてのときはこうではなかった――快感よりも痛みが勝っていた。今、体を貫く快感は息を奪い、鼓動を速め、筋肉をこわばらせている。ギャビーは張りつめた体に耐え切れなくなってきた。

そしてギャビーの唇から声がもれた――ボウイが体を動かしたとき、甘い苦しみがにじむ叫びが思わず出てしまった。

「ここだな?」ボウイの声も張りつめていた。

「ええ」ギャビーはそれしか言えなかった。

ボウイはギャビーの頭の両脇に手をつき、唇でゆっくりとやさしく唇をふさいだ。その間も二人の間の熱はどんどん高まっていく。ギャビーの唇が彼の胸へとすべり下り、情熱に浮かされて噛んだ。歯がやさしく筋肉をついばむ。

ボウイがふいにうめくのが聞こえ、ギャビーには理解できない切迫感をあふれさせた。腰を突き上げ、ボウイの名を途切れ途切れに叫び、手で彼にしがみついた。理性も正気も奪ってしまうこの激しさのせいで、泣き声がもれる。ギャビーはひたすらボウイを求め、やめないでとすがった。シャワーは流れ続け、その音はギャビーの声や激しい動きの気配を消した。

ギャビーが叫び、ボウイは彼女を抱き上げて壁に釘《くぎ》づけにした。熱が爆発して炎のように血管を駆けめぐった瞬間、ギャビーの意識は遠のいた。渾身《こんしん》の力でボウイにしがみついている間、彼の体がふいに動きを止め、重く震えたことと、果てしなく続くようなかすれ声が聞こえたことはぼんやりと覚えている。ボウイの体の重みがのしかかってつぶれそうになったが、それにすら畏敬の念を抱いた。

現実に戻ってきたギャビーは体を震わせた。動けず、呼吸もろくにできない。ただボウイをぎゅっと抱きしめ、自分も震えながら彼の震えを感じるだけだ。お湯はすでに水に変わってしまっていたが、頭ではまだそのことをよく理解できなかった。

ボウイの腕が伸びてシャワーを止めた。「最初に石鹸を流しておいてよかった」彼は弱々しく笑った。「冷たいシャワーは嫌いだ」

「わたしも」

ボウイがようやく離れたので、ギャビーはあわてて目をそらし、顔を赤くした。

ボウイは恥ずかしがる彼女を見て笑った。「互いにもう秘密なんかない。これが最後に残った一つだった。これで、どんなものかわかっただろう？」

ギャビーは広い胸板に目を落とした。「ええ、わかったわ」先ほどの快感の記憶に身を浸し、ギャビーはささやいた。「信じられないほどすばらしかった」

ボウイはギャビーの体を拭き、次に自分を拭きながら、うっとりしたギャビーの視線を見て笑った。「ミセス・マケイド、そんなに見つめると赤くなるじゃないか」

ギャビーはうれしそうに笑った。「ああ、ボウイ――最高だったし、怖くもならなかったわ」

「気づいていたよ」ボウイはゆっくりとギャビーを抱き上げて寝室に運び、そっと下ろした。「きみのベッドは苦手だ。おれには小さすぎる」

「行ってしまうの？」ギャビーはさびしげに言った。

「きみがいっしょじゃなければ行かない」ボウイはほほえんだ。「これからはいっしょに寝るか？」

「ええ、お願い」

「それならきみにはローブが必要だ」ボウイはいたずらっぽくギャビーを見た。

「あなたは?」

「おれはタオルでいい。明日エレナに頼んで、きみのものをおれの部屋に移してもらおう」ボウイはタオルをとって腰に巻きつけ、ギャビーにローブを着せた。そして大きな笑みを浮かべて海賊のように彼女を抱き上げ、廊下を通って自分の部屋に入ると、ドアに鍵をかけた。

ボウイはギャビーをベッドに寝かせ、愛《いと》おしげにその目を見つめた。そしてローブのベルトをほどき、タオルを取り去って自分もベッドに倒れこんだ。

ギャビーは、これまで知らなかったボウイを知った。ゆっくりと辛抱強く求める姿を見ると、そのやさしさは黒い目と同じく、彼の大事な一部だとわかった。

彼は、ギャビーが欲望で涙し、解放を求めても最後の一線を越えさせず、望みを拒んだ。それは自分のエゴではなくてギャビーの快感をいっそう高めるためだとボウイはささやいた。そうすれば意識を失うほど激しく絶頂に達するだろう、と。すべてが終わってからギャビーは彼の腕の中に抱かれてしばらく泣いた。快感の強さに圧倒され、息をするのもむずかしかった。

「気分はよくなったか?」ボウイはそうささやき、ギャビーの涙を拭った。

「ごめんなさい」ギャビーは手を差し伸べ、彼のまぶたをキスで閉じた。「甘い夢みたいで……それでいて激しくて……」

「ほかにもいくつか言い方がある」ボウイはギャビーの口元でささやいた。「敬虔《けいけん》な、というのが最初に思い浮かぶ言葉だ。あのとき、おれたちは天に触れる」

「そうね」ギャビーは汗ばんだ喉元に顔を埋《うず》めた。

ボウイは唇でけだるげにひたいを愛撫《あいぶ》した。「愛してる。この愛から子どもが生まれるなら、おれは何も怖くない。きみはどうだ？」

ギャビーはほほえんだ。「わたしは二十四よ。冒険も経験したし、自由の味も知った。赤ちゃんがほしいわ――それがあなたの子ならとくに」そしてささやいた。「愛してる」

ボウイはプライドと所有欲で胸がいっぱいになり、深く息を吸いこんだ。「もう悪い夢は見ないな？」

「ええ」

「肌を重ねることに恐怖はないんだな？」

「ないわ」ギャビーはいたずらっぽく答えた。

ギャビーを抱くボウイの腕に力が入った。「妊娠したら仕事は？」

「しばらくは続けるわ。でも記者は母親にとって最適な仕事とは言えないの。息子が学校に入るまでは、しばらく休むしかないかもしれない。もちろん、つながりを断たないために特集や調査記事は書くつもりだけれど」

「息子?」ボウイはギャビーを見下ろした。「息子が学校に入るまで?」

ギャビーは身動きした。「わたしは小さな男の子が好きなの。あなたは?」

「おれは小さな女の子も好きだ。男尊女卑のきみと違ってね」ボウイは皮肉っぽく言った。

ギャビーは笑い、彼を抱きしめた。「双子ができるよう努力するわ——男女の双子を」

「いい子だ。ほら、おいで」

ボウイがギャビーを抱きしめてやさしくキスし、明かりを消すと、彼女はたちまち眠ってしまった。ハープが聞こえるほど天国に近くなったような気がした。

そしてギャビーはボウイに取材のいきさつを伝えられなかった。話すつもりだったが、快楽に溺れてしまい、不愉快なことをあとまわしにしてしまった。過去のことは考えないようにして、記事のこともその余波のことも頭から追い出した。新聞が出るまでボウイには話したくない気持ちもあった。それに、〈バイオアグ〉は告発から逃れようとはしないだろう。

結局ボウイに話す時間はなくなった。彼はスコッツデールの建築の仕事で呼び出され、火曜はずっと忙しかった。その日ボウイはフェニックスに泊まり、水曜の遅い時間まで戻ってこなかった。その頃にはギャビーは彼に見せたいものを手にしていた。

一面トップに〝〈バイオアグ〉の秘密を暴く〟という大見出しが躍る新聞をギャビーが

渡すと、ボウイは座りこみ、ため息をついた。その顔を見て、ギャビーはすべてを秘密にしたかいがあったと胸を撫で下ろした。

「調査してるのは知っていたが、こんなことは何も言っていなかったじゃないか」ボウイはとがめるように言った。

「月曜の夜はあんなことがあって忙しくて、頭がうまく働かなかったの」ギャビーはいたずらっぽく笑った。「それに昨日と今日は、あなたは仕事だったし」

「アギーは知っているのか?」

ギャビーは首を振った。「今日話すわ。アギーはミスター・キングマンが戻ってくるのが待ち切れなくて、心ここにあらずなの。二人で電話ばかりしてるわ。とってもしあわせみたい」

「おれたちと同じだな」ボウイはほほえみ、一通り目を通すと言った。「この記事はすごい。きみが優秀なのは知っていたが、これは群を抜いてる。たとえきみが辞めたいと言っても記者のキャリアをあきらめさせるわけにはいかないな。キッチンにこもるにはきみは優秀すぎる」

「どちらにしても、モントヤが入れてくれないわ」ギャビーは、ほんの数週間前には考えられなかった愛情たっぷりの仕草で彼の膝の上に座った。「あなたが誰かに撃たれるのが本当に怖かったの」その口調は真剣だった。「うまくいってよかった」

「そうだな。だが今度はきみが訴えられるんじゃないか?」

「それはどうかしら。ボブにはいい弁護士がついているし、ミスター・サミュエルズは目立つのが嫌いみたい。あの人はとても冷静よ。別の町を見つけるでしょうね」そして静かに言った。「場所はどこにでもあると言っていたから」

「たしかにそうだ。あとは何を犠牲にして発展を選ぶか、そこに住む人が決めればいい」ボウイはギャビーのやさしい目を見つめた。「じつはラシターに何かできないか考えてるんだ。おれにもおれのコネがある。きみも手伝ってくれ」

ギャビーは愛おしげにボウイにキスした。「喜んで」

息もできないほどキスされる間際、アギーがキングマンと手をつないで入ってきた。ギャビーが体を離して立ち上がり、真っ赤になったのを見て、キングマンが笑い出した。

「わたしたちのことは気にしないでいい」

ボウイはにやにやしてギャビーを見つめている。「ああ、もちろん気にしないさ」そして、アギーとキングマンが一面に気づくようにデスク越しに新聞紙を渡した。二人は記事を読み、キングマンは心から喜んだ。

「キングマンは正しいと言っただろう?」ボウイはアギーに言った。

キングマンはボウイを見つめ、やがてほほえんだ。「二人とも、すばらしいよ」そして少し顔を赤くしてアギーに言った。「荷物を下ろしてこよう」

「飛行機を丸ごと持ってきたんじゃないだろうな?」ボウイが訊いた。

「車のトランクには入らなかったのでね」キングマンが答えた。

ボウイは噴き出し、ギャビーの手をとってアギーたちのあとについて外に出た。

スタンドに新聞が並ぶと、町はその話題で持ちきりになった。地元のラジオ局は記事について放送し、新聞社の電話は鳴りやまなかった。市長は弁解し、議員はショックを受けた。マクヘイニーの父親は事件のことでまた謝罪の電話をかけてきて、ボウイが息子への告発を取り下げてくれたことにどんなに感謝しているかをギャビーに告げた。何も知らなかったギャビーは、夫が彼を許したことを知ってうれしくなった。

20

アギーとキングマンは、ワイオミングに行って向こうの妹たちと数日過ごすことになった。

キングマンは愛情いっぱいの笑顔でアギーを引き寄せた。「妹たちはきっときみを気に入る。牧場にもなじめるだろう。アイリーンは、わたしたちが結婚したらジョアンと二人で大きなゲストハウスに移る予定だと言っていたよ。妹たちはわたしたちに母屋を独占してほしいらしい」

「わたし、嫌われないかしら？」アギーは心配そうに言った。

「嫌われないさ。妹たちはわたしが独身で死ぬと思っていたから、結婚のことは心から喜んでくれた」キングマンはにやりとして、モントヤと話しているボウイを見やった。「二人ともきみの息子にぞっこんだよ。またぜひ来てほしいと言っていた」

アギーとギャビーは笑い、アギーがいたずらっぽく言った。「説得すれば行く気になるんじゃないかしら。その前に球場に連れていくんでしょう？」

キングマンはほほえんだ。「かまわないよ。ボウイといっしょにいるのは楽しいから。頭がいいし、誠実だ。大事なのはそこだよ」

「わたしもそう思うわ」ギャビーは心からの愛情を目に浮かべて夫を見つめた。

「昨日、ボウイは新聞を読んで驚いていた？」アギーがたずねた。

「倒れそうになるほど衝撃的だったみたい。それに、喜んでもいたわ」ギャビーは答えた。

「あの記事のせいでボブ・チャーマーズが訴えられないといいと思っているけれど、わたしもハービーも、あの記事は一語残らず真実だと証明できるわ。職がないのは残念でも、あのままでは大きな環境破壊が起きることになったもの」

「また別の会社が来るだろう」キングマンが言った。「政治家が今回のことで教訓を学んだならいいんだが。産業は大事だが、その産業の質を見極めることはもっと大事だ」

「あの人たちは教訓を受け止めたと思うわ。もう環境を無視できる時代じゃない――地球はどんどん狭くなっている。とはいえ、子どもに食べさせるものにも事欠く人に、それを説明するのはむずかしいでしょうね」

　話の輪に加わったボウイはギャビーにほほえんだ。「じつはおれに少しアイデアがある。考えがまとまったらきみに教えるよ」

「ずいぶん秘密主義なのね」

「まあ見ていてくれ」

ボウイに引き寄せられたギャビーは、これまでにないしあわせを感じた。ああ……過去が剣のように頭の上にぶら下がっていなければいいのに。

週末はボウイと二人で近場に出かけた。車でビスビーまで行き、巨大な鉱山ラベンダーピットを見て〈コッパークイーンホテル〉でコーヒーを飲んだ。そこからダグラスまで足を伸ばし、ランチは〈ガズデンホテル〉でとった。ホテルには、ティファニー創業者の息子の弟子が手がけた見事なステンドグラスの窓があった。

「ダグラスは歴史のある町だ」ボウイは町の広場で足を止めてギャビーに語った。どの店もほとんど客はおらず、道行く人もまばらだ。「かつてこの町の人々はよく屋根にのぼって、アグア・プリエタとの国境の戦いを見物したそうだ」

ギャビーは彼の手を握った。「メキシコに入れるかしら？」

「ああ、きみが行きたいなら」

車は国境の小さな検問所を越え、アグア・プリエタに入った。二人はそこで、カラフルなメキシコ風の毛布と木彫りのキャンドルホルダーを買ったが、国境に向かって戻ろうとしたときギャビーは泣きたくなった。メキシコ人の子どもたちが列をなし、手製のキャンディや食べ物を売ろうとしたり、洗車をすると申し出たりしてきたからだ。身なりのいいアメリカ人観光客に向かってつぶらな黒い瞳ですがる子どもたちのために、ギャビーは財布をほとんど空にしてしまった。

「ここの人たちの年収を聞いたら、あまりの低さに驚くぞ」国境検問所で車を停《と》め、またダグラスへと戻りながらボウイは言った。「仕事にはほとんどありつけないんだ。ラシターと同じだが、こっちのほうがひどい」ため息をつきギャビーを見やった。「失業者を助けようとしたきみの理想主義を台無しにして、きっと許してくれないだろうな？」

「その逆よ」ギャビーはやさしく言った。「あんなに反対されても自分の主張を変えないなんて、本当に勇敢だったわ――しかもミスター・マクヘイニーの息子に撃たれたのに。どうして起訴を取り下げたの？」

「彼はまだ子どもだ」ボウイの答えはシンプルだった。「少年院送りになるか、家の裏でおれと五分話すか、どちらかを選べと言ったんだ」その顔にかすかにほほえみが浮かんだ。「それがおれの仕返しだ。あいつはもう二度とおれを撃とうとはしないだろう」

ギャビーは笑った。「あなたってなんでもできるのね」

「しあわせだからな」ボウイはギャビーのほうを見た。「それから、ラシターに働き口が少し増える予定だ。今おれが取り組んでる計画でね」

ギャビーはその計画を聞き出そうとはしなかった。ボウイはあきらかに言うつもりがなかったからだ。

ギャビーは毎晩彼の腕の中で眠り、日曜になると二人は教会に行った。並んで信徒席に座り、二人の子どもをいずれ日曜学校に連れてくることを思い描くのは、言葉で言い表せないほど楽しかった。家庭が人生の中心だなんて時代遅れだという地域もあるけれど、ラシターではそれが普通だったし、ギャビーは二人とも相手を見つけたことを神に感謝した。ボウイの子どもを産んでカサ・リオで暮らすことに比べれば、仕事漬けの生活では半分も満足できなかっただろう。けれども記者魂は今も消えておらず、ギャビーは仕事を続けるつもりだった。

あっという間に月曜の朝になった。大きな暴露記事のあととあって、職場は少し落ち着いていた。午前中もすべてが順調に運んだが、それは突然やってきた。

ランチのあとでオフィスに戻ると、電話をかけ直すよう頼むメモが番号といっしょに残っていた。心当たりのない電話番号だったので調べると、ケンタッキー州のレキシントンからだった。

ギャビーは震えながら座りこんだ。まさかあの人たちのはずがない。でもケンタッキーではかに自分と連絡をとろうとする人がいるだろうか。きっと十年前の出来事の件だ。あの人たちは復讐《ふくしゅう》のため、ついにわたしを見つけ出した。きっとわたしとボウイの結婚写真を見たのだろう。だが苦しむのはわたしだけではない――愛する者全員が影響を受けるだろう。人生をめちゃくちゃにされるかもしれない。

ギャビーは自分が何をすべきかわかっていた。カサ・リオに住んでいることを知られたとしたら、ここを出ていかないといけない――それもすぐに。跡形もなく姿を消し、行き先は誰にも知られてはいけない――とくにボウイには。

目を閉じると涙が出てきた。どうしようもない悲しみに嗚咽《おえつ》が止まらなかった。妊娠しているかもしれないし、ボウイとはどんな夫婦もかなわないほどのしあわせを分かち合ったというのに、すべておしまいだ。とうとう過去につかまってしまった。ボウイ以外に頼れる人などいないけれど、ボウイにだけは打ち明けられない。

ハービーは取材に出かけており、ボブ・チャーマーズは電話番号のことをたずねても何も知らなかった。電話をとったのはジュディだった。

「女性だったわ」ジュディは顔をしかめて言った。「年配で、しゃがれ声だった。あなたは外出してると答えたら、電話番号を教えるから折り返してほしいと言われたのよ」

「それだけ？」ギャビーはあえて明るくたずねた。

「ええ。話し好きな人じゃなかったし、名前も言わなかった」

「やっぱり」ギャビーは手に持ったメモを見つめた。

「顔色が悪いわよ」ジュディが心配そうに言った。

「暑さのせいね」ギャビーははぐらかした。「すぐに元気になるわ。電話は家でかけ直すわね」

ギャビーはその日、彼女がまた電話してこないことを祈りながら過ごした。相手はきっと、ギャビーの父を雇った牧場の女主人、ミセス・アンガス・バーソロミューに違いない。息子を殺されたミセス・バーソロミューは、ギャビーにそのつぐないを求めているのだ。きっと積年の恨みを晴らすつもりで、ずっとギャビーを捜し続けていたのだろう。ギャビーはどうしていいかわからなかった。ミセス・バーソロミューが昔と変わっていなければ、マスコミにこの件をばらすことなどなんとも思わないに違いない。

ボウイから恐怖心を隠すのは思っていたよりむずかしかった。ギャビーはいつもと同じ顔を装い、夕食の席では笑ってみせ、撮影した巨大なかぼちゃのことを話した。そしてカナダのプロジェクトが行きづまって困っているというボウイの話を聞いたが、ギャビーの目にはどこか憑《つ》かれたような色があり、ボウイもそれに気づいた。

「悩みがあるみたいだな」いつもの奥深くまで探るような目で、ボウイが突然言い出した。「隠そうとしたってだめだ。おれには筒抜けだぞ」

「記事のことなの」ギャビーは嘘をついた。「訴訟にならないか心配で」

ボウイは肩の力を抜いてほほえんだ。「心配いらないさ。訴訟なんかどうにでもなる。おれには優秀な弁護士がついているし、チャーマーズだってそうだ。アップルパイとアイスクリームを食べるといい。自分から悩みの種を見つけるのはやめるんだ」

そうじゃない、とギャビーは言いたかった――悩みの種が自分を見つけたのだ。ギャビーはボウイに笑顔を向け、エレナ特製アップルパイのさくさくした皮にフォークを入れた。ミセス・バーソロミューには電話しなかった。電話番号を書いた紙はこっそり燃やし、ジュディには、また同じ人から電話があったら席をはずしていると伝えてほしいと頼んだ。昔トラブルがあった相手だという作り話をすると、親切なジュディはそれ以上何も訊《き》かなかった。

その間にギャビーは荷物をまとめ始めた。夫やカサ・リオやアギー、それに友人たちに別れを告げることを考えると胸が張り裂けそうだったが、ほかにどうすることもできない。ここにいたら皆を危険にさらしてしまう。皆を自分といっしょに標的にするぐらいなら、このしあわせを犠牲にするほうがいい。

ギャビーは土曜日に出ていくことにした。なんとか金曜の夜までやり過ごしたが、内心を隠すのは大変だった。勘の鋭いボウイに隠し事をするのはむずかしい。

モントヤとエレナは親戚を訪ねにツーソンに出かけていた。アギーはまだキングマンといっしょにワイオミングに滞在中だ。ボウイはプールハウスに泳ぎに行ってしまった。こっそり抜け出すなら最高のタイミングだ。でもギャビーは発《た》てなかった――今はまだだめだ。

ギャビーはブルーのシルクの長いローブを着てプールの端に立ち、ボウイを眺めた。彼は最近何も身に着けず泳ぐようになり、ギャビーもときどきいっしょに泳いだが、彼女のほうは水着を着ていた。でも今夜は違う。今夜は最後の晩だ。会えなくなってもこれから永遠に記憶に残る一夜を、ボウイにプレゼントするつもりだった。

ボウイはプールの端に腕をかけてギャビーにほほえんだ。「いっしょに泳ごう。ここなら涼しいぞ」

「そう?」ギャビーは静かに笑うと、はらりとローブを脱いだ。

ボウイのほほえみが消えた。その顔に隠し切れない欲望が浮かび、視線は形のいい胸から柔らかな体をたどって豊かな腰へ、そしてエレガントな長い脚へと移っていった。

「きみがどんなにきれいか、もう言ったかな?」ボウイはやさしくたずねた。

「それはわたしのせりふよ」静けさの中でギャビーの声が響いた。「外側だけじゃなくて、中も。あなたみたいに美しい人はいない……」

そこでギャビーが言葉に詰まったので、ボウイは顔をしかめた。「どうしたんだ?」

「別に」ギャビーはにっこりしてプールに入り、ボウイの首に腕をまわした。「何も訊かないで」そしてそっと唇を重ねた。「もう質問はおしまい。あなたがほしいの」

ギャビーの大胆な行動に驚くあまり、ボウイの理性は吹き飛んだ。体に柔らかな肌があたるのを感じた瞬間、飢えたようにキスするギャビーに応えた。

「ギャビー」その手が彼女の腰にまわり、ゆっくりとエロティックな動きへといざなった。

「こうするのが好きよ」こわばる唇の上でギャビーはささやいた。爪でやさしく彼のうなじをかすめ、肩から腰へと移っていく。体を押しつけると、彼がたちまち欲望で高まるのがわかり、これまでにないやり方で満足させる自信が生まれた。

「何をするつもりだ?」ギャビーが少し下がり、これまでしたことのない方法で手を動かしたので、ボウイは警戒するように言った。

「新しいことを学んでいるの。怖がらないで」ギャビーは彼の鼻に鼻をすり寄せた。「やさしくするから」

ボウイは笑い出したが、笑い声はうめきへと変わった。唇で首を愛撫《あいぶ》しながら、息を荒らげて両手でギャビーの腰をつかむ。

ギャビーは心のすべてを込めてボウイにキスし、腰の高さを彼に合わせた。「手伝って」

ボウイの口元でささやいた。「わたしだけじゃ……ええ、そうして」

ボウイの両手が背筋から太ももへと移り、持ち上げ、位置を定めた。そしてそっと体を引くと、ギャビーの目を見ていられるように顔を上げ、ゆっくりとやさしく腰を突き上げた。

「ここじゃだめだ。深すぎる」

ボウイはギャビーを浅いところに導き、壁に押しつけた。二人は腰の高さまで冷たい水につかっている。

「急がないで」ギャビーはかすれ声で言った。そして彼の険しい顔を触り、眉と頬骨、唇と鼻をたどった。その間もボウイはゆっくりと動いた。「時間はたっぷりあるわ」ギャビーがあえぐと、ボウイの唇が愛《いと》おしげにその口をふさいだ。

「結婚してから毎日しあわせでたまらない」

ボウイが下を見たのでギャビーもうつむいた。浅黒い体と柔らかなピンク色の体のコントラスト、二人の体がつながっている様子を見て、ギャビーは息をのんだ。

ボウイが顔を上げるとギャビーは赤くなっていた。「おれもいつも感動するよ」彼はかすれ声で言った。「初めて見たわけじゃない。だがきみといっしょにいて、すべてを分ち合っていると、まるで奇跡みたいな気がする。愛しているよ、ミセス・マケイド」

「ああ、ボウイ……愛してるわ」目に涙があふれたが、それを見られまいとしてギャビーはボウイにキスした。両手を彼の体にまわし、官能的に体を動かす。

ボウイはいっそう欲望をあおられた。「きみを傷つけたくない」息を切らして言う。「そんなことにはならないわ」ギャビーは目を閉じ、歯を食いしばった。「絶対に」

背中にあたるプールの壁は固かったが、ボウイが手をすべりこませて背中を守った。ギャビーの唇に入りこむ舌の動きが熱を帯びるとともに、ボウイの腰の動きも激しくなっていった。

ギャビーの脚が彼の体にからまり、引き寄せる。リズムは震えるようにどんどん強くなっていく。ギャビーは何かささやいたあとに叫んだ。熱いものがギャビーに焼き印を刻みつけ、体を溶けた炎で満たしていく。快感の波に翻弄され、天国へと押し上げられる間、ギャビーはなすすべもなく彼の肩に歯をたてた。

その瞬間、ギャビーは目を開けてボウイの顔を見た——絶頂の激しさでゆがんでいる。腰を突き出しながら、ボウイは容赦ないエクスタシーに翻弄されて声をあげた。

こわばった筋肉の緊張が解けていくと、ボウイは目を開けた。そしてまっすぐギャビーの目を見た。信じられないことに、こちらを見つめているギャビーを見て、体がまた震え始めた。彼女の髪をつかみ、燃えるように熱く唇を封じる。そして彼女とつながったままもっと浅いほうへと向かった。

膝の深さまで来ると、ボウイは顔を上げた。「もう一度だ」その息づかいは荒々しかった。「我慢できない」

ギャビーはかすかにほほえんで唇を重ねた。

ボウイはまだ震える腕で彼女を下ろし、プールから出ると、サンルーフの下のラウンジチェアに寝かせた。

「二人でのっても大丈夫かしら?」ボウイがおおいかぶさると、ギャビーはそうつぶやいた。

「どうでもいい」ボウイはうめくように言った。「ギャビー!」

ギャビーは衰えない彼のスタミナに圧倒された。ボウイは頭がぼうっとするほどキスを繰り返し、これまで触れたことのないやり方で触れ、快楽の間際まで追いこんではまた引き戻し、彼女がすすり泣くまでそれを繰り返した。

「もう耐えられない……」

「いや、大丈夫だ」ボウイの手がむさぼるように彼女の腰に食いこんだ。「突き上げるんだ、もっと強く」

ボウイはギャビーの肉体を、理性を、心を支配した。ギャビーを抱いたまま仰向けになり、その体を押さえてリズムを教え、誘導した。二度目は言葉にできないほどすばらしかった。ギャビーは苦悶《くもん》に満ちた絶頂を迎え、倒れそうになった。ボウイは手で彼女の太ももを支えながら、エクスタシーの甘い苦痛にかすれた声をあげた。

すべてが終わるとボウイはギャビーを引き寄せ、互いに鼓動を響かせながら息を整える間、背中を撫《な》でていた。

「こんなのは初めてだ」ギャビーが静かになり、汗ばんだ胸の上でかすかに震えるのを感じて、ボウイは言った。

ギャビーはほほえみを浮かべ、体を伸ばしてやさしくキスした。

「人生をかけてもこれ以上きみを愛せない。きみはおれにとって世界の――人生のすべてだ」ボウイの目は真剣そのものだった。「キングマンが妻を失ったとき、トラックで川に飛びこもうとした気持ちが今ならわかる。きみのいない未来と向き合うぐらいなら、死んだほうがましだ」

「そんな」ギャビーは目に涙があふれるのを感じながら、彼の唇に指を置いた。「だめよ。あなたは強い人だから、前に進めるわ……」

「いいや」ボウイはギャビーの手を胸に引き寄せた。「これまで誰も愛したことはないし、これからもこんなふうには愛せない」

ギャビーの体を恐怖が貫いた。下唇を噛《か》み、言葉を探そうとする。ここを出ていくなんて言えるわけがない。わたしのいない人生を歩んでほしいなんて言えない。

「そんなおびえた顔をするのはやめてくれ」ボウイはギャビーを引き寄せ、ため息をついた。「きみはどこにも行かないし、おれもどこにも行かない――ベッド以外にはね」ボウイは笑った。「モントヤとエレナがこの光景を見て倒れる前に中に入らないと」

「十時までは戻らないわ」

「今は十時五分だ」

ギャビーが目を丸くして跳ね起きると、ボウイは防水仕様の腕時計を差し出してみせた。

「楽しい時間はあっという間に過ぎる」ボウイは目をきらめかせた。

「二人がここに来るかもしれないわ!」

「ああ、そうだな」

ギャビーははじかれたように立ち上がってローブをつかみ、体も拭かずに着ると、ボウイにタオルを投げた。「さあ、早く。こんなところを見られたら大変」

ボウイは笑いながらゆっくりと立ち上がり、タオルを腰に巻いた。「泳いでいたと思うだけだ」彼はいたずらっぽく言った。「きみが二人の前でそんなに真っ赤にならなければね」

「自分でもどうしようもないの」

「驚きだな。きみのほうから誘惑してきたのに」ボウイは意地悪く言った。「人生でこんなに楽しんだことはなかったよ。それを覚えておいてくれ」

「ええ、もちろん」

この思い出にすがって生きていくわ、とギャビーは心の中で付け加えた。

プールハウスから出たところで二人はエレナとモントヤと鉢合わせした。ギャビーは二人を温かく迎え、濡《ぬ》れた水着を着替えるからともごもご言い訳すると、決まり悪くほほえんで階段を駆け上がっていった。

そのあと、寝室に入ってきたボウイはそのことをまだ笑っていた。

夜明け前、ギャビーはボウイを起こさないよう気をつけながらベッドを出て、スーツとハイヒールを身に着け、少しだけメイクして髪を整えた。それが終わるとベッドの脇に立ち、涙でかすむ目でボウイを見下ろした。最後によく見ておきたかったのだ。

これはボウイのため。気持ちがくじけないよう、ギャビーはそう自分に言い聞かせた。ここにいたら彼を、彼が大事にしているものもすべて危険にさらしてしまう。ボウイの言葉は思い出すまいとした――きみを失ったら自分がどうなるかわからないという言葉を。ボウイは強い人だから、前を向いて進んでくれることを信じるしかない。彼ならできるはずだ。

最後に一度だけキスしたかったけれど、起こしてしまうかもしれない。昨夜は自分のせいで疲れさせてしまったが、ボウイは眠りが浅い。彼と愛し合ったすばらしい時間を思い出してギャビーは顔を赤らめた。昔からの悪夢と恐怖をやっと乗り越えたそのときに、また過去におびやかされるなんて。

ギャビーは弱々しくため息をつき、ボウイから視線を引き離して背を向けた。そっとドアを開け、閉める。そして目に熱い涙をたたえたまま階段を下りていった。

モントヤとエレナはまだ寝ているだろう。起き出すのは夜が明けてからだ。誰にも見つからずにスーツケースを持って家から出ようとするなら、あと十分もないだろう。身の回りのものをまとめた荷物を持ってカサ・リオを出ていくのを誰にも見られたくない。ただ静かに消えたかった。

玄関ホールのクローゼットから、隠しておいたスーツケースをそっと取り出した。本当に必要なものしか入れていない。バッグには預金通帳が入れてあり、新しい仕事を見つけるまでしのげるだけの預金もあった。

重い胸を抱えたまま、ギャビーはそっとクローゼットのドアを閉めてスーツケースを持ち上げた。

出ていこうと振り向いた瞬間、階段の下でずっと見守っていたボウイと視線がぶつかった。

21

　ギャビーは何も言えなかった。言葉を口にしようとしているのに出てこない。こちらを見下ろすボウイの顔にとくに驚きはなかった。身に着けているのはジーンズだけで、急いで着替えたのだろう。ボウイはじっと彼女を見つめながら、やさしく笑っていた。

「これには事情があるの」説明できないことなど百も承知でギャビーは言った。

「もう知ってる。何もかも」

「そんなはずないわ！　調べたけどわからなかったって言っていたはずよ」

　ボウイはギャビーの手からスーツケースをとって置いた。そしてやさしく彼女を抱き上げ、書斎に連れていって足でドアを閉めた。

「たしかに数年前に調べた」ボウイはギャビーを膝にのせて椅子に座った。「ミセス・バーソロミューはあきらめるような人じゃない。昨日、おれのオフィスに電話があったんだ」

　ギャビーはわっと泣き出した。顔を両手でおおい、喉が痛くなるまで泣いた。

ボウイは彼女を抱きしめ、落ち着かせようとして揺らした。「いいんだ、ギャビー。この世に怖いものなんて何もない。もう終わったんだ。きみは安全だ。おれといっしょにいれば大丈夫」

「あなたも標的にされるわ」ギャビーは恐怖に染まった目で見上げた。「ミセス・バーソロミューの息子がわたしを襲ったとき、父があいつを殺したの。わたしたちは逃げたわ。逃げおおせたと思っていたのに見つかった……ミセス・バーソロミューはマスコミにばらすわ。今なら逃げられる！」ギャビーは必死に言った。「わたしが見つからなければあなたにも手出ししないはずよ」

「ギャビー」ボウイは彼女の震える唇にそっと手を置いた。「もういい。大丈夫だって言っただろう？　ミセス・バーソロミューはきみを傷つけようなんて思っていない。きみも、おれたちも、誰もね」

ギャビーの体が震えた。「なんですって？」

「話せば長くなるが、簡単に言おう。きみのお父さんはミセス・バーソロミューの息子を殺してなかったんだ」

「でも見たわ、父が――」

「お父さんはあの男を撃って、あたりは血だらけになった。地元の新聞には、あの男が殺されたという取材不足の早まった記事も出た。だが、あの夜彼は死ななかったんだ。死んだのは病院に運びこまれてから二日後で、死因は心臓発作だった。遺族の求めで検視がおこなわれたが、心臓の弁が石灰化してたんだ。症状が出るから、心臓が悪かったのはずっと前から本人も知っていたはずだ。だが深酒をやめず、医者にも診せなかった。撃たれた衝撃で脳震盪《のうしんとう》は起こしたが、そのせいで死んだわけじゃない」

ギャビーは彼の胸に顔を埋《うず》めて泣いた。人を殺した罪悪感に耐え切れなくなり、精神科病院で亡くなった父のために泣いた。あの夜起きたことをずっと背負い続けてきた自分のために泣いた。息子のせいで苦しんだバーソロミュー家の人々のために泣いた。

ボウイは彼女の髪を撫《な》でた。「ミセス・バーソロミューは、何年もきみたち親子を捜していたと言っていた。そしてようやくお父さんが亡くなった場所を突き止めた。お父さんは聖職者だったから、あの事件をいっそう重く受け止めたんだろう。人の命を奪うのは、自分が信じる教えに反することだから」

「ええ」ギャビーは涙を拭った。「わたしたちは貧乏だったけれど、父は善良な人だったわ。愛情深いタイプじゃなくてもわたしにはやさしかったし、せいいっぱい面倒を見てくれた」ギャビーはすすり上げた。「この恐怖をずっと抱えてきたの。いつか見つかるのが本当に怖かった」

「通信社が使った結婚式の写真でわかったらしい。あの人たちはきみに真実を知らせたかったんだ。ミセス・バーソロミューは、訴えられる恐怖をきみがいつまでも持ち続けるのは間違っていると考えていた。あれは犯罪じゃなかった。罪は存在しない――あの男がきみを苦しめていたことを彼らが知らなかったという罪以外はね。きみがまずまず成功した男と結婚してしあわせな暮らしを送っていると知って、ミセス・バーソロミューは喜んでいたよ。しあわせってことは間違いないな？」ボウイはやさしくたずねた。

ギャビーは彼にしがみついて、顔中に小さなやさしいキスを点々と落とした。「ええ、しあわせよ。誰よりもしあわせだわ！　それなのに出ていこうとしたなんて……」

「ああ、わかってる」ボウイもキスを返した。「教えてほしかったよ。最後の瞬間まで、教えてくれると期待していた――とくにプールであったことのあとではね。あれはさよなら代わりだったんだろう？」

ギャビーはうなずき、涙を拭った。「いい思い出を残したかったの」

「たしかにいい思い出になった。だがきみを失ったらおれは死んでしまう」ボウイはギャビーの目を見つめたが、その目は真剣だった。「これは冗談じゃない。きみに言ったことは全部本気だ。きみはおれの世界そのものなんだ」

ギャビーの目にまた涙があふれた。「わたしのせいであなたが傷つくのを見るなんて耐えられなかった。出ていくのはつらかったけれど、あなたたちまで巻き添えにすることはできなかったの」

ボウイは肩をすくめた。「きみを失うぐらいなら仕事やカサ・リオを捨てる。男は愛がなければ生きていけないからな」

　ギャビーは低くため息をつき、ひたいを彼のひたいにあてた。「わたしも同じ気持ちよ」そして目を閉じた。「もう出ていかなくていいのね？　あなたとずっと暮らせるのね？」

「二人が死ぬまでずっとだ」ボウイは彼女を抱き寄せた。「きみにふさわしい男になれるといいんだが。おれのためにきみが自分のしあわせを犠牲にしようとしたと知ってどれほど心動かされたか、わからないだろうな」

　ギャビーは体を離し、思いつめた彼の目を見つめた。「ボウイ……あなただって同じことをしたはずよ」

　ボウイはゆっくり息を吸いこんで笑った。「ああ」

「じゃあ、わたしもあなたにふさわしい女性にならなくちゃ」ギャビーはからかうように言って、ボウイの口元でほほえんだ。

　しばし熱い口づけを交わしたあと、ボウイがたずねた。「そういえば、きみの本当の名前はなんなんだ？」

「ガブリエル・ケインよ」

　ボウイは顔をしかめた。「偽名だと思っていたよ」

　ギャビーはにやりとした。「ええ、わざとそう思わせたの。あなたの好奇心をかわして、何も嗅ぎつけられないように」

「そうだったのか」

「偽名を使ったらいろんなものを偽造しなくちゃいけないのよ――社会保障番号、免許証、それ以外も」ギャビーは取り澄まして彼を見た。「そういうことをしでかす人は、警察にちょっと不愉快な目にあわされるし」

「思いつかなかったな」ボウイは笑った。そしてギャビーを引き寄せて抱きしめ、大きくため息をついた。「だがそんなことはもうどうでもいい。きみはミセス・マケイド――おれのものだからな」

「ええ、わたしはあなたのもの。まさか過去から自由になる日が来るなんて思ってもみなかった」あまりにも急ななりゆきに、ギャビーはまだ驚きを隠せなかった。ボウイのむき出しの胸から窓へと視線を移す。「何年もずっととらわれていたの。自由になれたのが信じられない」

「信じていいんだ。おれが信じさせる」ボウイは息も止まるようなやさしさで彼女のひたいにキスした。「ここからもう一度始めよう、いっしょに」

ギャビーはほほえみ、愛情を込めた目で彼を見上げた。「そうね。もう悪夢も嘘も秘密もない。荷物を戻してもいいかしら?」

「あとにしてくれ」

唇が唇を求め、ギャビーは溶け合うように体を寄せて、愛情あふれるボウイの腕の中で何よりも大事な彼の宝となった。

あらたな事実を消化するのに数日かかったが、過去への恐怖が消え去ってしまうと、ギャビーの人生はこれまでよりゆったりしたペースで流れ出した。仕事は順調で、告訴もされないですんだ。

一つだけ残念なことがあるとすれば、まだ妊娠していないことだ。病院ではっきり確認するまではボウイに言わないでおこうと思ったが、妊娠だと思ったのはただ生理が遅れただけだった。もちろんまだ希望はあるし、ボウイの情熱は少しも薄れていない。いつかこの何よりも大切な願いが実現するのはわかっている。だからギャビーはあせらず、すばらしい日々を重ねていった。

ギャビーは、アギーとキングマンとのダブル挙式計画を嬉々《きき》としてたてた。アギーとは、お揃《そろ》いのアンティーク調のドレスを選んだ。白のベールがついた、一九二〇年代を思わせるフェミニンで細身のスタイルだった。

アギーは結婚式で少女のように顔を赤らめながら誓いの言葉を口にした。ボウイとギャビーもいっそうの敬虔《けいけん》さを込めて二度目の誓いを交わした。二人の愛は一度目よりずっと深く、強くなっていた。

カサ・リオの披露宴には、まるでアリゾナの半分の人間が集まったようだった。フェニックスとラシターの新聞社の人間も、ボウイの建設会社の責任者や役員たちも出席した。キングマンは二人の妹以外にも大勢の親戚を呼び、ロデオ大会の有名人も何人か顔を見せた。

ギャビーが愛情いっぱいの目で夫を見つめていると、二杯目のシャンパングラスを持ったハービーがそばで立ち止まり、ギャビーの手にそのグラスを押しつけた。

「おめでとう、二度目だけど」

ギャビーは笑った。「わたしたちは両方、祝福される価値があるわよ。二つの新聞社のヒーローだし、もしわたしたちが辞めるって脅したら、ボブは共同経営者のポストを持ちかけるんじゃないかしら」

ハービーも笑った。「そうだな。それに、誰からも訴えられなかったし」

ギャビーは肩をすくめた。「ミスター・サミュエルズのほうは訴えられるのに慣れているみたいよ。実際お金を稼いでいるし、ああいう人を受け入れるしかないほど追いつめられた町があるのも理解できるわ」彼女は真面目な顔でハービーを見つめた。

「ぼくたちは環境を守るためにするべきことをしただけだ。それは後悔してない」

「そうね。でもラシターの失業率を悪化させたんじゃないかと心配なの」

「働き口を増やす方法は見つかるさ――生活の質を犠牲にしなくてもね」

ギャビーは悲しげにほほえんだ。「だといいんだけれど」

「渋い顔はやめてくれ」ボウイがにやりとして会話に加わった。「お祝いの席なんだから」

「もちろんだよ」ハービーはグラスを上げた。「おめでとう」

「おれの妻に？　それとも義理の父にかな？」ボウイは大きな笑みを浮かべるキングマンのほうを見やった。「どっちでもおれはうれしいよ」

「見ればわかるわ」ギャビーは甘いため息をついて彼にもたれかかった。「わたしもとってもしあわせよ」

「それも見ればわかる」ハービーはにっこりした。「さて、ボブをライバルから助け出してこよう」

ギャビーはうなずいて彼を見送った。「ハービーはぜんぜん悪い人じゃなかったわ。それに優秀な記者よ」

「おれも一人、優秀な記者を知ってる」ボウイはギャビーを抱き寄せた。「きみをどんなに誇らしく思ってるか、もう言ったかな？　きみはすばらしい仕事を成し遂げた」

「ベストを尽くしただけよ。それで充分だったことを祈るわ。でも、地域にとって本当にいいことをしたかどうか、心配なの。あれだけの働き口があれば……」

ボウイは顔を寄せてやさしくキスした。「一人で世界を救おうとしなくたっていい――とくに今日はね。行こう。新しい義理の家族を紹介するよ」

ギャビーはキングマンの妹たちや親戚と知り合えてうれしかった。それはアギーも同じようだ。披露宴の様子を見ながら、ギャビーは二つの家族がしっくりなじんでいるのに驚きを覚えた。ハンサムな夫の顔を見上げながら、これまでの人生の出来事を振り返る――偶然の積み重ねが自分をアリゾナへ、ボウイのもとへと導いた。ギャビーはボウイのウエストに腕をまわし、愛に輝く目でほほえみかけた。これ以上のしあわせはない――未来を目の前にして、愛する男性の腕に抱かれているほどすばらしいことは。

しかしボウイはまだギャビーに秘密にしていることが一つあった。それから数週間、彼はいつになく長時間働き、ギャビーの記者らしい詮索をかわして市議会議員たちと会合を持った。ある月曜の午後、彼はギャビーをピックアップトラックに乗せ、最初に愛し合った谷へと出かけた。そこでボウイは、認可待ちの開発プロジェクトの計画書を広げた。

ギャビーは一枚の設計図を持ってトラックのステップに腰を下ろした。「ずいぶん大きな建物ね。これは何?」

「退職者用の総合施設だ。ここには年配の人たち――ビジネスで環境に大きな影響を与える心配がない年代の人たちが住む。食料品店や、薬局を備えたショッピングモールがあって、住み込みの医者や獣医もいる。そしてここには――」ボウイは設計図の一画を指した。「このエリアの歴史や遺物を展示する小さな博物館を作る。水の使用量は施設全体でも、例の農業プロジェクトの数分の一にすぎないし、庭に植える植物の種類まで、水資源の維持を考慮して設計されている。費用は三百五十万ドルだ。連邦政府から資金を調達できるし、市議会も少し出すと言っている。さらに補助金の交付も申請できるし、建設はおれが引き受ける。ラシターには働き口が必要だと言っていただろう？　これがそうだよ」

　ギャビーは考えることすらできなかった。ただ跳び上がって彼に抱きつき、笑いながら抱きしめた。「あなたって信じられないぐらいすばらしい人だわ！」

「ほめてくれてうれしいよ」ボウイはにやりとした。「おれも少しは役にたてるとわかった」

　ギャビーも笑った。「役にたつことならほかにも……」

　ボウイはけだるげにギャビーにキスした。「最初はここだった」顔からほほえみが消える。「あのときはきみを傷つけた」

　ギャビーは彼の口を手でふさいだ。「でも愛があった。わたしはここで過去を捨てたの。傷は何一つ残っていないわ」

　ボウイはいっきに息を吐き出した。「よかった。ずっと気になっていたんだ」

「あなたは充分すぎるほど埋め合わせをしてくれたわ」ギャビーは彼をぎゅっと抱きしめた。「このプロジェクトの議会承認はいつ下りるの？」

「反対意見が多くなければ、次の会合で決まる。反対が多いとは思えないんだ」ボウイは笑った。「なんといっても、土地の所有者はおれだからな」

「完成までにどれぐらいかかりそう？」

「二年だな。こういうものは時間がかかるんだ。だが人に希望を与えられる。楽しみに待つものができる」

「その通りね。それ、記事にしてかまわない？」

「ほかのマスコミもいっしょならね。おれはえこひいきはしない。たとえおれがその中の一人と結婚していてもだ」ボウイは人差し指でギャビーの鼻をたたいた。

「あら、そう」ギャビーはため息をついた。「わたしも厄介なマスコミの、その他大勢の一人なのね」

「そんなわけないじゃないか」ボウイはやさしくキスした。「アギーとキングマンが週末こっちに来るらしい」

「聞いたわ。アギーが言っていたけれど、キングマンがフェニックスのロデオ大会のチケットを買ったらしいわ。あなたも見に行きたいだろうって」

ボウイは笑った。「ああ、行くよ。きみとアギーは買い物に行ってくればいい」

「何言ってるの？　ロデオ大会があるのに買い物？」

ボウイはギャビーを見下ろした。「そんなに好きなのか？」

「もちろん。それに、キングマンのいとこがテキサスから来て投げ縄に出場するみたい。行って応援しなきゃ」

「きみがそう言うなら」ボウイはギャビーに腕をまわし、トラックにもたれかかって、山脈の向こうにゆっくりと沈んでいく夕日を見守った。山々は濃いワイン色に染まり、オレンジと黄色と赤の太陽光を背にして、険しい稜線《りょうせん》が黒く浮かび上がっている。「ここは本当に美しい」

「ええ」ギャビーはたくましい肩に頭をもたせかけた。「ボウイ、未来のために犠牲にしたものを後悔することはない？　妥協したせいで夜も眠れなくなったりしていない？」

ボウイは彼女を引き寄せた。「腹を決めるしかなかった。最初は簡単じゃなかったが、大切なのは人だというきみの言葉は正しかったよ。大事なのは、環境を犠牲にせずに経済を支える方法を探すことだ。おれはそれができたと思う。自分の役割を果たすつもりだ」

「よかった」

ボウイは喜びのため息をつき、自分とギャビーの尽力が実を結んだことを思って一人ほほえんだ。「もう秘密は持たないと決めたのに、この件だけは残していた。許してくれ」

「もちろん許すわ。じつはわたしにも秘密があるし」

「どんな秘密だ？」愛情あふれるボウイの声にいっさいあせりはなかった。

ギャビーはボウイの手をとって平らなお腹にあてた。そして、沈みゆく太陽の光を宿した目で彼を見上げた。

言葉がなくても、その仕草だけで充分だった。ボウイは何も言えなかった。ギャビーと出会い、愛し合うようになったのは奇跡だが、これでその奇跡が完成した。ボウイはやさしく唇に唇を重ねた。

彼の唇は遅い午後の日差しを受けた焼き印のよう、とギャビーは思った。欲望の熱と所有欲の炎で燃える、過去の影を消し去ってくれる愛のしるし。目を閉じると、まぶたが日差しを受けて温かかった。ボウイが大切に思う過去の遺跡と同じく、風雨を耐え抜いた強い愛がそこにあった。

遠くで音が聞こえた。梢《こずえ》を揺らす風の音、燃えるような夕日に響くいにしえの聖歌、神聖な土地に漂うささやき……。二人の子どもたちも、いつか同じものを耳にするだろう。

訳者あとがき

ダイアナ・パーマーにしか書けないロマンスがある、と言えば、まず思い出すのは傲慢で自信満々の年上ヒーローとけなげな純真ヒロインの組み合わせでしょうか。本書のヒーロー、ボウイは、アリゾナに大牧場を持ち、なおかつ建設会社を経営する富豪カウボーイで、ヒロインのギャビーはタフな新聞記者として活躍しつつも過去のトラウマに苦しむ十二歳年下のヴァージンですから、その点ではまさにダイアナ・パーマー的設定と言えるでしょう。

ところがいつもの展開を覚悟して読み進めると、何度もいい意味で裏切られます。さあここでヒーローがヒロインの不出来さをなじるぞ、ここでヒロインの意図をわざと曲解して冷たくあたるぞ、と構えていると、いい方向に肩透かしをくらいます。読み進むにつれ、そっけなく敵意さえ感じさせる当初のボウイの本当の姿が、ギャビーとの関わりの中で明確になっていきます。典型的なダイアナヒーローとして登場したボウイが、過去のトラウマのせいで恋愛に臆病になっているギャビーを驚くほど辛抱強く癒やし続け、ついに彼女を過去の呪縛から解き放つのです。

本書は一九八九年にスーザン・カイル名義で出版された作品です。当時この名義で発表された作品には、ロマンスの枠に留《とど》まらないメインストリームの小説への意欲を感じさせるものがいくつかありました。拙訳では『素顔を隠して』や『無垢《むく》なプライド』がそれにあたり、背景に企業買収や法律事務所やファッションビジネスが配された、ロマンスとともにストーリーラインも骨太い快作でした。

十五年以上も新聞記者として働いていた作者だけに、経験から積み上げた〝ネタの引き出し〟は数多く、未知の世界に対してもプロの取材力で自分のものにしていく――そういう面でのダイアナ・パーマーらしさが楽しめる作品と言えるでしょう。

いっぽうで、同じくスーザン・カイル名義の八〇年代の作品『奪われた初恋』は、おなじみ〝鬼畜〟ヒーローがいたいけなヒロインをこれでもかと谷底に突き落としつつも、やがて反省して心を入れ替え罪をつぐなうという、ダイアナ・パーマーの王道ロマンスを楽しめる一冊でした。

この三冊と比べると、本書は両方のおもしろみを取り入れたうえでよりやさしく温かく、そしてホットに仕上げられていると感じます。ボウイとギャビーのロマンスは、まず低い温度から始まっていきます。昔から知っている相手にふいに別の顔を感じ、あらたな魅力を見いだして、自分の意思とは裏腹にどんどん引き寄せられてしまうとまどい。相手を求める気持ちは強いのに、過去のトラウマのせいで何度も尻込みしてしまう苦しみ。ストーリーの立ち上がりと合わせて、このあたりを読み進めるのはもどかしく感じることもあるかもしれません。

しかし舞台が都市フェニックスからアリゾナの荒野に広がる大牧場に移るのに歩調を合わせるように、二人のロマンスはゆっくりと少しずつ温度を上げていきます。二人の仲を引き裂きかねないある大企業のプロジェクトの進展や、主人公たちの親世代のシルバーロマンス、ヒロインが抱える過去の秘密などを背景に、ヒーローの誠実な愛情でじょじょに心と体を癒やされていくヒロインの変化が熱くせつなく描かれています。

ダイアナ・パーマー作品の中でも最上級の率直でホットなロマンスを、ぜひゆっくりお楽しみください。

二〇二一年三月

仁嶋いずる

訳者紹介　仁嶋いずる

1966年京都府生まれ。主な訳書に、サラ・モーガン『五番街の小さな奇跡』、ダイアナ・パーマー『涙は風にふかれて』、イローナ・アンドルーズ『蒼の略奪者』『白き刹那』『深紅の刻印』(以上mirabooks)などがある。

mira

雨《あめ》の迷《まよ》い子《ご》

2021年3月15日発行　第1刷

著　者　ダイアナ・パーマー

訳　者　仁嶋《にしま》いずる

発行人　鈴木幸辰

発行所　株式会社ハーパーコリンズ・ジャパン
東京都千代田区大手町1-5-1
03-6269-2883（営業）
0570-008091（読者サービス係）

印刷・製本　中央精版印刷株式会社

定価はカバーに表示してあります。

ISBN978-4-596-91847-5

mirabooks

眠らない月
ヘザー・グレアム
風音さやか 訳
歴史ある瀟洒な邸宅の奇妙な噂を調査しにやってきたダーシー。依頼者のマットとともに真相を追うが、ある晩見た夢をきっかけに何者かに狙われはじめ…。

霧のぬくもり
ヘザー・グレアム
風音さやか 訳
祖父が遺した家に移り住んだクリスティナの前に、連続殺人の罪を着せられ死んだ男の幽霊が現れた。元刑事で初恋の相手ジェドとともに事件の真相を追うことに。

遙かな森の天使
ヘザー・グレアム
風音さやか 訳
ある日後見人の城へ向かう道中で覆面の追いはぎに襲われたアリー。男はなぜかアリーの名前を聞くとすんなり彼女を解放するが…19世紀末英国の波乱の恋。

呪いの城の伯爵
ヘザー・グレアム
風音さやか 訳
盗みを働こうとした養父がカーライル城に捕らわれたと聞きカミールは青ざめた。その城には呪いがあるともっぱらの噂で、今は恐ろしい伯爵がおさめており…。

10年越しのラブソング
スーザン・ブロックマン
神鳥奈穂子 訳
最近ジムで見かける男性が気になっている弁護士のマギー。ある日高校時代の友人マシューから仕事の依頼を受けるが、再会した彼こそ気になっていたあの男性で…。

夜明けを待ちわびて
J・R・ウォード
山本やよい 訳
金融界の若き寵児ショーンはある日、看護師のリジーから父の死を知らせる電話を受けた。純真な彼女に心奪われていく一方、幼い頃の記憶が彼を苦しめ…。